आर्थर कॉनन डॉयल
की
लोकप्रिय कहानियाँ

सर आर्थर कॉनन डॉयल (1859–1930) का जन्म एडिनबर्ग में हुआ था। पेशे से डॉक्टर होने के कारण, मरीजों का इंतजार करने के दौरान उन्होंने लिखना शुरू कर दिया। डॉयल वैसे तो औसत व्यक्ति थे, लेकिन उनकी दिलचस्पी कई चीजों में थी। हालाँकि, शेरलॉक होम्स की रचना उनकी सबसे बड़ी उपलब्धि थी। इस तेज-तर्रार डिटेक्टिव के कारनामे और रोमांचक सफर में उनके साथी और इतिहास लेखक डॉ. वॉट्सन ने जल्दी ही डॉयल को अंतरराष्ट्रीय प्रसिद्धि दिला दी। उन्होंने चार उपन्यास और 56 लघु कहानियाँ लिखीं, जिन्हें पाठकों का भरपूर आशीर्वाद और प्रशंसा मिली।

'लोकप्रिय कहानियाँ' शृंखला के सम्मानित कथाकार

• अवध नारायण मुद्‌गल • अज्ञेय • आचार्य चतुरसेन • आनंद प्रकाश जैन
• आर.के. नारायण • उर्मिला शिरीष • उषा किरण खान • ऋता शुक्ल
• कमल कुमार • कमलेश्वर • कुसुम अंसल • कुसुम खेमानी • केशव
• गंगाप्रसाद विमल • गिरिराज किशोर • गुरुदत्त • गोविंद मिश्र • चंद्रकांता
• चित्रा मुद्‌गल • जयशंकर प्रसाद • जैनेंद्र कुमार • ज्योत्स्ना मिलन
• दामोदर दत्त दीक्षित • देवेंद्र सत्यार्थी • धर्मवीर भारती • नरेंद्र कोहली
• नासिरा शर्मा • निर्मल वर्मा • पद्‌मा सचदेव • पांडेय बेचन शर्मा 'उग्र'
• प्रकाश मनु • प्रेमचंद • बलराम • बिमल मित्र • भगवान अटलानी
• मनु शर्मा • मन्नू भंडारी • महीप सिंह • मालती जोशी • मीरा सीकरी
• मृदुला बिहारी • मृदुला सिन्हा • मेहरुन्निसा परवेज • रमेशचंद्र शाह
• मृदुला गर्ग • रमेश पोखरियाल 'निशंक' • रवींद्रनाथ टैगोर • रस्किन बॉण्ड
• राजी सेठ • राजेंद्र मोहन भटनागर • राजेंद्र राव • रामदरश मिश्र
• रामधारी सिंह दिवाकर • रूपसिंह चंदेल • विजयदान देथा
• विद्या विंदु सिंह • विवेकी राय • विश्वंभरनाथ शर्मा कौशिक
• विष्णु प्रभाकर • वृंदावनलाल वर्मा • शंकरदयाल सिंह • शरतचंद्र चटर्जी
• शिवप्रसाद सिंह • शैलेश मटियानी • श्रीलाल शुक्ल • संतोष गोयल
• सच्चिदानंद जोशी • सत्यजित रे • सिम्मी हर्षिता • सीतेश आलोक
• सुधा मूर्ति • सुनीता जैन • सुभद्रा कुमारी चौहान • सुशील कुमार फुल्ल
• सूर्यबाला • से.रा. यात्री • स्वयं प्रकाश • हिमांशु जोशी

भारतीय भाषाओं की कहानियाँ

• डोगरी–कश्मीरी • ओड़िया • कन्नड़ • गुजराती
• तमिल • तेलुगु • पंजाबी • मराठी • मलयालम
• असमीया • बांग्ला • सिंधी • कोंकणी • उर्दू

विदेशों की कहानियाँ

• अमेरिका • इंग्लैंड • जर्मनी • फ्रांस • यूरोप • रूस • स्पेन

आर्थर कॉनन डॉयल
की
लोकप्रिय कहानियाँ

आर्थर कॉनन डॉयल

प्रभात
पेपरबैक्स
www.prabhatbooks.com

प्रकाशक
प्रभात पेपरबैक्स
प्रभात प्रकाशन प्रा. लि. का उपक्रम
4/19 आसफ अली रोड, नई दिल्ली–110002
फोन : 23289777 • हेल्पलाइन नं. : 7827007777
इ–मेल : prabhatbooks@gmail.com ❖ वेब ठिकाना : www.prabhatbooks.com

संस्करण
प्रथम, 2022

मूल्य
तीन सौ रुपए

अनुवाद
वीरेन वर्मा

मुद्रक
आर–टेक ऑफसेट प्रिंटर्स, दिल्ली

★

ARTHUR CONAN DOYLE KI LOKPRIYA KAHANIYAN

Published by **PRABHAT PAPERBACKS**
An imprint of Prabhat Prakashan Pvt. Ltd.
4/19 Asaf Ali Road, New Delhi-110002

ISBN 978-93-5521-205-4

₹ 300.00

अनुक्रम

मुड़े हुए होंठवाला आदमी

सेंट जॉर्ज के थियोलॉजिकल कॉलेज के प्रिंसिपल स्व. इलियास व्हिटनी, डी. डी. के भाई इजा व्हिटनी को अफीम की भारी लत थी। उसकी यह आदत, उसकी एक मूर्खतापूर्ण सनक, मैं समझता हूँ, जब वह कॉलेज में था, तब पैदा हुई थी; क्योंकि अपने सपनों और संवेदनाओं का डी क्विंसी का वर्णन पढ़ने के बाद उसने अफीम का प्रभाव पैदा करने के प्रयास में अपनी तंबाकू को लॉडनम (अफीम का टिंक्चर) से भिगो दिया था। बहुत से अन्य लोगों की तरह उसने पाया कि इस आदत को गले लगाना आसान था, मगर इससे छुटकारा पाना कठिन और कई वर्षों तक वह इस ड्रग का गुलाम तथा उसके दोस्तों और रिश्तेदारों की वितृष्णा और दया का पात्र बना रहा। मैं अब उसे देख सकता हूँ—गिरी हुई पलकों और निस्तेज आँखोंवाला पीला, कुम्हलाया हुआ चेहरा, एक कुरसी में धँसा वह बरबाद कुलीन पुरुष!

वह जून 1889 की एक रात थी—लगभग ऐसे समय पर जब एक आदमी अपनी पहली जम्हाई लेता है और दीवार पर लगी घड़ी की ओर नजर डालता है। मेरे दरवाजे की घंटी बजी। मैं कुरसी पर कुछ सँभलकर बैठ गया और मेरी पत्नी ने अपनी बुनाई का सामान गोद में रखा और कुछ निराशा के भाव से दरवाजे की ओर देखा।

'कोई मरीज!' उसने कहा, 'तुम्हें बाहर जाना होगा।'

मेरे मुँह से एक आह निकली, क्योंकि दिनभर के काम से थका-माँदा मैं अभी-अभी घर आया था।

हमने दरवाजा खुलने, जल्दी में बोले गए कुछ शब्दों और फिर लिनोलियम के फर्श पर तेज कदमों की आवाजें सुनीं। हमारा अपना दरवाजा एक झटके से खुला और किसी गहरे रंग की पोशाक और काले बुरके में एक महिला ने कमरे में प्रवेश किया।

'इस वक्त यहाँ आने के लिए आप मुझे माफ करेंगे,' उसने कहना शुरू किया और फिर अचानक अपने पर काबू खोते हुए उसने दौड़कर मेरी पत्नी के गले में अपनी बाँहें डालकर, उसके कंधे पर मुँह रखकर सुबकने लगी, 'ओह, मैं भारी मुसीबत में हूँ', वह रोते-रोते बोली, 'इसीलिए आपसे कुछ मदद चाहती हूँ।'

'अरे,' मेरी पत्नी उसका बुरका ऊपर उठाते हुए बोली, 'यह तो केट व्हिटनी है। तुमने तो मुझे चौंका ही दिया! जब तुम कमरे में दाखिल हुई तो जरा भी अंदाजा नहीं था कि वह तुम होगी। मुझे समझ नहीं आ रहा था कि क्या करूँ, इसलिए मैं सीधे तुम्हारे पास चली आई।' मेरी पत्नी के पास आनेवाले दुःखी लोगों का हमेशा यही तरीका होता था, जैसे पक्षी लाइट हाउस की ओर खिंचे चले आते हैं।

'अरे,' मेरी पत्नी उसका बुरका ऊपर उठाते हुए बोली, 'यह तो केट व्हिटनी है। तुमने तो मुझे चौंका ही दिया! जब तुम कमरे में दाखिल हुई तो जरा भी अंदाजा नहीं था कि वह तुम होगी। मुझे समझ नहीं आ रहा था कि क्या करूँ, इसलिए मैं सीधे तुम्हारे पास चली आई।' मेरी पत्नी के पास आनेवाले दुःखी लोगों का हमेशा यही तरीका होता था, जैसे पक्षी लाइट हाउस की ओर खिंचे चले आते हैं।

'तुमने यहाँ आकर अच्छा किया। अब तुम्हें कुछ वाइन व पानी लेना होगा। आराम से बैठो और हमें पूरी बात बताओ। या तुम चाहोगी कि मैं जेम्स को सोने के लिए भेज दूँ?'

'अरे नहीं, नहीं! मुझे डॉक्टर की सलाह व मदद की भी जरूरत है। यह मामला इजा के बारे में है। वह दो दिन से घर नहीं आया है। उसको लेकर मुझे बहुत डर लग रहा है।'

यह पहली बार नहीं था कि उसने पति को लेकर अपनी परेशानी के बारे में हमें बताया था—एक डॉक्टर के तौर पर मुझे और स्कूल के दिनों की सहेली के रूप में मेरी पत्नी को। उन शब्दों से हमने उसे शांत किया और दिलासा दी, जो उस वक्त हमें सूझे थे। क्या वह जानती थी कि उसका पति कहाँ था? क्या यह संभव था कि हम उसे उसके पास ले आते?

ऐसा लगता है कि वह संभव था। उसे इस बात की पक्की जानकारी थी कि हाल के दिनों में, जब इजा को तलब लगती थी तो वह शहर के पूर्व में स्थित अफीम के एक अड्डे का उपयोग करता था। अब तक उसकी अफीमखोरी हमेशा एक दिन तक सीमित रहती थी और वह शाम को बदन में ऐंठन के साथ, पूरी तरह से बदहाल घर वापस आ जाता था। मगर अब नशा उस पर अड़तालीस घंटे सवार

रहता था और वह उस जहर को साँस के जरिए भीतर लेते हुए या उसके नशे में वंदरगाह की गोदी (डॉक्स) के कूड़ा-करकट में पड़ा रहता था। उसकी पत्नी को पक्का विश्वास था कि वह अपर स्वेंडन लेन स्थित 'बार ऑफ गोल्ड' में ही मिलेगा। परंतु वह कर क्या सकती थी? कैसे एक युवा व डरपोक औरत उस तरह की जगह तक पहुँचती और आवारागर्द लोगों के बीच घेरे से अपने पति को निकाल पाती? तो मामला यह था और निश्चित रूप से उसका एक ही समाधान था। क्या मैं उसके साथ उस जगह नहीं जा सकता था? और फिर तुरंत ही दूसरा विचार आया कि केट को मेरे साथ जाने की जरूरत ही क्या है? मैं इजा व्हिटनी का मेडिकल एडवाइजर था और इस नाते उस पर मेरा कुछ प्रभाव था। यह काम मैं अकेले बेहतर तरीके से कर सकता था। मैंने उसे वचन दिया कि दो घंटे के भीतर मैं उसके पति को एक कैब में घर भेज दूँगा, अगर वह सचमुच उस पते पर मौजूद हुआ, जो उसने हमें दिया था और इस तरह दस मिनट में मैंने अपनी आरामकुरसी और खुशनुमा बैठक पीछे छोड़ दी थी और एक अजीब से काम, जैसा वह मुझे उस समय लगा था—यद्यपि केवल भविष्य ही बता सकता था कि वह कितना अजीब होने वाला था, पर मैं एक घोड़ागाड़ी में पूर्व दिशा में दौड़ा चला जा रहा था।

> ***ऐसा लगता है कि वह संभव था। उसे इस बात की पक्की जानकारी थी कि हाल के दिनों में, जब इजा को तलब लगती थी तो वह शहर के पूर्व में स्थित अफीम के एक अड्डे का उपयोग करता था। अब तक उसकी अफीमखोरी हमेशा एक दिन तक सीमित रहती थी और वह शाम को बदन में ऐंठन के साथ, पूरी तरह से बदहाल घर वापस आ जाता था।***

परंतु अपने साहसिक कारनामे के पहले चरण में कोई ज्यादा मुश्किल नहीं आई। अपर स्वेंडन लेन एक बदनाम गली है, जो लंदन ब्रिज के पूर्व में बह रही नदी के उत्तरी भाग में ऊँचे घाटों की कतार के पीछे एक सॉफ्ट-ड्रिंक और शराब की दुकान के बीच छिपी रहती है। जिन तक सीधे उतारवाली सीढ़ियाँ गुफा के मुख की तरह एक काले गड्ढे की ओर ले जाती थीं। मुझे नशाखोरी का वह अड्डा मिल गया, जिसकी तलाश में मैं गया था। अपने कोचवान को रुकने का आदेश देकर मैं सीढ़ियों से नीचे उतरा, जिसका मध्य भाग नशेड़ियों के अनवरत आवागमन से टूट-फूट गया था; और दरवाजे के ऊपर लटके एक ऑयल लैंप की टिमटिमाती रोशनी में मैंने दरवाजे को धीरे से धकेला और ब्राउन ओपियम के धुएँ से भरे एक लंबे, निचले कमरे में प्रवेश किया, जिसमें

दीवार के साथ एक के ऊपर एक लकड़ी की शायिकाएँ बनी हुई थीं, जैसे डॉक से बाहर निकलते जहाज के अग्रिम भाग में बनी होती हैं।

धुँधले प्रकाश में अजीब-अजीब मुद्रओं में लेटी मानव आकृतियों पर नजर पड़ जाती थी—झुके हुए कंधे, मुड़े हुए घुटने, सिर पीछे की ओर लटके हुए, ठुड्डियाँ छत की तरफ उठी हुईं; यहाँ-वहाँ कुछ निस्तेज आँखें निर्लिप्तता से किसी आगंतुक की ओर उठ जाती थीं। काली परछाइयों के बीच लाल रोशनी के घेरे चमक उठते थे, कभी तेज, कभी मंद; वहीं धातु की नलियों के कटोरों में जलता हुआ जहर चमकता, बुझता रहता था। अधिकांश लोग चुपचाप पड़े थे। मगर कुछ अपने आप से बुदबुदा रहे थे; कुछ अन्य एक विचित्र, धीमे, बेजान स्वर में आपस में बातें कर रहे थे। उनकी बातचीत कभी एक प्रवाह के रूप में आती और अचानक ही खामोशी में बदल जाती। उनमें से हर एक दूसरे की बात अनसुनी करके अपनी ही बात बुदबुदाता। दूर वाले छोर पर जलते हुए कोयलोंवाली एक छोटी अँगीठी थी, जिसके बाजू में एक तिपाई पर अपनी दोनों मुट्ठियों पर ठुड्डी टिकाए, जबकि उसकी कोहनियाँ उसके घुटनों पर थीं, एक लंबा, पतला सा बूढ़ा आदमी आग की ओर घूर रहा था।

धुँधले प्रकाश में अजीब-अजीब मुद्रओं में लेटी मानव आकृतियों पर नजर पड़ जाती थी—झुके हुए कंधे, मुड़े हुए घुटने, सिर पीछे की ओर लटके हुए, ठुड्डियाँ छत की तरफ उठी हुईं; यहाँ-वहाँ कुछ निस्तेज आँखें निर्लिप्तता से किसी आगंतुक की ओर उठ जाती थीं। काली परछाइयों के बीच लाल रोशनी के घेरे चमक उठते थे, कभी तेज, कभी मंद; वहीं धातु की नलियों के कटोरों में जलता हुआ जहर चमकता, बुझता रहता था।

जैसे ही मैंने प्रवेश किया, एक पीला मलेशियाई सेवक जल्दी से मेरे लिए ड्रग की एक खुराक व पाइप ले आया और उसने एक खाली बर्थ की ओर इशारा किया।

'धन्यवाद! मैं यहाँ रुकने के लिए नहीं आया हूँ', मैंने कहा, 'मेरा एक दोस्त यहाँ है—मि. इजा व्हिटनी, और मैं उससे बात करना चाहता हूँ।'

मेरे दाहिनी ओर कुछ हलचल हुई और किसी के चिल्लाने की आवाज आई; धुँधलके में ताकने पर मुझे व्हिटनी दिखाई दिया—पीला, दुबला-पतला और अस्त-व्यस्त, जो मुझे घूर रहा था।

'ओ माय गॉड! यह तो वाटसन है', उसने कहा। वह बहुत दयनीय स्थिति में

था। उसकी हर स्नायु फड़क रही थी। 'वाटसन मैं पूछता हूँ, टाइम क्या हुआ होगा?'

'ग्यारह बजने को हैं।'

'और दिन?'

'शुक्रवार, 19 जून।'

'हे भगवान्! मैं तो समझ रहा था बुधवार है।'

'यह बुधवार ही है। इस गरीब को डराना क्यों चाहते हो?' उसने अपना चेहरा बाँहों में छिपा लिया और जोर-जोर से रोने लगा।

'मैं कहता हूँ, यह शुक्रवार ही है, मेरे भाई! तुम्हारी बीबी पिछले दो दिनों से तुम्हारा इंतजार कर रही है। तुम्हें खुद पर शर्म आनी चाहिए।'

'शर्मिंदा तो मैं हूँ। मगर आपसे कुछ गलती हुई है, वाटसन, क्योंकि यहाँ आए मुझे कुछ घंटे ही हुए हैं, तीन या चार पाइप हुए होंगे, ठीक से याद नहीं है। मगर मैं आपके साथ घर जाऊँगा। मैं केट, बेचारी केट को डराऊँगा नहीं। जरा अपना हाथ दीजिए। क्या आपके पास घोड़ा गाड़ी है?'

'हाँ, मैं बाहर छोड़कर आया हूँ।'

'तब तो मैं उसी में जाऊँगा। मगर मुझे एक बात जरूर कबूल करनी होगी। आप बताएँ वाटसन, वह क्या होगी? मैं बिल्कुल बेकार हो गया हूँ। मैं अपने लिए कुछ नहीं कर पाता।'

ड्रग के सिर चकरा देने वाले घिनौने धुएँ से बचने के लिए मैं अपनी साँस रोके उस सँकरे गलियारे से गुजर रहा था और मेरी आँखें मैनेजर को ढूँढ़ रही थीं। जैसे ही मैंने अँगीठी के पास बैठे लंबे आदमी को पीछे छोड़ा, मैंने महसूस किया, जैसे किसी ने अचानक मेरे ओवहरकोट का छोर खींचा हो और धीमी आवाज में कोई फुसफुसाया, 'थोड़ा आगे बढ़ो और फिर पीछे मुड़कर मेरी ओर देखो।'

ड्रग के सिर चकरा देने वाले घिनौने धुएँ से बचने के लिए मैं अपनी साँस रोके उस सँकरे गलियारे से गुजर रहा था और मेरी आँखें मैनेजर को ढूँढ़ रही थीं। जैसे ही मैंने अँगीठी के पास बैठे लंबे आदमी को पीछे छोड़ा, मैंने महसूस किया, जैसे किसी ने अचानक मेरे ओवहरकोट का छोर खींचा हो और धीमी आवाज में कोई फुसफुसाया, 'थोड़ा आगे बढ़ो और फिर पीछे मुड़कर मेरी ओर देखो।' ये शब्द मुझे साफ-साफ सुनाई दिए। मैंने नीचे देखा। वे शब्द मेरे बाजू में बैठे बूढ़े आदमी से ही आ सकते थे; परंतु बहुत ही पतला, ज्यादा ही झुर्रियोंवाला, झुका सा वह बूढ़ा, अपनी ही दुनिया में लीन, वैसे ही बैठा हुआ था। उसके घुटनों के

बीच अफीम का पाइप लटक रहा था, मानो थकावट के कारण उसकी उँगलियों की पकड़ से छूट गया हो। मैं दो कदम आगे बढ़ा और फिर मुड़कर पीछे देखा। अचरज की चीख निकलने से रोकने के लिए मुझे आत्मनियंत्रण की अपनी पूरी ताकत का इस्तेमाल करना पड़ा। वह घूमकर ऐसे बैठ गया था कि उसे मेरे सिवाय कोई देख न सके। उसका बदन भर गया था, उसकी झुर्रियाँ गायब हो गई थीं, उसकी निस्तेज आँखों में चमक लौट आई थी तथा वहाँ अँगीठी के पास बैठा और मेरे आश्चर्य पर खीसें निपोरता वह कोई और नहीं, शर्लक होम्स था। उसने मुझे पास आने का हलका सा इशारा किया और अपने समूह में दोबारा शामिल होने के लिए उसने जैसे ही अपना चेहरा आधा घुमाया, वह एक बार फिर काँपता हुआ जर्जर बूढ़ा बन चुका था।

तब तो उसी में उसे घर भेज दो। तुम उसकी सुरक्षा को लेकर बेफिक्र रह सकते हो, क्योंकि वह इतना निढाल मालूम पड़ता है कि कोई शरारत नहीं कर पाएगा। मैं तो यह सिफारिश करूँगा कि तुम कोचवान के हाथों अपनी पत्नी को इस आशय का एक नोट भेज दो कि तुमने अब अपनी नियति मेरे हवाले कर दी है।

'होम्स!' मैं फुसफुसाया, 'इस वाहियात अड्डे में तुम क्या कर रहे हो?'

'तुम जितना धीमे बोल सकते हो, बोलो,' उसने जवाब दिया, 'मेरे कान बहुत तेज हैं। अगर तुम अपने स्कॉटिश मित्र से पीछा छुड़ाने की कृपा करो तो तुमसे कुछ बात करके मुझे बेहद खुशी होगी।'

'मेरी घोड़ागाड़ी बाहर खड़ी है।'

'तब तो उसी में उसे घर भेज दो। तुम उसकी सुरक्षा को लेकर बेफिक्र रह सकते हो, क्योंकि वह इतना निढाल मालूम पड़ता है कि कोई शरारत नहीं कर पाएगा। मैं तो यह सिफारिश करूँगा कि तुम कोचवान के हाथों अपनी पत्नी को इस आशय का एक नोट भेज दो कि तुमने अब अपनी नियति मेरे हवाले कर दी है। अगर तुम बाहर मेरा इंतजार करो तो पाँच मिनट में मैं तुमसे मिलता हूँ।'

शर्लक होम्स की किसी भी गुजारिश को मानने से इनकार करना मुश्किल था, क्योंकि वे हमेशा अत्यधिक निश्चित होती थीं और बहुत ही आत्मविश्वास से की जाती थीं। परंतु मुझे लगा कि व्हिटनी को घोड़ागाड़ी में बिठाने के साथ ही उससे संबंधित मेरा मिशन व्यावहारिक रूप से पूरा हो जाता था; उसके बाद अपने मित्र (होम्स) के साहसिक अभियानों, जो उसके अस्तित्व की एक सामान्य शर्त थी, में

से एक में उसके साथ जुड़ने से बढ़कर किसी चीज की इच्छा नहीं कर सकता था। कुछ ही मिनटों में मैं पत्नी के नाम एक नोट लिखकर, व्हिटनी का बिल चुकाकर उसे घोड़ागाड़ी में बिठाकर अँधेरे में गुम होते देख चुका था। बहुत ही कम समय में एक झुकी सी मानव-आकृति अफीम के उस अड्डे से बाहर निकली और मैं शर्लक होम्स के साथ गली में आगे बढ़ रहा था। दो गलियों तक वह कमर झुकाए लड़खड़ाते कदमों से चलता रहा, फिर तेजी से इधर-उधर देखते हुए उसने अपने आपको सीधा किया और ठहाके मारकर हँसने लगा।

'मैं समझता हूँ, वाटसन,' उसने कहा, 'तुम सोच रहे होगे कि मैंने कोकीन के इंजेक्शन के साथ-साथ अफीम के कश लेना भी शुरू कर दिया है और साथ-ही-साथ उन व्यसनों को भी गले लगा लिया है, जिन पर तुमने मुझे अपनी डॉक्टरी राय से उपकृत किया है।'

'निश्चित रूप से तुम्हें वहाँ पाकर मुझे ताज्जुब हुआ था।'

'मगर उससे ज्यादा नहीं, जितना तुम्हें वहाँ देखकर मुझे हुआ था।'

'मैं एक मित्र की तलाश में आया था।'

'और मैं एक दुश्मन की।'

'एक दुश्मन?'

'हाँ, मेरा एक प्राकृतिक शत्रु या मेरा प्राकृतिक शिकार। संक्षेप में कहूँ वाटसन, तो मैं एक बड़े खास पड़ताल के मध्य में हूँ और मुझे उम्मीद है कि उन नशेड़ियों के व्थ प्रलाप में से कोई-न-कोई सुराग मिल जाएगा, जैसा कि मैं पहले भी कर चुका हूँ। अगर मैं उस अड्डे में पहचान लिया जाता तो मेरा जीवन कौड़ियों के दाम का भी न होता; क्योंकि अपने मकसदों के लिए मैं पहले भी उसका इस्तेमाल कर चुका हूँ और उस पाजी ईस्ट इंडियन नाविक, जो उसे चलाता है, ने कसम खाई है कि वह मुझसे बदला जरूर लेगा। उस बिल्डिंग के पीछे, पॉल्स व्हार्फ (नौका-घाट) के पास एक ट्रैप-डोर है, जो इस बारे में कुछ अनोखी कहानियाँ बयाँ कर सकता है कि अँधेरी रातों के दौरान वहाँ से क्या-क्या गुजरता है।'

'मैं समझता हूँ, वाटसन,' उसने कहा, 'तुम सोच रहे होगे कि मैंने कोकीन के इंजेक्शन के साथ-साथ अफीम के कश लेना भी शुरू कर दिया है और साथ-ही-साथ उन व्यसनों को भी गले लगा लिया है, जिन पर तुमने मुझे अपनी डॉक्टरी राय से उपकृत किया है।'
'निश्चित रूप से तुम्हें वहाँ पाकर मुझे ताज्जुब हुआ था।'
'मगर उससे ज्यादा नहीं, जितना तुम्हें वहाँ देखकर मुझे हुआ था।'

'क्या ? तुम्हारा अभिप्राय लाशें तो नहीं हो सकता ?'

'हाँ लाशें, वाटसन। अगर उन नामुराद शख्सों, जो उस अड्डे पर कत्ल कर दिए गए थे, में से प्रत्येक पर हमें 1000 पाउंड्स भी मिल जाता तो हम अमीर बन गए होते। पूरे नदी-तट पर वह सबसे भयानक मर्डर-ट्रैप है और मुझे डर है कि नेविल एस. प्लेयर उसमें दाखिल हुआ और फिर कभी निकल न सका। मगर हमारा ट्रैप अभी आता ही होगा।' उसने अपनी दोनों तर्जनियाँ दाँतों के बीच रखीं और जोर से सीटी बजाई, यह एक सिग्नल था, जिसके जवाब में दूर से वैसी ही सीटी की आवाज आई और कुछ ही देर में घोड़ों की टाप के साथ पहियों के चरमराने की आवाज सुनाई दी।

'अब, वाटसन,' होम्स कह ही रहे थे कि अपने दोनों तरफ लटकी लालटेनों से पीला प्रकाश फैलाती दो लंबे कुत्तों द्वारा खींची जानेवाली गाड़ी अँधेरे में से तेजी से उभरी, 'तुम मेरे साथ आओगे न ?'

'अगर मैं कुछ काम आ सकूँ।'

'ओह, एक भरोसेमंद साथी हमेशा उपयोगी होता है और एक वृत्तांतकार तो और भी ज्यादा। 'दि सेडर्स' में मेरा डबल-बेडवाला कमरा है।'

'अब, वाटसन,' होम्स कह ही रहे थे कि अपने दोनों तरफ लटकी लालटेनों से पीला प्रकाश फैलाती दो लंबे कुत्तों द्वारा खींची जानेवाली गाड़ी अँधेरे में से तेजी से उभरी, 'तुम मेरे साथ आओगे न ?'
'अगर मैं कुछ काम आ सकूँ।'
'ओह, एक भरोसेमंद साथी हमेशा उपयोगी होता है और एक वृत्तांतकार तो और भी ज्यादा। 'दि सेडर्स' में मेरा डबल-बेडवाला कमरा है।'

'दि सेडर्स ?'

'हाँ, वह एस. क्लेयर का घर है। जब तक मेरी जाँच जारी है, मैं वहीं ठहरा हूँ।

'वह है कहाँ ?'

'केंट में, ली के पास। हमें घोड़ागाड़ी से सात मील लंबा रास्ता तय करना है।'

'मगर मैं तो केस के बारे में कुछ जानता ही नहीं।'

'अभी सबकुछ जान जाओगे। उछलकर ऊपर आ जाओ। ठीक है, जॉन, हमें तुम्हारी जरूरत न होगी। यह लो आधे क्राउन (लगभग एक शिलिंग) का सिक्का। मुझसे कल करीब ग्यारह बजे मिला, तब तक के लिए, अलविदा!'

उसने चाबुक फटकारी और हम बेरौनक, सूनी सड़कों के एक सिलसिले को

तेजी से पार करते हुए लोहे की रेलिंगवाले एक चौड़े पुल, जिसके नीचे एक बेजान नदी धीरे-धीरे बह रही थी, से गुजरे। कुछ दूर ईंटों और मॉर्टर से बने मकानोंवाली एक श्रीहीन बस्ती थी, जिसकी खामोशी केवल एक सिपाही की बूटों की नियमित ठक-ठक या देर रात पार्टी से लौट रहे मनमौजियों के गानों और चिल्लाहट से ही टूटती थी। आसमान में कोहरे की हलकी सी चादर छाई हुई थी और बादलों की दरारों के बीच इक्के-दुक्के तारे टिमटिमा जाते थे। होम्स अपना सिर सीने पर झुकाए गंभीर सोच की मुद्रा में खामोशी से बग्घी चला रहा था, जबकि मैं यह जानने के लिए उत्सुक था कि यह नई तहकीकात क्या हो सकती है, जो उसके सोचने की क्षमता पर इतना दबाव डाल रही थी। मगर उसके विचारों का सिलसिला तोड़ने से डर भी लग रहा था। हम कई मीलों का सफर तय कर चुके थे और उपनगरीय मकानों की एक पट्टी के किनारे पहुँचने ही वाले थे, जब उसने अपने बदन को झटककर कंधे उचकाए और उस व्यक्ति की भाँति पाइप सुलगाया, जिसने स्वयं को आश्वस्त कर लिया हो कि वह सही दिशा में जा रहा था।

उसने चाबुक फटकारी और हम बेरौनक, सूनी सड़कों के एक सिलसिले को तेजी से पार करते हुए लोहे की रेलिंगवाले एक चौड़े पुल, जिसके नीचे एक बेजान नदी धीरे-धीरे बह रही थी, से गुजरे। कुछ दूर ईंटों और मॉर्टर से बने मकानोंवाली एक श्रीहीन बस्ती थी, जिसकी खामोशी केवल एक सिपाही की बूटों की नियमित ठक-ठक या देर रात पार्टी से लौट रहे मनमौजियों के गानों और चिल्लाहट से ही टूटती थी।

'तुम्हें चुप रहने का महान् वरदान मिला है, वाटसन,' उसने कहा, 'एक साथी के रूप में वह तुम्हें अनमोल बना देता है। मेरी बात ध्यान रखना, मेरे लिए यह बहुत महत्त्व रखता है कि कोई हो, जिससे मैं बात कर सकूँ, क्योंकि मेरे अपने विचार बहुत सुखद नहीं हैं। मैं समझ नहीं पा रहा था कि मैं आज रात इस प्रिय स्त्री से क्या कहूँगा, जब वह मेरे लिए दरवाजा खोलेगी!'

'तुम भूल रहे हो कि मैं इस बारे में कुछ नहीं जानता।'

''ली' पहुँचने से पहले केस के तथ्य बताने के लिए मेरे पास पर्याप्त समय होगा। यह केस ज्यादा ही आसान प्रतीत होता है, फिर भी मेरे हाथ ऐसा कुछ नहीं लग पा रहा, जिसके आधार पर मैं आगे बढ़ सकूँ। मेरे सामने धागों का तो ढेर लगा है, मगर उसका सिरा पकड़ में नहीं आ रहा। अब मैं तुम्हें केस के बारे में संक्षेप

में, किंतु साफ-साफ बताऊँगा, वाटसन और संभव है कि जहाँ मुझे निपट अँधेरा दिखाई पड़ रहा है, वहाँ तुम्हें कोई चिनगारी दिख जाए।'

'शुरू करो।'

'कुछ वर्ष पहले—पक्के तौर पर कहूँ तो मई 1884 में, 'ली' में एक सज्जन आए जिनका नाम था—नेविल एस. क्लेयर, जो काफी संपन्न मालूम पड़ते थे। उन्होंने एक विशाल विला लिया, सुंदर बाग-बगीचे लगाए और आमतौर पर अच्छे स्टाइल में रहने लगे। उन्होंने अपने आस-पास कई मित्र बनाए और 1887 में उन्होंने एक स्थानीय शराब निर्माता की बेटी से विवाह कर लिया, जिससे अब उनके दो बच्चे हैं। उनका कोई काम-धंधा नहीं था, परंतु कई कंपनियों में उनके हित थे; वे नियमित रूप से सुबह शहर जाते और हर शाम केनन स्ट्रीट से 5.14 बजे वापस लौटते थे। मि. एस. क्लेयर इस समय सैंतीस वर्ष के हैं, उनकी आदतें संयमित हैं—एक अच्छे पति व बहुत स्नेही पिता और एक ऐसे शख्स, जो उनके सभी जानकारों के बीच लोकप्रिय हैं। मैं यह भी बता दूँ कि जहाँ तक हम पता लगा पाए हैं, इस समय उनकी कुल देनदारियाँ 88.10 पौंड की हैं, जबकि 'कैपिटल एंड काउंटीज बैंक' में उनके खाते में 220 पौंड जमा हैं। इसलिए यह सोचने का कोई कारण नहीं है कि पैसों को लेकर उनके मन में कोई परेशानी थी।

कुछ वर्ष पहले—पक्के तौर पर कहूँ तो मई 1884 में, 'ली' में एक सज्जन आए जिनका नाम था—नेविल एस. क्लेयर, जो काफी संपन्न मालूम पड़ते थे। उन्होंने एक विशाल विला लिया, सुंदर बाग-बगीचे लगाए और आमतौर पर अच्छे स्टाइल में रहने लगे। उन्होंने अपने आस-पास कई मित्र बनाए और 1887 में उन्होंने एक स्थानीय शराब निर्माता की बेटी से विवाह कर लिया, जिससे अब उनके दो बच्चे हैं।

'पिछले सोमवार मि. नेविल एस. क्लेयर यह कहते हुए कि उन्हें कमीशन से जुड़े दो महत्त्वपूर्ण काम निपटाने हैं और यह कि वे लौटते समय अपने नन्हे बेटे के लिए कुछ खिलौने लेकर आएँगे। वे शहर के लिए कुछ जल्दी ही घर से निकल गए। अब संयोग ऐसा बना कि उसी सोमवार को मि. नेविल के रवाना होने के कुछ ही समय बाद उनकी पत्नी को इस आशय का एक टेलीग्राम मिला कि एक बहुत कीमती छोटा सा पार्सल, जिसकी वे अपेक्षा कर रही थीं, एबर्डीन शिपिंग कंपनी के दफ्तर में उनका इंतजार कर रहा था। अब अगर आप अपने लंदन को ठीक

से जानते हैं तो आपको पता होगा कि इस कंपनी का ऑफिस फ्रेज्नो स्ट्रीट में है, जो अपर स्वेंडम लेन से निकलती है, जहाँ आज रात तुमने मुझे देखा था। श्रीमती एस. क्लेयर ने लंच लिया, शहर के लिए रवाना हुईं, कुछ खरीदारी की, कंपनी के ऑफिस पहुँची, अपना पैकेट लिया और ठीक 4.35 बजे उन्होंने खुद को स्वेंडम लेन में पाया, जो स्टेशन के मार्ग में थी। क्या अब तक मैंने जो कुछ कहा है, उसे तुमने ठीक से समझ लिया है?'

'वह बिल्कुल स्पष्ट है।'

'अगर तुम्हें याद हो तो सोमवार एक बेहद गरम दिन था और श्रीमती क्लेयर कोई सार्वजनिक घोड़ागाड़ी मिलने की उम्मीद में इधर-उधर देखती, धीरे-धीरे आगे बढ़ रही थीं, क्योंकि जिस बस्ती में उन्होंने स्वयं को पाया था, वह उन्हें पसंद नहीं आ रही थी। जब वे इस तरह स्वेंडम लेन से गुजर रही थीं, उन्होंने अचानक एक पुकार या चीख सुनी और वे अपने पति को देखकर जड़वत् रह गईं, जो नीचे उसी की ओर देख रहे थे, तब उन्हें ऐसा लगा, मानो वे उस बिल्डिंग की दूसरी मंजिल की एक खिड़की से उसका ध्यान अपनी ओर आकर्षित करने का प्रयास कर रहे हों। खिड़की खुली थी तथा उन्होंने अपने पति का चेहरा साफ-साफ देखा था और वे बताती हैं कि वे बुरी तरह से परेशान लग रहे थे। वे बड़े ही असहाय भाव से उसकी ओर हाथ हिला रहे थे और फिर अचानक खिड़की से इस तरह गायब हो गए कि उसे ऐसा लगा, मानो किसी अदम्य शक्ति द्वारा उन्हें पीछे खींच लिया गया हो। एक अकेला पॉइंट, जो उसकी नारी-सुलभ आँखों से छिपा न रह सका, यह था कि यद्यपि उसके पति ने वैसा ही गहरे रंग का कोट पहना हुआ था, जैसा घर से निकलते समय पहना था, लेकिन उनकी कॉलर और नेकटाई नदारद थी।

अगर तुम्हें याद हो तो सोमवार एक बेहद गरम दिन था और श्रीमती क्लेयर कोई सार्वजनिक घोड़ागाड़ी मिलने की उम्मीद में इधर-उधर देखती, धीरे-धीरे आगे बढ़ रही थीं, क्योंकि जिस बस्ती में उन्होंने स्वयं को पाया था, वह उन्हें पसंद नहीं आ रही थी। जब वे इस तरह स्वेंडम लेन से गुजर रही थीं, उन्होंने अचानक एक पुकार या चीख सुनी और वे अपने पति को देखकर जड़वत् रह गईं, जो नीचे उसी की ओर देख रहे थे''

'जब वह इस बात की कायल हो गई कि उसके पति के साथ कुछ गलत हुआ है, वह नीचे की ओर जा रही सीढ़ियों पर दौड़ी, क्योंकि वह मकान कोई और नहीं, अफीमचियों का वही अड्डा था, जहाँ आज रात तुमने मुझे देखा था और आगे

वाले कमरे को पार करते हुए उसने उन सीढ़ियों पर चढ़ने की कोशिश की, जो पहली मंजिल पर ले जाती थीं। परंतु उसे वह पाजी ईस्ट इंडियन नाविक, जिसके बारे में मैं बता चुका हूँ, सीढ़ियों के आधार पर ही मिल गया, जिसने एक डेन, जो उसके गुर्गे के तौर पर काम करता है, के साथ मिलकर श्रीमती क्लेयर को गली में धकेल दिया। विचलित कर देने वाली आशंकाओं और डर से भरी श्रीमती क्लेयर गली के छोर की तरफ भागी और खुशकिस्मती के विरले पल में फ्रेस्नो स्ट्रीट में कुछ कॉन्स्टेबलों के साथ बीट पर जा रहे एक इंस्पेक्टर से मिली। इंस्पेक्टर और दो सिपाही उसे साथ लेकर वापस अड्डे पर गए तथा अड्डे के संचालक के लगातार विरोध के बावजूद वे उस कमरे तक पहुँचने में सफल रहे, जिसमें मि. एस. क्लेयर आखिरी बार देखे गए थे। वहाँ उनका कोई निशान तक नहीं था। असल में उस पूरे फ्लोर पर ही कोई व्यक्ति नहीं था, सिवाय घिनौना सा दिखनेवाला एक अपंग भिखारी के, जिसने उसे ही अपना घर बना लिया प्रतीत होता था। उसने और इंडियन नाविक दोनों ने कसम खाकर कहा कि दोपहर में आगेवाले कमरे में कोई दूसरा आदमी नहीं आया था। किसी अन्य व्यक्ति के वहाँ होने से उनका इनकार इतना कारगर था कि इंस्पेक्टर भी उलझन में पड़ गया और उसे लगभग विश्वास हो गया कि श्रीमती क्लेयर को जरूर कोई भ्रम हुआ होगा।

फिर भी दोनों के बयानों में कुछ असंगति देखकर इंस्पेक्टर को लगा कि मामला गंभीर था। कमरों की सावधानी से जाँच की गई, जिसके नतीजे कुल मिलाकर किसी घृणित अपराध की ओर इशारा करते थे। आगेवाला कमरा एक बैठक के तौर पर सादगी से सजा हुआ था और एक छोटे से शयन-कक्ष की ओर ले जाता था, जहाँ से नदी के एक घाट का पिछला हिस्सा दिखाई देता था।

'फिर भी दोनों के बयानों में कुछ असंगति देखकर इंस्पेक्टर को लगा कि मामला गंभीर था। कमरों की सावधानी से जाँच की गई, जिसके नतीजे कुल मिलाकर किसी घृणित अपराध की ओर इशारा करते थे। आगेवाला कमरा एक बैठक के तौर पर सादगी से सजा हुआ था और एक छोटे से शयन-कक्ष की ओर ले जाता था, जहाँ से नदी के एक घाट का पिछला हिस्सा दिखाई देता था। घाट और बेडरूम की खिड़की के बीच एक सँकरी पट्टी थी, जो भाटा (लो टाइड) के समय सूखा रहता है, परंतु ज्वार के समय कम-से-कम साढ़े चार फीट पानी से ढकी रहती है। शयन-कक्ष की खिड़की चौड़ी थी और नीचे से खुलती थी।

जाँच करने पर खिड़की की चौखट पर खून के निशान पाए गए और शयन-कक्ष के लकड़ी के फर्श पर भी खून की कई बूँदें दिखाई दे रही थीं। आगेवाले कमरे में परदे के पीछे कोट को छोड़कर श्री नेविल क्लेयर के सभी कपड़े ठूँसकर रखे हुए थे। उनके बूट्स, उनकी जुराबें, उनका हैट और उनकी घड़ी—सबकुछ वहीं थे। उन कपड़ों को देखकर हिंसा का कोई आभास नहीं होता था और श्री नेविल क्लेयर का दूसरा कोई निशान नहीं था। यह स्पष्ट था कि वे खिड़की के रास्ते ही बाहर गए होंगे, क्योंकि वहाँ कोई और निकास नहीं था तथा खिड़की की चौखट पर पाए गए खून के धब्बे इस संभावना को निरस्त करते थे कि वे तैरकर खुद को बचा सकते थे, क्योंकि उस त्रासदी के समय ज्वार अपने चरम पर था।

'अब उन खलनायकों की बात करें, जो इस मामले से सीधे जुड़े हुए प्रतीत होते थे। ईस्ट इंडियन नाविक का काला इतिहास सभी की जानकारी में था, परंतु श्रीमती क्लेयर के बयान के अनुसार उनके पति के खिड़की पर दिखाई देने के कुछ सकेंड्स के बाद ही वह सीढ़ियों के बेस पर पाया गया था, जिससे वह उस घिनौने अपराध में एक सहयोगी से ज्यादा कुछ नहीं हो सकता था। अपने बचाव में उसने किसी तरह की जानकारी होने से इनकार किया और जोर देकर कहा कि वह उसके मकान में किराए पर रह रहे उस भिखारी, ह्यूज बून की गतिविधियों के बारे में अनजान था और न ही वह गुमशुदा सज्जन के कपड़ों की मौजूदगी की कोई सफाई दे सकता था।

अब उन खलनायकों की बात करें, जो इस मामले से सीधे जुड़े हुए प्रतीत होते थे। ईस्ट इंडियन नाविक का काला इतिहास सभी की जानकारी में था, परंतु श्रीमती क्लेयर के बयान के अनुसार उनके पति के खिड़की पर दिखाई देने के कुछ सकेंड्स के बाद ही वह सीढ़ियों के बेस पर पाया गया था, जिससे वह उस घिनौने अपराध में एक सहयोगी से ज्यादा कुछ नहीं हो सकता था।

'यह तो हुई ईस्ट इंडियन मैनेजर की बात। अब उस अभागे अपंग भिखारी पर आएँ, जो अफीमचियों के अड्डे की दूसरी मंजिल पर रहता है, जो निश्चित रूप से वह आदमी था, जिसने सबसे बाद में नेविल एस. क्लेयर को देखा था। उसका नाम है ह्यूज बून और उसका डरावना चेहरा हर उस आदमी के लिए जाना-पहचाना है, जो इस शहर में अकसर आता है। वह एक पेशेवर भिखारी है, यद्यपि पुलिस विनियमों से बचने के लिए वह माचिस बेचने का नाटक करता

है। आपने ध्यान दिया होगा, थ्रेड नीडल स्ट्रीट में कुछ दूरी पर बाईं ओर दीवार में एक एंगल लगा हुआ है। यही वह जगह है, जो इस प्राणी के रोज बैठने का ठिया है, जहाँ वह माचिस का छोटा सा स्टॉक गोद में लेकर बैठता है और चूँकि वह बहुत दयनीय नजर आता है, इसलिए फुटपाथ पर उसकी बगल में रखे चमड़े के तैलीय हैट में सिक्कों की छोटी-मोटी बारिश होती रहती है। उसके पेशे के बारे में जानने के लिए मैंने एक से ज्यादा बार इस बंदे पर नजर रखी है और इतने कम समय में उसने जो फसल काटी है, उसे देखकर मैं दंग रह गया, जैसा तुम देख रहे हो, उसका व्यक्तित्व इतना आसाधारण है कि उसकी ओर ध्यान दिए बिना कोई वहाँ से गुजर नहीं सकता। नारंगी रंग के उलझे बालों का गुच्छा, घाव का एक भंयकर निशान, जिससे उसके ऊपरी होंठ का किनारा ऊपर की ओर मुड़ गया था, से विद्रूप पीला चेहरा, बुलडॉग जैसी उसकी ठुड्डी और गहरी काली आँखें, जो उसके बालों के रंग से बिल्कुल बेमेल थीं; ये सब और साथ ही उसकी हाजिर-जवाबी, क्योंकि वह किसी भी राहगीर द्वारा उड़ाए गए मखौल या टिप्पणी का जवाब देने के लिए हमेशा तैयार रहता था, जो उसे सामान्य भिखारियों से अलग बनाती थीं। यही वह आदमी है, जिसके बारे में हमें अब पता चला है कि वह अफीमचियों के अड्डे के ऊपर किराए के कमरे में रहता था और जिसने उन सज्जन को आखिरी बार देखा था, जिनकी हम तलाश में हैं।'

आपने ध्यान दिया होगा, थ्रेड नीडल स्ट्रीट में कुछ दूरी पर बाईं ओर दीवार में एक एंगल लगा हुआ है। यही वह जगह है, जो इस प्राणी के रोज बैठने का ठिया है, जहाँ वह माचिस का छोटा सा स्टॉक गोद में लेकर बैठता है और चूँकि वह बहुत दयनीय नजर आता है, इसलिए फुटपाथ पर उसकी बगल में रखे चमड़े के तैलीय हैट में सिक्कों की छोटी-मोटी बारिश होती रहती है।

'पर एक अपंग,' मैंने कहा, 'एक जवान आदमी से वह अकेले कैसे निपट सकता है?'

'वह अपंग इस अर्थ में है कि वह लँगड़ाकर चलता है, परंतु अन्य मामलों में वह बहुत बलवान और खाया-पिया प्रतीत होता है। वाटसन निश्चित रूप से तुम्हारे मेडिकल अनुभव ने तुम्हें बताया होगा कि अकसर अंग में कमजोरी की क्षतिपूर्ति दूसरे अंगों में असाधारण शक्ति से हो जाती है।'

'चलो, तुम अपना वृत्तांत जारी रखो।'

'खिड़की पर खून देखकर श्रीमती एस. क्लेयर बेहोश हो गई थीं और पुलिस द्वारा उन्हें एक सार्वजनिक घोड़ागाड़ी में घर पहुँचा दिया गया था, क्योंकि उसकी मौजूदगी से पुलिस की तहकीकात में कोई मदद नहीं मिल सकती थी। इंस्पेक्टर बार्टन, जो इस केस का प्रभारी था, ने बड़ी सावधानी से कमरों की जाँच की, मगर उसे ऐसी कोई चीज नहीं मिली, जो इस मामले पर प्रकाश डाल सके। बून को तत्काल गिरफ्तार न करके एक गलती तो हो ही गई थी, क्योंकि इससे उसको अपने ईस्ट इंडियन नाविक दोस्त से बात करने के लिए कुछ मिनट मिल गए थे, मगर वह गलती जल्द ही ठीक कर ली गई और उसे पकड़कर उसकी तलाशी ली गई, परंतु ऐसी कोई चीज नहीं मिली, जिससे अपराध में उसकी संलिप्तता जाहिर होती। यह सच है कि उसकी शर्ट की दाहिनी आस्तीन पर खून के कुछ धब्बे थे, परंतु उसने अपनी अनामिका की ओर इशारा किया, जो नाखून के पास कट गई थी और बताया कि यह खून उस उँगली से गिरा था तथा यह भी कि अपनी उँगली के साथ खिड़की के पास गए उसे ज्यादा समय नहीं हुआ था और खिड़की तथा फर्श पर पाए गए धब्बे उसी खून के थे। उसने जोर देकर कहा कि उसने श्री नेविल को जीवन में कभी नहीं देखा और उसके कमरे में उनके कपड़ों की नौजूदगी उसके लिए भी उतना ही बड़ा रहस्य है, जितना पुलिस के लिए है। श्रीमती क्लेयर के इस दावे की उसने सचमुच अपने पति को खिड़की के पास देखा था, के बारे में उसने घोषणा की कि वह लेडी या तो पागल है या वह सपना देख रही थी। उसके चीखने-चिल्लाने के बावजूद उसे पुलिस स्टेशन भेज दिया गया, जबकि इंस्पेक्टर इस आशा में थे कि भाटे के कारण घटता जल कोई सुराग उपलब्ध करा दे, उस भवन के परिसर में ही बना रहा।

खिड़की पर खून देखकर श्रीमती एस. क्लेयर बेहोश हो गई थीं और पुलिस द्वारा उन्हें एक सार्वजनिक घोड़ागाड़ी में घर पहुँचा दिया गया था, क्योंकि उसकी मौजूदगी से पुलिस की तहकीकात में कोई मदद नहीं मिल सकती थी। इंस्पेक्टर बार्टन, जो इस केस का प्रभारी था, ने बड़ी सावधानी से कमरों की जाँच की, मगर उसे ऐसी कोई चीज नहीं मिली, जो इस मामले पर प्रकाश डाल सके।

'सुराग मिला जरूर, हालाँकि कीचड़ से भरे नदी-तट पर उन्हें वह नहीं मिला, जिसका उन्हें डर था। वहाँ श्री नेविल एस. क्लेयर तो नहीं, उनका कोट जरूर पड़ा था और क्या तुम अनुमान लगा सकते हो कि उस कोट की जेबों में क्या मिला होगा?'

'नहीं।'

'मैं जानता था। कोट की हर जेब में एक और आधे पेनी के सिक्के भरे हुए थे—एक पेनी के 421 और आधे पेनी के 270 सिक्के। इसीलिए यह हैरानी की बात नहीं थी कि घटते जल के साथ वह कोट बह क्यों नहीं गया था। परंतु एक मानव शरीर एक अलग मामला था। घाट और उस मकान के बीच एक भयंकर भँवर। यह काफी हद तक संभव प्रतीत हुआ कि सिक्कों के वजन के कारण कोट वहीं बना रहा हो, जबकि नंगा बदन तेज बहाव में नदी में समा गया होगा।'

'परंतु मैं समझता हूँ, श्री नेविल के अन्य सभी कपड़े कमरे में मिले थे तो क्या उन्होंने सिर्फ कोट ही पहना होगा?'

नहीं, मगर एक और रास्ते से भी तथ्यों तक पहुँचा जा सकता है। मान लो कि इस शख्स बून ने नेविल एस. क्लेयर को खिड़की से बाहर पानी में धकेल दिया हो तथा कोई अन्य व्यक्ति इस कृत्य को देख पाया हो। ऐसी स्थिति में वह क्या करेगा? निश्चित रूप से, उसके मन में तत्काल यह बात आएगी कि सबसे पहले तो उसे क्लेयर के कपड़ों से पीछा छुड़ाना चाहिए, जो उसे फँसा सकते हैं।

'नहीं, मगर एक और रास्ते से भी तथ्यों तक पहुँचा जा सकता है। मान लो कि इस शख्स बून ने नेविल एस. क्लेयर को खिड़की से बाहर पानी में धकेल दिया हो तथा कोई अन्य व्यक्ति इस कृत्य को देख पाया हो। ऐसी स्थिति में वह क्या करेगा? निश्चित रूप से, उसके मन में तत्काल यह बात आएगी कि सबसे पहले तो उसे क्लेयर के कपड़ों से पीछा छुड़ाना चाहिए, जो उसे फँसा सकते हैं। वह कोट को हाथ में लेगा और उसे पानी में फेंकने के लिए उद्यत होगा, तभी उसे खयाल आएगा कि कोट डूबेगा नहीं, तैरेगा। उसके पास समय बहुत कम है, क्योंकि उसने नीचे का शोर-शराबा सुना है, जब श्रीमती क्लेयर ने जबरदस्ती ऊपर आने की कोशिश की थी और शायद उसने पहले ही अपने साथी ईस्ट इंडियन नाविक से सुन लिया था कि गली में पुलिस तेजी से इसी ओर आ रही है। उसके पास खोने के लिए एक पल भी नहीं था। वह दौड़कर अपने गुप्त खजाने की ओर जाता है, जहाँ उसने भीख में मिला धन जमाकर रखा है और उसके हाथ में जो भी, जितने भी सिक्के आए, उन सबको कोट की जेबों में भर दिया, यह सुनिश्चित करने के लिए कि कोट डूब जाए। उसने कोट फेंक दिया और अन्य कपड़ों के साथ भी वह यही करनेवाला था, अगर उसने कुछ लोगों के तेजी से सीढ़ियाँ चढ़ने की आवाज न सुनी होती। पुलिस के

पहुँचने से पहले उसके पास बस इतना समय था कि वह खिड़की बंद कर सके।'

'निश्चित रूप से यह संभव लगता है।'

'खैर, एक बेहतर अनुमान की अनुपस्थिति में हम इसे एक कामचलाऊ अनुमान के तौर पर लेंगे। जैसा मैंने तुम्हें पहले बताया है कि बून को गिरफ्तार करके पुलिस स्टेशन ले जाया गया था, मगर यह दरशाया नहीं जा सका कि उसके खिलाफ कभी भी कोई मामला बना था। वर्षों से वह एक पेशेवर भिखारी के तौर पर जाना जाता था, परंतु उसका जीवन एकदम शांत और मासूम जान पड़ता था। इस समय यह केस इस मुकाम पर है कि इन सवालों का जवाब खोजा जाना बेहद जरूरी है कि अफीमचियों के इस अड्डे में नेविल एस. क्लेयर क्या कर रहे थे? वहाँ पहुँचने के बाद उनके साथ क्या हुआ? अब वे कहाँ हैं और उनके गायब होने से ह्यूज बून का क्या लेना-देना है? परंतु अब भी समाधान से दूर हैं। मैं स्वीकार करता हूँ कि मेरे अनुभव में मुझे ऐसा कोई केस याद नहीं आता, जो पहली नजर में इतना आसान लगा हो, मगर जिसने ऐसी मुश्किलें पैदा की हों।'

जब शर्लक होम्स इन सिलसिलेवार घटनाओं को विस्तार से बता रहे थे, हम हवा की रफ्तार से इस विशाल शहर के बाहरी इलाकों से चले जा रहे थे, जब तक कि तेजी से पीछे छूटते आखिरी मकान भी हमारी नजरों से ओझल न हो गया और दोनों ओर रेलिंग से युक्त सड़क पर हमारी घोड़ागाड़ी सरपट दौड़ती रही।

जब शर्लक होम्स इन सिलसिलेवार घटनाओं को विस्तार से बता रहे थे, हम हवा की रफ्तार से इस विशाल शहर के बाहरी इलाकों से चले जा रहे थे, जब तक कि तेजी से पीछे छूटते आखिरी मकान भी हमारी नजरों से ओझल न हो गया और दोनों ओर रेलिंग से युक्त सड़क पर हमारी घोड़ागाड़ी सरपट दौड़ती रही। जब होम्स ने अपना वृत्तांत खत्म किया, हम छितरे हुए दो गाँवों से गुजर रहे थे, जहाँ खिड़कियों से अब भी कुछ रोशनियाँ टिमटिमा रही थीं।

'हम 'ली' के बाहरी इलाके में हैं,' मेरे साथी ने कहा, 'हमने अपने छोटे से सफर में तीन इंग्लिश काउंटीज को टच किया है—मिडिलसेक्स से शुरू करते हुए, एक कोण से सरे को छूते हुए, केंट में हमारा सफर खत्म हुआ है। पेड़ों के बीच से वह रोशनी देख रहे हो, यही 'दि सेडर्स' है और उस लैंप के पास जो महिला बैठी है, उसके सजग कानों ने घोड़े की टाप सुन ली है, इसमें मुझे कोई संदेह नहीं है।'

'पर तुम इस केस पर बेकर्स स्ट्रीट से काररवाई क्यों नहीं कर रहे हो?'

'क्योंकि कई सवाल ऐसे हैं, जिनके जवाब यहीं मिल सकते हैं। श्रीमती क्लेयर ने उपयोग के लिए कृपापूर्वक दो कमरे मुझे दे दिए हैं और तुम इस बात के लिए आश्वस्त रहो कि वे मेरे मित्र और सहकर्मी का स्वागत ही करेंगी। वाटसन, जब मेरे पास उसके पति के बारे में कोई समाचार नहीं होता तो मैं उससे मिलना बिल्कुल पसंद नहीं करता। लो, हम पहुँच ही गए।'

होम्स ने एक विशाल देहाती बँगले, जो अपनी ही जमीन के बीचोबीच खड़ा था, के सामने बग्घी रोक दी। अस्तबल से एक लड़का दौड़कर आया और उसने घोड़े को सिर से थाम लिया और बग्घी से कूदकर उतरते हुए मैं बजरीवाली घुमावदार सड़क, जो घर तक ले जाती थी, पर होम्स के पीछे चला। जैसे ही हम घर तक पहुँचे, तपाक से दरवाजा खुला और मैंने देखा कि फ्रांसीसी मलमल की एक ड्रेस, जिसके गले और आस्तीनों पर फूला हुआ सा गुलाबी शिफॉन उभरा था, को पहने भूरे बालोंवाली छोटे कद की एक महिला खड़ी थी। तेज रोशनी की पृष्ठभूमि में उसकी रूपरेखा नजर आ रही थी—एक हाथ दरवाजे पर टिकाए, उतावलेपन में दूसरा हाथ आधा उठाए, शरीर कुछ झुका सा, उसका सिर और चेहरा आगे निकला हुआ, उत्सुक आँखों व खुले होंठो में मूर्तिमान प्रश्न बनी वह खड़ी थी।

होम्स ने एक विशाल देहाती बँगले, जो अपनी ही जमीन के बीचोबीच खड़ा था, के सामने बग्घी रोक दी। अस्तबल से एक लड़का दौड़कर आया और उसने घोड़े को सिर से थाम लिया और बग्घी से कूदकर उतरते हुए मैं बजरीवाली घुमावदार सड़क, जो घर तक ले जाती थी, पर होम्स के पीछे चला।

'कुछ पता चला?' कातर स्वर में उसने पूछा और फिर यह देखकर कि हम दो थे, उसके मुँह से उम्मीद की एक किलकारी सी निकली, जो एक लंबे विश्वास में बदल गई, जब उसने मेरे साथी को नकारने की मुद्रा में सिर हिलाते और कंधे उचकाते देखा।

'कोई अच्छी खबर नहीं है?'

'कोई नहीं।'

'बुरी भी नहीं?'

'नहीं।'

'उसके लिए ईश्वर को धन्यवाद। मगर आप भीतर आइए, दिनभर की दौड़-धूप के बाद आप थक गए होंगे।'

'ये मेरे मित्र हैं—डॉ. वाटसन। मेरे कई केसेज में ये अत्यधिक उपयोगी रहे हैं और एक उत्तम संयोग से इन्हें यहाँ लाना और इस तहकीकात से जोड़ना संभव हो पाया है।'

'आपको देखकर मुझे बड़ी प्रसन्नता हुई', आत्मीयता से मेरा हाथ दबाते हुए वह बोली, 'मुझे विश्वास है कि अगर हमारी व्यवस्थाओं में कुछ कमी रह गई हो तो आप माफ कर देंगे, यह ध्यान में रखते हुए कि हम पर अचानक विपदा टूट पड़ी है।'

'मेरी प्रिय मैडम,' मैंने कहा, 'मैं एक पुराना जाँचकर्ता हूँ और अगर नहीं भी होता तो भी मैं साफ देख सकता हूँ कि क्षमायाचना की कोई जरूरत नहीं हैं। अगर मैं आपके या मेरे इस मित्र के कुछ भी काम आ सका तो मुझे सचमुच खुशी होगी।'

'आपको देखकर मुझे बड़ी प्रसन्नता हुई', आत्मीयता से मेरा हाथ दबाते हुए वह बोली, 'मुझे विश्वास है कि अगर हमारी व्यवस्थाओं में कुछ कमी रह गई हो तो आप माफ कर देंगे, यह ध्यान में रखते हुए कि हम पर अचानक विपदा टूट पड़ी है।' 'मेरी प्रिय मैडम,' मैंने कहा, 'मैं एक पुराना जाँचकर्ता हूँ और अगर नहीं भी होता तो भी मैं साफ देख सकता हूँ कि क्षमायाचना की कोई जरूरत नहीं हैं। अगर मैं आपके या मेरे इस मित्र के कुछ भी काम आ सका तो मुझे सचमुच खुशी होगी।'

'अब, मि. शर्लक होम्स,' जब हम रोशनी से जगमगाते डाइनिंग-रूम, जिसकी टेबल पर रात्रि का ठंडा भोजन सजाकर रखा हुआ था, में दाखिल हो रहे थे, उसने कहा, 'मैं आपसे एक या दो सवाल साफ-साफ पूछना चाहूँगी और मेरी याचना है कि आप भी उनका जवाब उतनी ही साफगोई से दें।'

'निश्चित रूप से, मैडम।'

'आप मेरी भावनाओं की चिंता न करें। मैं उन्मादी नहीं हूँ और न आसानी से बेहोश होती हूँ। मैं बस आपकी बेबाक राय सुनना चाहती हूँ।'

'किस पॉइंट पर?'

'क्या आप अपने दिल की गहराइयों से समझते हैं कि नेविल जीवित हैं?'

ऐसा लगा, जैसे शर्लक होम्स इस सवाल से उलझन में पड़ गए हों। 'साफ-साफ कहिएगा!' एक बास्केट चेयर में पीछे की ओर झुके होम्स की आँखों में देखते हुए कालीन पर खड़ी महिला ने दोहराया।

'फिर मैं साफ-साफ ही कहूँगा, मैडम, मैं ऐसा नहीं समझता।'

'आप समझते हैं कि वे जीवित नहीं हैं?'

'हाँ, मैडम।'

'उनकी हत्या हुई है?'

'यह तो मैं नहीं कहता, शायद।'

'और किस दिन उनकी मौत हुई?'

'सोमवार को।'

'फिर मि. होम्स, क्या आप इस पर रोशनी डाल सकते हैं कि ऐसा कैसे हुआ कि उनका एक पत्र मुझे आज ही मिला है?'

शर्लक होम्स अपनी कुरसी से उछाल पड़े।

'क्या?' वे चिल्लाए।

'हाँ, आज ही।' कागज की एक छोटी सी परची हवा में लहराते हुए, वह मुसकरा रही थी।

'क्या मैं उसे देख सकता हूँ?'

'निश्चित रूप से।'

उतावलेपन में होम्स ने वह कागज उससे छीन लिया और उसे खोलते हुए टेबल पर बिछा दिया, फिर लैंप को आगे खींचकर गौर से उसकी जाँच की। मैं भी अपनी कुरसी छोड़कर होम्स के कंधों की ओर से उस पत्र को देख रहा था। लिफाफा बहुत ही रफ कागज का था और उस पर ग्रेट्स एंड पोस्ट ऑफिस की मुहर और उसी दिन, बल्कि पिछले दिन (क्योंकि आधी रात के बाद काफी समय बीत चुका था।) की तारीख डली हुई थी।

उतावलेपन में होम्स ने वह कागज उससे छीन लिया और उसे खोलते हुए टेबल पर बिछा दिया, फिर लैंप को आगे खींचकर गौर से उसकी जाँच की। मैं भी अपनी कुरसी छोड़कर होम्स के कंधों की ओर से उस पत्र को देख रहा था। लिफाफा बहुत ही रफ कागज का था और उस पर ग्रेट्स एंड पोस्ट ऑफिस की मुहर और उसी दिन, बल्कि पिछले दिन (क्योंकि आधी रात के बाद काफी समय बीत चुका था।) की तारीख डली हुई थी।

'अनगढ़ लिखाई है,' होम्स बुदबदाए, 'निश्चित रूप से यह आपके पति की लिखावट नहीं है, मैडम।'

'नहीं, पर उसके साथ जो कुछ है, वह उन्हीं की है।'

'मैं यह भी देख रहा हूँ कि जिस किसी ने लिफाफे पर पता लिखा है, उसे किसी के पास जाकर पता पूछना पड़ा है।'

'आप ऐसा कैसे कह सकते हैं ?'

'आप देख सकती हैं कि पानेवाले का नाम पूरी तरह काली स्याही से लिखा गया है, जो अपने आप सूख गई है। पता स्लेटी रंग की स्याही से लिखा गया है, जो यह दरशाता है कि ब्लॉटिंग पेपर का उपयोग किया गया था। अगर नाम व पता एक साथ लिखा गया होता और फिर ब्लॉटिंग पेपर का उपयोग किया जाता तो कोई भी हिस्सा इतना गहरा काला न होता। इस आदमी ने पहले नाम लिखा और फिर कुछ देर बाद पता लिखा है, जिसका अर्थ यही हो सकता है कि उसे पते की जानकारी नहीं थी। निश्चित रूप से यह एक तुच्छ सी बात है, मगर ऐसी ही तुच्छ बातों से ज्यादा महत्त्वपूर्ण कुछ नहीं होता। अब हम पत्र को देखें। हाँ, यहाँ तो साथ में कोई चीज भी है।'

आप देख सकती हैं कि पानेवाले का नाम पूरी तरह काली स्याही से लिखा गया है, जो अपने आप सूख गई है। पता स्लेटी रंग की स्याही से लिखा गया है, जो यह दरशाता है कि ब्लॉटिंग पेपर का उपयोग किया गया था। अगर नाम व पता एक साथ लिखा गया होता और फिर ब्लॉटिंग पेपर का उपयोग किया जाता तो कोई भी हिस्सा इतना गहरा काला न होता।

'हाँ, एक अँगूठी है, उनकी सिग्नेट रिंग।'

'और आपको पूरा भरोसा है कि यह आपके पति की लिखावट है ?'

'उनके एक हाथ की है।'

'एक हाथ की ?'

'जब वे बहुत तेजी से लिखते हैं तो वह उनकी सामान्य लिखावट से बहुत अलग होती है, फिर भी मैं उसे अच्छी तरह से जानती हूँ।'

'प्रियतम, डरना नहीं। सबकुछ ठीक हो जाएगा। कहीं बहुत बड़ी गलती हुई है, जिसे ठीक करने में कुछ समय लग सकता है। धैर्यपूर्वक प्रतीक्षा करो। नेविल।'

'पुस्तक के आकार के एक पन्ने, जिस पर कोई वाटर-मार्क नहीं था, पर पेंसिल से लिखा गया था। अच्छा! एक आदमी, जिसका अँगूठा गंदा था, द्वारा उसे आज ही ग्रेव्स एंड में पोस्ट किया गया था। हाँ, और अगर मैं बहुत गलत नहीं हूँ तो लिफाफा एक ऐसे व्यक्ति द्वारा चिपकाया गया है, जो तंबाकू खाता रहा है और आपको कोई संदेह नहीं है, मैडम कि यह आपके पति की लिखावट है ?'

'बेशक, नेविल ने ही ये शब्द लिखे हैं ?'

'और उन्हें आज ही ग्रेव्स एंड में पोस्ट किया गया था। ठीक है श्रीमती क्लेयर, कुछ बादल तो छँटे हैं, फिर भी मैं यह नहीं कहूँगा कि खतरा टल गया है।'

'परंतु वे जरूर जीवित होंगे, मि. होम्स।'

'हाँ, जब तक कि हमारी जाँच को भटकाने के लिए किसी ने मि. नेविल की लिखाई की जालसाजी की हो। जो भी हो, अँगूठी कुछ साबित नहीं करती। यह उनसे ले ली गई हो, ऐसा भी हो सकता है।'

'नहीं-नहीं, यह लिखावट बिल्कुल उन्हीं की है।'

'चलो, मान लेते हैं। मगर यह तो हो सकता है कि यह संदेश सोमवार को लिखा गया हो और पोस्ट आज किया गया हो।'

'हाँ, यह संभव है।'

'अगर यह सही है तो उस दौरान बहुत कुछ हुआ, यह हो सकता है।'

'ओह, मि. होम्स, आप मुझे हतोत्साहित न करें। मैं जानती हूँ कि वे पूरी तरह से ठीक हैं। हम दोनों के बीच इतनी सहानुभूति है कि अगर उनके साथ कुछ भी बुरा हुआ होता तो मुझे पता चल जाता। जिस दिन वे यहाँ से निकले थे, उन्होंने शयन-कक्ष में अपनी उँगली काट ली थी और फिर भी मैं, जो डाइनिंग रूम में थी, उसी समय ऊपर की ओर भागी, निश्चित रूप से यह जानते हुए कि उनके साथ जरूर कुछ बुरा हुआ है। क्या आप समझते हैं कि जब मुझे उनके बारे में इतनी सी बात पता चल जाती है तो मैं उनकी मृत्यु के बारे में अनजान रहूँगी?'

ओह, मि. होम्स, आप मुझे हतोत्साहित न करें। मैं जानती हूँ कि वे पूरी तरह से ठीक हैं। हम दोनों के बीच इतनी सहानुभूति है कि अगर उनके साथ कुछ भी बुरा हुआ होता तो मुझे पता चल जाता। जिस दिन वे यहाँ से निकले थे, उन्होंने शयन-कक्ष में अपनी उँगली काट ली थी और फिर भी मैं, जो डाइनिंग रूम में थी, उसी समय ऊपर की ओर भागी, निश्चित रूप से यह जानते हुए कि उनके साथ जरूर कुछ बुरा हुआ है।

'मैंने बहुत दुनिया देखी है और जानता हूँ कि एक स्त्री की सहज भावना एक विश्लेषणात्मक तार्किक निष्कर्ष से ज्यादा कीमती हो सकती है और इस पत्र में आपकी सोच की पुष्टि के लिए आपके पास यकीनन एक बड़ा ही पुख्ता सबूत है। परंतु अगर आपके पति जीवित हैं और पत्र लिखने की स्थिति में हैं तो वे आपसे दूर क्यों हैं?'

'मेरा तो दिमाग ही काम नहीं करता।'

'और सोमवार को घर से निकलते हुए उन्होंने कोई टिप्पणी भी नहीं की थी?'

'नहीं।'

'और स्वेंडम लेन में उन्हें देखकर आपको आश्चर्य हुआ था?'

'बहुत ज्यादा।'

'क्या खिड़की खुली थी?'

'हाँ।'

'तब तो उन्होंने आपको पुकारा होगा?'

'शायद।'

'जहाँ तक मैं समझता हूँ, उनके मुँह से सिर्फ एक अस्पष्ट सी चीख निकली थी?'

'हाँ।'

'मदद के लिए एक पुकार, जैसा आपने समझा?'

'हाँ, उन्होंने हाथ हिलाए थे।'

'पर वह चीख आश्चर्य की भी हो सकती थी। हो सकता है, अनपेक्षित रूप से आपको वहाँ देखकर उन्होंने अपने हाथ हवा में उठा दिए हों?'

'यह संभव है।'

'और आपको लगा कि उन्हें पीछे खींच लिया गया था।'

'वे अचानक वहाँ से गायब हो गए थे।'

'हो सकता है, वे पीछे की ओर उछले हों! आपने वहाँ किसी और को तो देखा नहीं था?'

'जहाँ तक मैं समझता हूँ, उनके मुँह से सिर्फ एक अस्पष्ट सी चीख निकली थी?'

'हाँ।'

'मदद के लिए एक पुकार, जैसा आपने समझा?'

'हाँ, उन्होंने हाथ हिलाए थे।'

'पर वह चीख आश्चर्य की भी हो सकती थी। हो सकता है, अनपेक्षित रूप से आपको वहाँ देखकर उन्होंने अपने हाथ हवा में उठा दिए हों?'

'यह संभव है।'

'और आपको लगा कि उन्हें पीछे खींच लिया गया था।'

'वे अचानक वहाँ से गायब हो गए थे।'

'नहीं, मगर उस भयंकर आदमी ने कुबूल किया है कि वह वहाँ था और वह ईस्ट इंडियन नाविक सीढ़ियों के बेस पर था।'

'यह बिल्कुल सच है। जहाँ तक आप उन्हें देख पाईं, आपके पति अपनी सामान्य पोशाक में थे?'

'हाँ, पर उनकी कॉलर और टाई नदारद थी। मैंने साफ-साफ उनका खुला गला देखा था।'

'क्या उन्होंने कभी भी आपसे स्वेंडम लेन का जिक्र किया था?'

'कभी नहीं।'

'क्या आपने उनमें कभी भी ऐसे लक्षण देखे थे, मानो उन्होंने अफीम का सेवन किया हो?'

'कभी नहीं।'

'धन्यवाद, श्रीमती क्लेयर। ये ही मुख्य बिंदु थे, जिनके बारे में मैं कोई संदेह नहीं रखना चाहता था। अब हम थोड़ा सा भोजन करेंगे और फिर सो जाएँगे, क्योंकि हमारा कल का दिन बहुत व्यस्त रह सकता है।'

डबल बेड से युक्त एक बड़ा सा आरामदायक कमरा हमारे हवाले कर दिया गया था और मैं जल्द ही चादरों के बीच था, क्योंकि साहसिक कारनामों की अपनी रात के बाद मैं बहुत थका हुआ महसूस कर रहा था, परंतु शर्लक होम्स एक ऐसा आदमी था, जो जब कोई अनसुलझी समस्या उनके मन में घूम रही हो तो उसके पीछे की घटनाओं की कड़ियों को मिलाते हुए, तथ्यों को अलग-अलग स्थितियों में रखकर, उन्हें हर नजरिए से देखते हुए, बिना विश्राम किए कई दिनों, यहाँ तक कि पूरे हफ्ते उसमें लगे रह सकता था, जब तक कि मामला पूरी तरह उसकी समझ में न आ जाए या वह यह तय कर ले कि उसके ज्ञात तथ्य पर्याप्त नहीं हैं। मेरे सामने जल्द ही यह स्पष्ट हो गया था कि वह सारी रात इस केस पर काम करेगा। उसने अपना कोट और बास्कट उतारा और एक बड़ा सा नीला ड्रेसिंग-गाउन पहन लिया, फिर कमरे में घूम-घूम कर अपने पलंग से तकिए, सोफे एवं आरामकुरसी से कुशन इकट्ठे करने लगा। इनसे उसने एक तरह का पूर्वी दीवान लिया और सामने टेबल पर थोड़ी सी कटी तंबाकू और एक माचिस रखकर जुगाड़ से बनाए दीवान पर पालथी मारकर बैठ गया। लैंप के मद्धिम प्रकाश में मैंने उसे बैठे देखा—एक पुराना ब्रायर पाइप उसके होंठो के बीच फँसा, छत के कोने को एकटक निहारती उसकी भावशून्य आँखें, पाइप से निकला बलखाता नीला धुआँ उठता हुआ, उसका गरुड़-समान

डबल बेड से युक्त एक बड़ा सा आरामदायक कमरा हमारे हवाले कर दिया गया था और मैं जल्द ही चादरों के बीच था, क्योंकि साहसिक कारनामों की अपनी रात के बाद मैं बहुत थका हुआ महसूस कर रहा था, परंतु शर्लक होम्स एक ऐसा आदमी था, जो जब कोई अनसुलझी समस्या उनके मन में घूम रही हो तो उसके पीछे की घटनाओं की कड़ियों को मिलाते हुए, तथ्यों को अलग-अलग स्थितियों में रखकर"

चेहरा, जिस पर रोशनी पड़ रही थी, खामोश और निश्चल। जब मेरी आँख लगी तो वह उसी मुद्रा में बैठा था और जब यकायक मेरी आँख खुली तो मैंने पाया कि गरमियों के सूरज की किरणें घर में फैल चुकी थीं, तब भी होम्स उसी मुद्रा में बैठा था। पाइप अब भी उसके होंठों के बीच दबा हुआ था, बलखाता हुआ धुआँ अब भी ऊपर उठ रहा था और जले हुए तंबाकू की गंध कमरे में फैल गई थी तथा कटी हुई तंबाकू का वह ढेर, जो मैंने पिछली रात को टेबल पर देखा था, अब वहाँ नहीं था।

'फिर तैयार हो जाओ। यहाँ अब तक कोई हलचल नहीं है, पर मैं जानता हूँ कि अस्तबल का लड़का कहाँ सोता है! जल्द ही केस के रहस्य पर से परदा उठ जाएगा।' जब वह यह बोल रहा था, उसके चेहरे पर एक दबी हुई सी हँसी थी, उसकी आँखे चमक रही थीं और वह पिछली रात के गंभीर चिंतक से बिल्कुल भिन्न आदमी नजर आ रहा था। कपड़े पहनते हुए मैंने अपनी कलाई-घड़ी पर नजर डाली। कोई आश्चर्य की बात नहीं थी कि सब सोए पड़े थे।

'जाग रहे हो, वाटसन?' उसने पूछा।

'हाँ।'

'मॉर्निंग, ड्राइव पर चलना पसंद करोगे?'

'निश्चित रूप से!'

'फिर तैयार हो जाओ। यहाँ अब तक कोई हलचल नहीं है, पर मैं जानता हूँ कि अस्तबल का लड़का कहाँ सोता है! जल्द ही केस के रहस्य पर से परदा उठ जाएगा।' जब वह यह बोल रहा था, उसके चेहरे पर एक दबी हुई सी हँसी थी, उसकी आँखे चमक रही थीं और वह पिछली रात के गंभीर चिंतक से बिल्कुल भिन्न आदमी नजर आ रहा था। कपड़े पहनते हुए मैंने अपनी कलाई-घड़ी पर नजर डाली। कोई आश्चर्य की बात नहीं थी कि सब सोए पड़े थे। चार बजकर पच्चीस मिनट हुए थे। मैं कपड़े पहनकर तैयार हुआ ही था कि होम्स यह खबर लेकर वापस आया कि लड़का घोड़े को बग्घी में जोत रहा था।

'मैं अपनी एक छोटी सी थ्योरी का परीक्षण करना चाहता हूँ,' पैरों में जूते चढ़ाते हुए उसने कहा, 'मैं समझता हूँ, वाटसन कि इस समय तुम यूरोप के सबसे ज्यादा अहमक आदमी के सामने खड़े हो। मैं इसी लायक हूँ कि मुझे एक जोरदार लात मारकर चेरिंग क्रॉस तक पहुँचा दिया जाए। मगर मैं समझता हूँ कि अब इस केस की कुंजी मेरे हाथ लग गई है।'

'और वह है कहाँ?' मुसकराते हुए मैंने पूछा।

'बाथरूम में,' उसने जवाब दिया, 'हाँ, मैं मजाक नहीं कर रहा,' मेरे चेहरे पर अविश्वास का भाव देखकर उसने कहना जारी रखा, 'मैं अभी-अभी बाथरूम गया था, वहाँ से उसे निकाला और अब वह मेरे इस ग्लेडस्टोन बैग में पड़ी है। मेरे साथ आओ बच्चे और हम देखेंगे कि वह ताले में फिट बैठती है या नहीं।'

हम जितना् मुमकिन था, उतनी खामोशी से नीचे उतरे और सुबह की उजली किरणों ने हमारा स्वागत किया। सड़क पर घोड़ागाड़ी खड़ी थी और अस्तबल का अधनंगा लड़का घोड़े के पास खड़ा था। हम दोनों उछलकर उस पर चढ़े और लंदन रोड पर गाड़ी दौड़ पड़ी। महानगर तक सब्जियाँ पहुँचानेवाली कुछ ग्रामीण बैलगाड़ियाँ रेंग रही थीं, परंतु सड़क के दोनों ओर बने मकान वैसे ही खामोश और बेजान थे, मानो सपने में दिखा कोई शहर हो।

हम जितना मुमकिन था, उतनी खामोशी से नीचे उतरे और सुबह की उजली किरणों ने हमारा स्वागत किया। सड़क पर घोड़ागाड़ी खड़ी थी और अस्तबल का अधनंगा लड़का घोड़े के पास खड़ा था। हम दोनों उछलकर उस पर चढ़े और लंदन रोड पर गाड़ी दौड़ पड़ी। महानगर तक सब्जियाँ पहुँचानेवाली कुछ ग्रामीण बैलगाड़ियाँ रेंग रही थीं, परंतु सड़क के दोनों ओर बने मकान वैसे ही खामोश और बेजान थे, मानो सपने में दिखा कोई शहर हो।

'कुछ बिंदुओं पर यह अपने ढंग का एक अलग ही केस रहा है,' चाबुक मारकर घोड़े को और तेज दौड़ाते हुए होम्स ने कहा,' मैं कबूल करता हूँ कि मैं छछूंदर की तरह अंधा रहा हूँ, फिर भी बुद्धिमानी देर से सीखना, न सीखने से बेहतर है।'

जब हम सरे की तरफ की सड़कों से गुजरे, सुबह जल्दी उठनेवाले लोग अपनी-अपनी खिड़कियों से उनींदी आँखों से बाहर की ओर देख रहे थे।

वाटरलू ब्रिज रोड से गुजरते हुए हमने नदी पार की और तेजी से वेलिंगटन पहुँचकर दाहिनी ओर मुड़े और हमने खुद को बो स्ट्रीट में पाया। पुलिस फोर्स के लिए शर्लक होम्स एक जाना-माना चेहरा था और दरवाजे पर खड़े दो सिपाहियों ने उसे सेल्यूट किया। उनमें से एक ने घोड़े को थामे रखा और दूसरा हमें अंदर ले गया।

'ड्यूटी पर कौन है?' होम्स ने पूछा।

'इंस्पेक्टर ब्रॅडस्ट्रीट, सर।'

'आह ब्रॅडस्ट्रीट, कैसे हो?' पत्थर की दीवारोंवाले गलियारे से उठी हुई टोपी और फ्रोडड जैकेट पहने एक लंबा-तगड़ा ऑफिसर निकलकर आया था। 'मैं तुमसे अकेले में कुछ बात करना चाहता हूँ, ब्रॅडस्ट्रीट।'

'निश्चित रूप से, मि. होम्स। आप यहाँ मेरे कमरे मे आइए।' वह एक छोटा स ऑफिसनुमा कमरा था, जहाँ टेबल पर एक विशाल रजिस्टर पड़ा हुआ था और दीवार से लटका एक टेलीफोन था। इंस्पेक्टर अपनी सीट पर बैठ गया।

'मैं आपके लिए क्या कर सकता हूँ, मि. होम्स?'

'मैं उस भिखारी बून के संबंध में कुछ जानने आया हूँ, वही, जिस पर 'ली' के मि. नेविल एस. क्लेयर के गायब होने के मामले में संलिप्त होने का आरोप लगा है।'

'हाँ, आगे की पूछताछ के लिए उसे यहाँ लाकर रिमांड पर लिया गया है।'

'वह मैंने सुना है। क्या वह यहाँ है?'

'कोठरी में है।'

'क्या वह शांत रहता है?'

'ओह, वह कोई परेशानी खड़ी नहीं करता। पर वह बहुत ही गंदा आदमी है।'

'गंदा?'

'मैं आपके लिए क्या कर सकता हूँ, मि. होम्स?'
'मैं उस भिखारी बून के संबंध में कुछ जानने आया हूँ, वही, जिस पर 'ली' के मि. नेविल एस. क्लेयर के गायब होने के मामले में संलिप्त होने का आरोप लगा है।'
'हाँ, आगे की पूछताछ के लिए उसे यहाँ लाकर रिमांड पर लिया गया है।'
'वह मैंने सुना है। क्या वह यहाँ है?'
'कोठरी में है।'

'हाँ, बहुत कोशिश करके हम केवल उसके हाथ धुलवा पाए हैं। उसका चेहरा तो इतना काला है, जैसे कोयला-खदान मजदूर हो। खैर, एक बार उसके बारे में कुछ तय होने के बाद उसे दूसरे कैदियों की तरह नियमित रूप से नहाना होगा। आप उसे देखेंगे तो मुझसे सहमत होंगे कि उसे नहाने की कितनी जरूरत है।'

'मैं उसे देखना पसंद करूँगा।'

'सचमुच?' वह तो आसानी से हो जाएगा। इस रास्ते से आइए। अपना बैग यहीं छोड़ दीजिए।'

'नहीं, मैं समझता हूँ, इसे साथ ले जाना ही ठीक होगा।'

'बहुत अच्छा! कृपया इस तरफ आइए।'

वह हमें गलियारे के छोर तक ले गया। लोहे के जंगलेवाला एक दरवाजा खोला, फिर घुमावदार सीढ़ियों से नीचे उतरकर एक गलियारे में ले आया, जहाँ अभी सफेदी की गई थी और जिनके दोनों ओर दरवाजे बने हुए थे।

'दाएँ से तीसरा उसका है,' इंस्पेक्टर ने कहा, 'ये रहा।' उसने दरवाजे के ऊपरी भाग में लगी कुंडी धीरे से खोली और भीतर झाँककर देखा, 'वह सो रहा है,' उसने कहा, 'आप भी उसे देख सकते हैं।'

हम दोनों ने जाली पर अपनी आँखें लगाईं। कैदी बहुत गहरी नींद में हमारी ओर चेहरा किए सो रहा था और धीरे-धीरे भारी साँसें ले रहा था। वह मझोले कद का आदमी था और अपने पेशे के अनुसार मैले-कुचैले कपड़े पहने था, रंगीन शर्ट का एक हिस्सा उसके फटे कोट में से निकला हुआ था। जैसा इंस्पेक्टर ने कहा था, वह बहुत ही गंदा आदमी था। उसके चेहरे पर लगी कालिख उसकी घिनौनी कुरूपता को छिपा नहीं पा रही थी।

हम दोनों ने जाली पर अपनी आँखें लगाईं। कैदी बहुत गहरी नींद में हमारी ओर चेहरा किए सो रहा था और धीरे-धीरे भारी साँसें ले रहा था। वह मझोले कद का आदमी था और अपने पेशे के अनुसार मैले-कुचैले कपड़े पहने था, रंगीन शर्ट का एक हिस्सा उसके फटे कोट में से निकला हुआ था। जैसा इंस्पेक्टर ने कहा था, वह बहुत ही गंदा आदमी था। उसके चेहरे पर लगी कालिख उसकी घिनौनी कुरूपता को छिपा नहीं पा रही थी। एक पुराने घाव का गहरा निशान उसकी आँख से लेकर ठुड्डी तक बना हुआ था, जिसने उसके ऊपरी होंठ का एक हिस्सा उलट दिया था, जिससे उसके तीन दाँत हमेशा दिखाई देते थे, मानो वह लगातार गुर्रा रहा हो। उसकी आँखों और माथे पर चमकीले लाल बालों का गुच्छा उग आया था।

'वह बहुत सुंदर है, है ना?' इंस्पेक्टर ने कहा।

'निश्चित रूप से उसे धुलाई की जरूरत है,' होम्स ने टिप्पणी की, 'मुझे कुछ-कुछ अंदाजा था कि उसे उसकी जरूरत होगी और इसीलिए मैंने उसकी धुलाई का सामान अपने साथ लाने की छूट ली।' यह बोलते हुए उसने अपना ग्लेडस्टोन बैग खोला तो मेरे आश्चर्य की सीमा न रही, जब उसमें से उसने एक बहुत बड़े साइज का बाथ-स्पंज निकाला।

'ही, ही, ही! आप बड़े मजाकिया हैं।' इंस्पेक्टर ने हँसते हुए कहा।

'अब, अगर आप धीरे से वह दरवाजा खोलने की कृपा करें तो हम जल्द ही उसका एक सम्मानजनक हुलिया बना पाएँगे।'

'पता नहीं क्यों, मुझे लगता है कि बो स्ट्रीट में उसकी मौजूदगी थाने को कोई क्रेडिट नहीं दिलाती।' इंस्पेक्टर ने कहा। उसने धीरे से चाबी ताले में डाली और हम तीनों ने कोठरी में प्रवेश किया। सो रहे आदमी ने आधी करवट ली और एक बार फिर गहरी नींद में चला गया। होम्स ने झुककर पानी का जग उठाया, स्पंज को गीला किया और फिर उससे कैदी के चेहरे को दो बार ऊपर से नीचे और दाएँ से बाएँ जोर से रगड़ा।

'मुझे इनका परिचय कराने दें,' उसने चिल्लाकर कहा, 'यह है केंट काउंटी स्थित 'ली' के मि. नेविल एस. क्लेयर।'

मैंने अपने जीवन में ऐसा दृश्य नहीं देखा था। स्पंज के दबाव से उस आदमी का चेहरा उखड़ आया था, जैसे पेड़ की छाल उतरती है। उसका खुरदरा भूरा रंग गायब हो गया था। घाव का वह लंबा, भयानक निशान और मुड़ा हुआ होंठ, जो उसके चेहरे को एक घिनौना लुक देता था, वे भी गायब थे! स्पंज के झटके से उसके उलझे हुए लाल बाल भी हट गए थे और पत्थर के प्लेटफॉर्म पर बिछी दरी पर उदास पीले चेहरेवाला एक परिष्कृत आदमी, जिसके बाल काले और त्वचा स्निग्ध थी, आधी नींद में हक्का-बक्का होकर, अपनी आँखे मलते हुए चारों तरफ देखकर कुछ समझने की कोशिश कर रहा था। फिर यकायक उसे ध्यान आया कि उसका स्वाँग उजागर हो चुका है, तो उसके मुँह से चीख निकली और उसने दरी पर गिरकर तकिए में अपना मुँह छिपा लिया। 'हे भगवान्!' इंस्पेक्टर चिल्लाया, 'ये तो वही गुमशुदा आदमी है। उसके फोटोग्राफ से मैं जानता हूँ।'

अब एक अलग अंदाज में कैदी उठा और उसने हमारा सामना किया, जैसे

'पता नहीं क्यों, मुझे लगता है कि बो स्ट्रीट में उसकी मौजूदगी थाने को कोई क्रेडिट नहीं दिलाती।' इंस्पेक्टर ने कहा। उसने धीरे से चाबी ताले में डाली और हम तीनों ने कोठरी में प्रवेश किया। सो रहे आदमी ने आधी करवट ली और एक बार फिर गहरी नींद में चला गया। होम्स ने झुककर पानी का जग उठाया, स्पंज को गीला किया और फिर उससे कैदी के चेहरे को दो बार ऊपर से नीचे और दाएँ से बाएँ जोर से रगड़ा।

उसने सबकुछ किस्मत पर छोड़ दिया हो। 'तो यही सही', उसने कहा, 'फिर मुझ पर आरोप क्या है?'

'मि. नेविल एस. क्लेयर की हत्या'''। अरे, तुम पर वह आरोप तो लगाया ही नहीं जा सकता, जब तक कि तुम पर खुदकुशी के प्रयास का मामला न बनाया जाए,' इंस्पेक्टर ने खींसे निपोरते हुए कहा, 'मैं 27 साल से इस नौकरी में हूँ, पर मैंने ऐसा केस कभी नहीं देखा।'

'अगर मैं ही नेविल एस. क्लेयर हूँ तो यह स्पष्ट है कि कोई अपराध हुआ ही नहीं है और इसलिए मुझे अवैध रूप से हिरासत में रखा गया है।'

'अपराध तो नहीं, पर एक भारी गलती जरूर हुई है,' होम्स ने कहा, तुम अपनी पत्नी पर भरोसा करते तो बेहतर होता।'
'बात पत्नी की नहीं, बच्चों की थी,' कैदी ने एक आह भरकर कहा, 'ईश्वर मेरी मदद करे, मैं अपने बच्चों को बाप पर शर्मिंदा होते हुए नहीं देख सकता था। हे भगवान्, सबकुछ उजागर हो गया! अब मैं क्या करूँ?' शर्लक होम्स जाकर उसकी बगल में बैठ गया और सहानुभूति से उसका कंधा थपथपाया।

'अपराध तो नहीं, पर एक भारी गलती जरूर हुई है,' होम्स ने कहा, तुम अपनी पत्नी पर भरोसा करते तो बेहतर होता।'

'बात पत्नी की नहीं, बच्चों की थी,' कैदी ने एक आह भरकर कहा, 'ईश्वर मेरी मदद करे, मैं अपने बच्चों को बाप पर शर्मिंदा होते हुए नहीं देख सकता था। हे भगवान्, सबकुछ उजागर हो गया! अब मैं क्या करूँ?' शर्लक होम्स जाकर उसकी बगल में बैठ गया और सहानुभूति से उसका कंधा थपथपाया।

'इस मामले की गुत्थियाँ सुलझाने का काम अगर तुम कोर्ट पर छोड़ दो,' उसने कहा, 'हाँ, इन सब बातों की पब्लिसिटी से बचना जरूर मुश्किल होगा। दूसरी ओर, अगर तुम पुलिस अधिकारियों को कायल कर सको कि तुम्हारे खिलाफ कोई केस बनता ही नहीं, तो मैं नहीं समझता कि इस मामले के ब्योरे अखबारों तक पहुँचाने का कोई कारण होगा। मुझे विश्वास है कि तुम इस मामले में जो कुछ कहना चाहो, इंस्पेक्टर ब्रैडस्ट्रीट उस पर नोट्स तैयार करेंगे और उन्हें सक्षम अधिकारियों के समक्ष रखेंगे। उस स्थिति में मामला कभी कोर्ट तक जाएगा ही नहीं।'

'ईश्वर आपका भला करे,' भावुक होकर कैदी रोने लगा, 'अपने परिवार पर कलंक की तरह मेरा यह शर्मनाक रहस्य मेरे बच्चों को पता चले, इसके बजाय तो

मैं जेल जाना, बल्कि मौत की सजा भी सहन कर लेता।'

'आप पहले व्यक्ति हैं, जो मेरी कहानी सुन रहे हैं। मेरे पिता चेस्टरफील्ड में एक स्कूल टीचर थे। वहाँ मैंने अच्छी शिक्षा पाई थी। अपनी जवानी में मैं खूब घूमा, स्टेज पर भी काम किया और अंततः लंदन के एक इवनिंग पेपर में रिपोर्टर बन गया। एक दिन मेरे एडिटर महानगर में भीख माँगने के चलन पर लेखों की एक श्रृंखला चाहते थे; मैंने उन्हें इच्छित लेख देने का वादा किया। यही वह बिंदु था, जहाँ से मेरे सभी साहसिक कारनामे शुरू हुए। मेरे मन में विचार आया कि अगर एक नौसिखिए की तरह मैं खुद भीख माँगू तो मुझे वे सारे तथ्य बेहतर तरीके से मालूम होंगे, जिन पर मैं अपने लेखों को आधारित करूँगा। निश्चय ही एक्टिंग के अपने दिनों में मैंने मेकअप के सारे गुर सीख लिये थे और अपने इस हुनर के लिए मैं ग्रीन-रूम में प्रसिद्ध हो गया था। वह हुनर अब मेरे काम आया। मैंने अपने चेहरे पर रंग पोता और जितना संभव हो, उतना दयनीय दिखने के लिए मैंने एक लंबे, गहरे घाव का निशान बनाया और त्वचा के रंग के थोड़े से प्लास्टर की मदद से अपने होंठ की एक साइड को बाहर की ओर मोड़कर उसे फिक्स कर दिया। फिर लाल रंग के बालोंवाले एक विग और उपयुक्त पोशाक के साथ शहर के व्यावसायिक इलाके में मैंने अपना ठिया बनाया—दिखने के लिए एक माचिस-विक्रेता और असल में एक भिखारी के तौर पर। सात घंटे तक अपना व्यापार चलाकर जब मैं घर लौटा तो यह जानकर मेरे आश्चर्य का ठिकाना न रहा कि मैंने 26 शिलिंग, 4 पेंस कमाए थे।

आप पहले व्यक्ति हैं, जो मेरी कहानी सुन रहे हैं। मेरे पिता चेस्टरफील्ड में एक स्कूल टीचर थे। वहाँ मैंने अच्छी शिक्षा पाई थी। अपनी जवानी में मैं खूब घूमा, स्टेज पर भी काम किया और अंततः लंदन के एक इवनिंग पेपर में रिपोर्टर बन गया। एक दिन मेरे एडिटर महानगर में भीख माँगने के चलन पर लेखों की एक श्रृंखला चाहते थे; मैंने उन्हें इच्छित लेख देने का वादा किया। यही वह बिंदु था, जहाँ से मेरे सभी साहसिक कारनामे शुरू हुए।

'मैंने अपने लेख लिखे और उस बारे में ज्यादा नहीं सोचा, जब तक कि मैं अपने एक दोस्त द्वारा लिये गए कर्ज का जमानतदार न बन गया। उस दोस्त ने अपना कर्ज नहीं चुकाया और 25 पौंड अदा करने के लिए मुझे एक कानूनी नोटिस थमा दिया गया। मेरा तो दिमाग ही काम नहीं कर रहा था कि इतनी बड़ी रकम कहाँ से

आएगी, तभी यकायक एक विचार मेरे मन में आया। मैंने लेनदार से पंद्रह दिनों की मोहलत माँगी, अपने नियोक्ताओं से छुट्टी ली और अपने छद्‌म वेश में शहर में भीख माँगने लगा। दस दिनों में मेरे पास जरूरी राशि थी और मैंने कर्ज चुका दिया।

'आप कल्पना कर सकते हैं कि मेरे लिए 2 पौंड प्रति सप्ताह के रिपोर्टर के कठिन जॉब पर सेटल हो जाना कितना मुश्किल था, जबकि मैं जानता था कि चेहरे पर जरा सा रंग पोतकर, अपनी टोपी जमीन पर रख चुपचाप बैठे-बैठे उतना तो मैं एक दिन में कमा सकता था। मेरे आत्म-सम्मान और धन के बीच वह एक लंबी लड़ाई थी, जिसमें आखिर में धन की जीत हुई। मैंने रिपोर्टर की नौकरी छोड़ दी और उसी कॉर्नर पर हर रोज बैठने लगा, जो मैंने सबसे पहले चुना था। मेरा विद्रूप चेहरा लोगों के मन में दया का भाव जगाता था और मेरी जेबें सिक्कों से भर जाती थीं। सिर्फ एक आदमी मेरा रहस्य जानता था। वह स्वेंडम लेन के उस बदनाम अड्‌डे का संचालक था, जहाँ से मैं हर सुबह एक गंदा, मैला-कुचैला भिखारी बनकर निकलता और शाम को एक संभ्रांत शहरी में रूपांतरित हो जाता था। इस ईस्ट इंडियन को मैं उसके कमरों के लिए एक अच्छी-खासी रकम देता था और इसीलिए मैं जानता था कि उसके हाथों में मेरा रहस्य सुरक्षित था।

आप कल्पना कर सकते हैं कि मेरे लिए 2 पौंड प्रति सप्ताह के रिपोर्टर के कठिन जॉब पर सेटल हो जाना कितना मुश्किल था, जबकि मैं जानता था कि चेहरे पर जरा सा रंग पोतकर, अपनी टोपी जमीन पर रख चुपचाप बैठे-बैठे उतना तो मैं एक दिन में कमा सकता था। मेरे आत्म-सम्मान और धन के बीच वह एक लंबी लड़ाई थी, जिसमें आखिर में धन की जीत हुई।

'जल्द ही मुझे पता चल गया कि मैं काफी धन बचा पा रहा था। मेरे कहने का अर्थ यह नहीं है कि लंदन की सड़कों पर कोई भी भिखारी हर साल 700 पौंड कमा सकता है, जो मेरी आमदनी से कम है, जिसका श्रेय मेकअप के मेरे हुनर और मेरी हाजिर-जवाबी, जिसमें समय के साथ और सुधार होता गया, को जाता है और जिसने मुझे शहर में एक जानी-पहचानी हस्ती बना दिया था। पूरे दिन सिक्कों की एक धारा बहती रहती और वह एक बहुत बुरा दिन होता था, जब मैं 2 पौंड घर नहीं ले जा पाता था।

'जैसे-जैसे मेरे पास धन आया, मैं ज्यादा महत्त्वाकांक्षी होता चला गया। मैंने उपनगर में एक घर ले लिया और शादी भी कर ली, पर किसी को मेरे असली पेशे के बारे में संदेह नहीं था। मेरी प्रिय पत्नी जानती थी कि शहर में मेरा व्यवसाय है।

पर उसे कोई अंदाजा नहीं था कि क्या व्यवसाय था।

'पिछले सोमवार मैं दिन भर का काम पूरा कर चुका था और अफीम के उस अड्डे के ऊपर बने कमरे में कपड़े बदल रहा था कि मैंने खिड़की से बाहर की ओर झाँका तो मेरे आश्चर्य और भय का ठिकाना न रहा, जब मैंने गली में खड़ी अपनी पत्नी को मुझे एकटक निहारते देखा। मेरे मुँह से आश्चर्य की एक चीख निकली, जल्दी से अपना चेहरा ढकने के लिए अपने हाथ ऊपर किए और अपने ईस्ट इंडियन राजदार की ओर दौड़ा; उससे गुजारिश की कि कोई भी मुझसे मिलने ऊपर आना चाहे तो उसे रोके। मैंने नीचे से आ रही पत्नी की आवाज सुनी, पर मैं जानता था कि वह ऊपर नहीं आ सकेगी। मैंने जल्दी से अपने कपड़े उतारे, भिखारी के कपड़े पहने, मेकअप किया और विग पहना। उतने मुकम्मल छद्मवेश को एक पत्नी की आँखें भी नहीं भेद पाईं। परंतु तब मुझे ध्यान आया कि उस कमरे की तलाशी ली जा सकती है और मेरे कपड़े मेरा भेद खोल देंगे। खिड़की खोलने के लिए उसे जोर से धक्का दिया और ऐसा करते हुए मेरा वह घाव दोबारा खुल गया, जो उस दिन सुबह मुझे अपने बेडरूम में कटने से लगा था। फिर मैंने अपना कोट उठाया, जिसमें वो सिक्के भरे पड़े थे, जो मैंने अभी-अभी चमड़े के एक बैग से उसमें डाले थे। मैंने उसे खिड़की से बाहर फेंक दिया और वह थेम्स के पानी में लुप्त हो गया। मैं दूसरे कपड़े भी फेंकता, पर उसी समय मैंने सीढ़ियों पर भारी बूटोंवाले आदमियों के चढ़ने की आवाज सुनी और कुछ ही मिनटों के बाद मैंने पाया कि —मैं स्वीकार करूँगा कि मुझे राहत पहुँचाते हुए मि. नेविल एस. क्लेयर के तौर पर पहचान लिये जाने के बजाय मुझे उसकी हत्या के लिए गिरफ्तार कर लिया गया।

पिछले सोमवार मैं दिन भर का काम पूरा कर चुका था और अफीम के उस अड्डे के ऊपर बने कमरे में कपड़े बदल रहा था कि मैंने खिड़की से बाहर की ओर झाँका तो मेरे आश्चर्य और भय का ठिकाना न रहा, जब मैंने गली में खड़ी अपनी पत्नी को मुझे एकटक निहारते देखा। मेरे मुँह से आश्चर्य की एक चीख निकली, जल्दी से अपना चेहरा ढकने के लिए अपने हाथ ऊपर किए और अपने ईस्ट इंडियन राजदार की ओर दौड़ा; उससे गुजारिश की कि कोई भी मुझसे मिलने ऊपर आना चाहे तो उसे रोके।

'मैं नहीं जानता कि मेरे पास बताने के लिए और क्या बचा है! जितनी देर

तक संभव हो, अपने स्वाँग को बनाए रखने का मेरा पक्का इरादा था और इसीलिए अपना चेहरा गंदा बनाए रखना मेरी प्राथमिकता थी। यह जानते हुए कि मेरी पत्नी बहुत ज्यादा परेशान होगी, मैंने जब मुझ पर किसी कांस्टेबल की नजर नहीं थी, ईस्ट इंडियन से अपनी अँगूठी और जल्दी में लिखा गया नोट पोस्ट करने के लिए कह दिया।'

'वह नोट तुम्हारी पत्नी तक कल ही पहुँचा है,' होम्स ने कहा।

'हे भगवान्! उसने पूरा हफ्ता कैसे गुजारा होगा?'

'उस ईस्ट इंडियन पर लगातार पुलिस की नजर थी,' इंस्पेक्टर ब्रॉडस्ट्रीट ने कहा, 'और मैं समझ सकता हूँ कि उसके लिए पुलिस की नजर बचाकर वह लेटर पोस्ट करना कितना मुश्किल रहा होगा। संभवत: उसने वह पत्र अपने किसी नाविक ग्राहक को सौंप दिया होगा, जो कुछ दिनों तक उसे पोस्ट करना भूल गया होगा।'

'यही हुआ होगा,' होम्स ने सहमत होते हुए कहा, 'मुझे उसमें कोई संदेह नहीं है। परंतु क्या तुम्हारे खिलाफ भीख माँगने के लिए कभी कानूनी कारवाई नहीं हुई?'

'उस ईस्ट इंडियन पर लगातार पुलिस की नजर थी,' इंस्पेक्टर ब्रॉडस्ट्रीट ने कहा, 'और मैं समझ सकता हूँ कि उसके लिए पुलिस की नजर बचाकर वह लेटर पोस्ट करना कितना मुश्किल रहा होगा। संभवत: उसने वह पत्र अपने किसी नाविक ग्राहक को सौंप दिया होगा, जो कुछ दिनों तक उसे पोस्ट करना भूल गया होगा।'

'यही हुआ होगा,' होम्स ने सहमत होते हुए कहा, 'मुझे उसमें कोई संदेह नहीं है। परंतु क्या तुम्हारे खिलाफ भीख माँगने के लिए कभी कानूनी कारवाई नहीं हुई?'

'कई बार हुई, पर मेरे लिए जुर्माना भरना कौन सी बड़ी बात थी।'

'पर यह कहानी यहीं समाप्त हो जानी चाहिए,' ब्रॅडस्ट्रीट ने कहा, 'अगर पुलिस इस मामले को रफा-दफा करना चाहती है तो ह्यूज बून सीन से नदारद हो जाना चाहिए।'

'मैंने अपने सबसे प्रिय व्यक्ति की कसम खाई है कि मैं अब कभी भीख नहीं माँगूँगा।'

'इस स्थिति में मैं समझता हूँ, इस बात की संभावना है कि इस मामले में आगे कोई कारवाई नहीं की जाएगी। पर अगर तुम फिर भीख माँगते देखे गए तो

सारी कहानी उजागर करनी होगी,' इंस्पेक्टर ब्रॅडस्ट्रीट ने कहा, 'हम आपके बहुत आभारी हैं, मि. होम्स कि आपने यह मामला सुलझा दिया। मगर मैं जानना चाहूँगा कि आप अपने निष्कर्ष तक कैसे पहुँचे?'

'पाँच तकियों पर बैठकर और एक ओंस तंबाकू को धुएँ में उड़ाकर मैं इस नतीजे पर पहुँचा,' मेरे मित्र ने कहा, 'मैं समझता हूँ वाटसन कि अगर हम बेकर स्ट्रीट (होम्स का घर) की ओर बग्घी दौड़ाएँ तो नाश्ते के लिए सही समय पर पहुँच जाएँगे।'

❑

एक मामला पहचान का

'मेरे प्यारे साथी,' बेकर स्ट्रीट स्थित शर्लक होम्स के घर में हम दोनों आग के दोनों तरफ बैठे थे, तभी उसने कहा, 'जीवन उससे कहीं ज्यादा विचित्र है, जिसकी कल्पना मानव मन कर सकता है। हम उन चीजों की कल्पना करने का भी साहस नहीं कर सकते, जो असल में हमारे अस्तित्व की आम बातें हैं। अगर हम एक-दूसरे का हाथ पकड़े उस खिड़की से बाहर उड़ जाएँ, इस विशाल शहर के ऊपर मँडराएँ, घरों की छतों को उघाड़ें और उनके भीतर झाँकें तथा पीढ़ियों से वहाँ चल रहीं विचित्र हरकतों, विचित्र संयोगों, योजनाओं, घात-प्रतिघातों, घटनाओं की अद्‌भुत श्रृंखलाओं के साक्षी बनें तो हम जिन अजीबोगरीब नतीजों तक पहुँचेंगे, उनके सामने अपनी पारंपरिकताओं और पूर्वज्ञात निष्कर्षों से युक्त कथा-कहानियाँ बहुत पुरानी और अलाभकारी नजर आएँगी।'

'फिर भी मैं इसका कायल नहीं हूँ,' मैंने जवाब दिया, 'अखबारों के जरिए जो मामले उजागर होते हैं, वे नियमत: काफी नीरस और भोंडे होते हैं। हमारी पुलिस रिपोर्टों में आखिरी सीमा तक खींचा गया यथार्थवाद तो होता है, फिर भी यह स्वीकार किया जाना चाहिए कि वह न तो मोहक होता है और न कलात्मक।'

'एक यथार्थवादी प्रभाव पैदा करने के लिए कोई निश्‍चित विवेक-आधारित चयनात्मक प्रक्रिया अपनाई जानी चाहिए,' होम्स ने टिप्पणी की, 'पुलिस रिपोर्टों में यही कमी है, जिनमें शायद ब्योरों, जो एक प्रेक्षक के लिए पूरे मामले को समझने के लिए ज्यादा सार्थक होते हैं, की अपेक्षा मजिस्ट्रेट की ऊँची-ऊँची हवाई बातों पर ज्यादा जोर दिया जाता है। इन रिपोर्टों पर निर्भर करो तो नीरस, निरर्थक बातों के सिवाय कुछ हाथ न लगेगा।'

मैंने मुसकराकर सहमति में सिर हिलाया। 'तुम्हारी इस सोच को मैं बखूबी समझ सकता हूँ,' मैंने कहा, 'निश्‍चित रूप से तीन महाद्वीपों में जो भी पूरी तरह

से दिग्भ्रमित हों, उनके लिए एक गैर-सरकारी सलाहकार और मददगार की तुम्हारी हैसियत से तुम उन लोगों और स्थितियों से दो-चार होते हो, जो विचित्र और बेतुकी हों, परंतु यहाँ!' मैंने आज सुबह का अखबार जमीन से उठाया, 'चलो, उसे एक व्यावहारिक परीक्षण से गुजारें। यह है पहला शीर्षक, जिस पर मैं आता हूँ—'एक पति का अपनी पत्नी पर अत्याचार।' उसके नीचे आधे कॉलम की रिपोर्ट है, जिसे पढ़े बिना ही मैं जानता हूँ कि उसमें वही सब जानी-पहचानी बातें लिखी हैं। निश्चित रूप से उसमें एक दूसरी औरत होगी, ड्रिंक, धक्का-मुक्की, प्रहार, चोट, सहानुभूति रखनेवाली बहन या मकान-मालकिन होगी। सबसे अनगढ़ लेखक भी इनसे ज्यादा घिसी-पिटी चीजें नहीं परोस सकता।'

'असल में तुम्हारा उदाहरण तुम्हारे अपने तर्क के लिए मजबूत नहीं,' पेपर हाथ में लेकर उस पर नजर दौड़ाते हुए होम्स ने कहा, 'यह डंडस के विवाह-विच्छेद का केस है और संयोगवश उससे संबंधित कुछ छोटे-मोटे मुद्दे सुलझाने के लिए मुझे नियुक्त किया गया था। पति को कोई व्यसन नहीं था, कोई दूसरी औरत नहीं थी और जिस बात की शिकायत की गई थी, वह यह थी कि ऐसी आदत लग गई थी कि पति को वह हर भोजन के अंत में अपने नकली दाँत निकालकर पत्नी की ओर फेंकता था, जो तुम मानोगे कि एक ऐसा कृत्य है, जो एक औसत किस्सागो की कल्पना में नहीं आ सकता। एक चुटकी नसवार लो, डॉक्टर और कबूल करो कि तुम्हारे उदाहरण से मेरा उदाहरण बेहतर था।'

'असल में तुम्हारा उदाहरण तुम्हारे अपने तर्क के लिए मजबूत नहीं,' पेपर हाथ में लेकर उस पर नजर दौड़ाते हुए होम्स ने कहा, 'यह डंडस के विवाह-विच्छेद का केस है और संयोगवश उससे संबंधित कुछ छोटे-मोटे मुद्दे सुलझाने के लिए मुझे नियुक्त किया गया था। पति को कोई व्यसन नहीं था, कोई दूसरी औरत नहीं थी और जिस बात की शिकायत की गई थी, वह यह थी कि ऐसी आदत लग गई थी कि पति को वह हर भोजन के अंत में अपने नकली दाँत निकालकर पत्नी की ओर फेंकता था"

उसने सुनहरे रंग का नसवार का अपना बक्सा, जिसके ढक्कन के बीचोबीच एक महँगा अमेथिस्ट (एक नग) जड़ा हुआ था, आगे बढ़ाया। उसकी भव्यता होम्स के सादे जीवन और सहज व्यवहार से इतनी उलट थी कि मैं उस पर टिप्पणी किए बिना न रह सका।

'ओह,' उसने कहा, 'मैं तो भूल ही गया था कि कुछ हफ्तों से मैंने तुम्हें देखा ही नहीं था। यह आइरीन एडलर पेपर्स के मामले में मेरी सहायता के बदले में बेहेकिया के राजा की ओर से दिया गया छोटा सा स्मृति-चिह्न है।'

'और वह अँगूठी?' उस असाधारण रत्न, जो उसकी उँगली पर चमक रहा था, की ओर देखते हुए मैंने पूछा।

'यह हॉलैंड के शासक परिवार की ओर से है, हालाँकि जिस मामले में मैंने उन्हें अपनी सेवाएँ दी थीं, वह इतना नाजुक है कि मैं उसे तुम्हारे साथ भी शेयर नहीं कर सकता, जिसने मेरी एक या दो छोटी-मोटी समस्याओं को लिपिबद्ध करने की कृपा की है।'

'और वह अँगूठी?' उस असाधारण रत्न, जो उसकी उँगली पर चमक रहा था, की ओर देखते हुए मैंने पूछा। 'यह हॉलैंड के शासक परिवार की ओर से है, हालाँकि जिस मामले में मैंने उन्हें अपनी सेवाएँ दी थीं, वह इतना नाजुक है कि मैं उसे तुम्हारे साथ भी शेयर नहीं कर सकता, जिसने मेरी एक या दो छोटी-मोटी समस्याओं को लिपिबद्ध करने की कृपा की है।'

'और क्या अभी तुम्हारे सामने कोई समस्या है?' मैंने दिलचस्पी लेते हुए पूछा।

'कोई दस या बारह होंगी, मगर ऐसी कोई नहीं, जिसमें तुम्हें दिलचस्पी हो। वे महत्त्वपूर्ण हैं, परंतु दिलचस्प नहीं। असल में मैंने देखा है कि आमतौर पर कम महत्त्व वाले मामलों में ही अवलोकन तथा कारण और प्रभाव के त्वरित विश्लेषण, जो एक जाँच को आकर्षण प्रदान करता है, की गुंजाइश होती है। बड़े अपराध अकसर सीधे-सरल होते हैं, क्योंकि जितना बड़ा अपराध होगा, अपराधी का उद्देश्य नियमतः उतना ही स्पष्ट होगा। ऐसे मामलों में सिवाय मार्सेल्स से मुझे सौंपे गए एक जटिलतम मामले के ऐसी कोई बात नहीं होती, जो चुनौतीपूर्ण और दिलचस्प हो। परंतु यह संभव है कि जल्द ही मेरे हाथों में कोई बेहतर केस हो, क्योंकि वह मेरे ग्राहकों में से एक है या फिर मुझे बड़ी गलतफहमी हुई है।'

वह अपनी कुरसी से खड़ा हो गया था और विभक्त ब्लाइंड्स में से नीचे लंदन की नीरस, बदरंग सड़क को देख रहा था। उसके कंधे के ऊपर झाँकते हुए मैंने देखा कि सामनेवाले फुटपाथ पर भारी डील-डौलवाली एक औरत, जिसने गले में फर का बोआ लपेट रखा था तथा जिसके सिर पर एक चौड़ी किनारीवाला

हैट था, जिसमें एक बड़ा सा घुँघराला रेड फेदर लगा हुआ था और जो डेवनशायर की नखरेबाज डचेस की स्टाइल में उसके कान के ऊपर कुछ तिरछा रखा हुआ था। उस बड़े से छतरीनुमा हैट के नीचे से उसने एक नर्वस, झिझक-भरे अंदाज से हमारी खिड़कियों की ओर नजर डाली, जहाँ उसका शरीर आगे-पीछे डोल रहा था। उसकी उँगलियाँ बिना मतलब के उसके दस्तानों के बटन खोल-बंद कर रही थीं। अचानक, जैसे एक तैराक गोता लगाता है, उसने तेजी से सड़क पार की और कुछ मिनट बाद ही हमने डोरबेल की तीखी आवाज सुनी।

'मैंने ये लक्षण पहले भी देखे हैं,' अपनी सिगरेट को आग के हवाले करते हुए होम्स ने कहा, 'फुटपाथ पर ठिठकने का अर्थ है—प्रेम से जुड़ा कोई मामला। वह हमसे सलाह लेना चाहती है, पर तय नहीं कर पा रही है कि मामला इतना नाजुक तो नहीं कि उसे बताया ही न जा सके; और यहाँ भी हम भेद कर सकते हैं। जब किसी पुरुष ने एक औरत के साथ बहुत ज्यादा गलत किया हो तो वह यहाँ आने के लिए ठिठकेगी नहीं, बल्कि उसका लक्षण होगा डोरबेल की एक लंबी घंटी। यहाँ हम यह मान सकते हैं कि प्यार से जुड़ा ही कोई मामला है, पर मोहतरमा गुस्से से ज्यादा हैरान या दु:खी हैं। लो, हमारे संदेह दूर करने के लिए मैडम खुद हमारे सामने हैं।'

'मैंने ये लक्षण पहले भी देखे हैं,' अपनी सिगरेट को आग के हवाले करते हुए होम्स ने कहा, 'फुटपाथ पर ठिठकने का अर्थ है—प्रेम से जुड़ा कोई मामला। वह हमसे सलाह लेना चाहती है, पर तय नहीं कर पा रही है कि मामला इतना नाजुक तो नहीं कि उसे बताया ही न जा सके; और यहाँ भी हम भेद कर सकते हैं। जब किसी पुरुष ने एक औरत के साथ बहुत ज्यादा गलत किया हो तो वह यहाँ आने के लिए ठिठकेगी नहीं, बल्कि उसका लक्षण होगा डोरबेल की एक लंबी घंटी।

वह बोल ही रहा था कि दरवाजे पर दस्तक हुई, सेवक ने प्रवेश किया और मिस मेरी सदरलैंड के आगमन की सूचना दी, जबकि छोटे कद के अश्वेत सेवक के पीछे वह भारी-भरकम महिला स्वयं नजर आ रही थी। शर्लक होम्स ने सहज शिष्टाचार, जिसके लिए वह जाना जाता था, से महिला का स्वागत किया और दरवाजा बंद करने के बाद उसे विनम्रतापूर्वक एक आरामकुरसी पर बैठने का इशारा किया। उसने बारीक, मगर उड़ती नजर से, जो उसकी खासियत थी, उसका मुआयना किया।

उसने पूछा, 'क्या आपको नहीं लगता कि आपकी निकट-दृष्टि के कारण इतनी ज्यादा टाइपिंग करना भारी पड़ता होगा?'

'पहले लगता था,' उसने जवाब दिया, 'पर अब मैं जानती हूँ कि अक्षर कहाँ हैं और मैं बिना देखे टाइप करती हूँ।' 'फिर, अचानक होम्स के शब्दों का पूरा निहितार्थ समझते हुए उसने कुछ विचलित होकर ऊपर देखा तो उसके चौड़े हँसमुख चेहरे पर भय और आश्चर्य के भाव थे। 'आपने मेरे बारे में सुना है, मि. होम्स,' वह बोली, 'अन्यथा आप यह सब कैसे जानते हैं?'

'वह महत्त्वपूर्ण नहीं है,' होम्स ने हँसते हुए कहा, 'चीजों की खबर रखना मेरा काम है। शायद मैंने स्वयं को वही देखने के लिए प्रशिक्षित किया है, जिसकी लोग अनदेखी करते हैं। अगर ऐसा न होता तो मुझसे सलाह लेने के लिए आप यहाँ क्यों आतीं?'

'पहले लगता था,' उसने जवाब दिया, 'पर अब मैं जानती हूँ कि अक्षर कहाँ हैं और मैं बिना देखे टाइप करती हूँ।' 'फिर, अचानक होम्स के शब्दों का पूरा निहितार्थ समझते हुए उसने कुछ विचलित होकर ऊपर देखा तो उसके चौड़े हँसमुख चेहरे पर भय और आश्चर्य के भाव थे। 'आपने मेरे बारे में सुना है, मि. होम्स,' वह बोली, 'अन्यथा आप यह सब कैसे जानते हैं?'

'मैं आपके पास इसलिए आई, सर कि मैंने श्रीमती एथेरेगे, जिनके पति का आपने इतनी आसानी से पता लगा लिया था, जबकि पुलिस और अन्य सभी ने उन्हें मरा जानकर उन्हें खोजना लंद कर दिया था, से आपके बारे में सुना था। ओह मि. होम्स, मैं चाहती हूँ कि मेरे लिए भी आप ऐसा ही करें। मैं अमीर नहीं हूँ, फिर भी सालाना 100 पौंड मुझे मेरे हक के मिलते हैं, जिसके अतिरिक्त मशीन से भी मैं कुछ कमा लेती हूँ और यह जानने के लिए कि मि. होज्मर एंजेल के साथ क्या हुआ है, मैं वह सबकुछ आपको दे दूँगी।'

'मुझसे सलाह लेने के लिए आप इतनी जल्दबाजी में क्यों आईं?' शर्लक होम्स ने पूछा। उसकी उँगलियों के पोर जुड़े हुए थे और आँखें छत की ओर ताक रही थीं।

एक बार फिर मिस मेरी सदरलैंड के किसी कदर अभिव्यक्ति-शून्य चेहरे पर हैरानी का भाव आ गया। 'हाँ, मैं घर से पैर पटकती हुई निकली थी,' उसने कहा, 'क्योंकि इस सारे घटनाक्रम को मि. विंडीबैंक, जो मेरे पिता हैं, जितने हलके में ले रहे थे, उससे मैं बहुत खफा थी। वे न पुलिस के पास जा रहे थे, न आपके

यहाँ जाने को तैयार थे; और जब वे कहे जा रहे थे कि होज्मर के जाने से कोई आफत नहीं आ गई है तो मैं गुस्से से लाल हो गई, फिर मैंने अपनी चीजें समेटी और सीधे आपके पास आ गई।'

'आपके पिता!' होम्स ने कहा, 'निश्चित रूप से आपके सौतेले पिता, क्योंकि नाम अलग है।'

'हाँ, मेरे सौतेले पिता। मैं उन्हें फादर कहती हूँ, हालाँकि यह भी हास्यास्पद लगता है, क्योंकि वे मुझसे केवल पाँच वर्ष दो महीने बड़े हैं।'

'और आपकी माँ जीवित हैं?'

'बिल्कुल, मेरी माँ जीवित और स्वस्थ हैं मैं बहुत ज्यादा खुश नहीं थी, मि. होम्स, जब उन्होंने मेरे पिता की मृत्यु के बाद इतनी जल्दी दोबारा शादी कर ली और वह भी एक ऐसे आदमी से, जो उम्र में उनसे पंद्रह साल छोटा था। मेरे पिता टोटनहम कोर्ट रोड पर एक प्लंबर थे और वे अपने पीछे एक अच्छा-खासा बिजनेस छोड़ गए थे, जिसे माँ फोरमेन हार्डी के साथ मिलकर चलाती रहीं; मगर जब मि. विंडीबैक उनके जीवन में आए तो उन्होंने माँ का बिजनेस बिकवा दिया, क्योंकि शराब के धंधे में होने के कारण वे कहीं ज्यादा अमीर थे। बिजनेस बेचने पर गुडविल और ब्याज के रूप में उन्हें 4,700 पाउंड मिले थे, जो उससे कम ही था, जितना मेरे पिता कमा लेते, अगर वे जीवित होते।'

बिल्कुल, मेरी माँ जीवित और स्वस्थ हैं मैं बहुत ज्यादा खुश नहीं थी, मि. होम्स, जब उन्होंने मेरे पिता की मृत्यु के बाद इतनी जल्दी दोबारा शादी कर ली और वह भी एक ऐसे आदमी से, जो उम्र में उनसे पंद्रह साल छोटा था। मेरे पिता टोटनहम कोर्ट रोड पर एक प्लंबर थे और वे अपने पीछे एक अच्छा-खासा बिजनेस छोड़ गए थे, जिसे माँ फोरमेन हार्डी के साथ मिलकर चलाती रहीं; मगर जब मि. विंडीबैक उनके जीवन में आए तो उन्होंने माँ का बिजनेस बिकवा दिया, क्योंकि शराब के धंधे में होने के कारण वे कहीं ज्यादा अमीर थे।

मैंने सोचा था कि उसके असंबद्ध और महत्त्वहीन वर्णन से शर्लक होम्स अधीर हो जाएगा, परंतु इससे उलट वह पूरे मनोयोग से उस महिला की कहानी सुन रहा था।

'आपकी अपनी छोटी-मोटी आमदनी', उसने पूछा, 'क्या वह बिजनेस से आती है?'

'नहीं, महोदय। वह बिल्कुल अलग है और जिसे ऑकलैंड निवासी मेरे अंकल नेड मेरे लिए छोड़ गए थे। वह न्यूजीलैंड के शेयरों के रूप में है, जो साढ़े चार प्रतिशत का रिटर्न देते हैं। निवेश की गई राशि दो हजार पाँच सौ पौंड थी, पर मैं केवल ब्याज ले सकती हूँ।'

'आप मुझे बड़ी दिलचस्प लगती हैं,' होम्स ने कहा, 'और चूँकि आपको साल में 100 पौंड की बड़ी राशि मिलती है, साथ में आप कमाती भी हैं। बेशक आप थोड़ी यात्रा भी करती हैं और हर तरह से मौज भी करती हैं। मैं समझता हूँ, एक अकेली महिला 60 पाउंड प्रतिमाह पर मजे से जी सकती है।'

'इससे काफी कम में मेरा गुजारा हो सकता है, मि. होम्स, मगर आप समझ सकते हैं कि जब तक मैं उस घर में रहती हूँ, मैं उनपर बोझ नहीं बनना चाहती और इसलिए वे मेरे धन का इस्तेमाल करते हैं। बेशक यह स्थिति अस्थायी है। मि. विंडीबैंक हर तीन महीने बाद मेरे ब्याज की राशि निकालते हैं और मेरी माँ को दे देते हैं। टाइपराइटिंग से मैं जो कुछ कमाती हूँ, उससे मेरा गुजारा आराम से हो जाता है। मुझे एक पेज के 2 पेंस मिलते हैं और मैं अकसर एक दिन में पंद्रह से बीस पेज टाइप कर लेती हूँ।'

इससे काफी कम में मेरा गुजारा हो सकता है, मि. होम्स, मगर आप समझ सकते हैं कि जब तक मैं उस घर में रहती हूँ, मैं उनपर बोझ नहीं बनना चाहती और इसलिए वे मेरे धन का इस्तेमाल करते हैं। बेशक यह स्थिति अस्थायी है। मि. विंडीबैंक हर तीन महीने बाद मेरे ब्याज की राशि निकालते हैं और मेरी माँ को दे देते हैं।

'आपने मेरे सामने अपनी स्थिति काफी स्पष्ट कर दी है,' होम्स ने कहा, 'ये मेरे मित्र हैं, डॉ. वाटसन, जिनके सामने आप उतना ही खुलकर बोल सकती हैं, जितना मेरे सामने। अब आप कृपया मि. होज्मर एंजल के साथ अपने संबंधों के बारे में सबकुछ बताइए।'

मिस सदरलैंड के चेहरे पर एक छाया सी तैर गई और वह कुछ नर्वस होकर अपने जैकेट के किनारे से खेलने लगी। 'मैं उनसे पहली बार गैसफिटर्स के नृत्य-समारोह में मिली थी,' उसने कहा, 'जब मेरे पिता जीवित थे, वे उन्हें टिकट्स भेजा करते थे। उन्होंने बाद में भी हमें याद रखा और माँ के लिए टिकट भेजते रहे। मि. विंडीबैंक नहीं चाहते थे कि हम वहाँ जाएँ। हम कहीं भी जाएँ, यह उन्हें पसंद नहीं था। अगर मैं रविवार के दिन स्कूल में होने वाली पार्टी में भी जाना चाहती तो वे आग-बबूला हो जाते। पर इस बार मैं अड़ी रही, उन्हें हमें रोकने का क्या अधिकार

था? उन्होंने कहा कि वहाँ की भीड़ अच्छे स्तर की नहीं थी, जबकि मेरे पिता के सभी मित्र वहाँ होते थे। उन्होंने कहा कि मेरे पास ढंग की कोई पोशाक नहीं थी, जबकि मेरे पास मखमल की जामुनी पोशाक थी, जिसे मैंने कभी ड्रॉअर से निकाला तक नहीं था। अंत में जब वे कुछ नहीं कर पाए तो वे बिजनेस ट्रिप पर फ्रांस चले गए। माँ और मैं, मि. हार्डी, जो हमारे फोरमेन हुआ करते थे, के साथ वहाँ गए और यही वह जगह एवं अवसर था, जिस पर मैं मि. होज्मर एंजल से मिली थी।'

'मैं समझता हूँ,' होम्स ने कहा, 'जब मि. विंडीबैंक फ्रांस से लौटे होंगे तो वे नृत्य-समारोह में जाने के कारण आपसे बहुत नाराज हुए होंगे।'

'अरे नहीं, उन्होंने उसे बहुत हलके में लिया था। मुझे याद है कि वे हँसे थे और कंधे उचकाते हुए उन्होंने कहा था कि किसी भी औरत को कुछ भी करने से मना करने से कोई फायदा नहीं है, क्योंकि वह अपनी मनमरजी का ही करेगी।'

'मैं समझता हूँ,' होम्स ने कहा, 'जब मि. विंडीबैंक फ्रांस से लौटे होंगे तो वे नृत्य-समारोह में जाने के कारण आपसे बहुत नाराज हुए होंगे।'
'अरे नहीं, उन्होंने उसे बहुत हलके में लिया था। मुझे याद है कि वे हँसे थे और कंधे उचकाते हुए उन्होंने कहा था कि किसी भी औरत को कुछ भी करने से मना करने से कोई फायदा नहीं है, क्योंकि वह अपनी मनमरजी का ही करेगी।'

अच्छा! तो गैसफिटर्स के नृत्य-समारोह में, जैसा मैं समझा हूँ, आप मि. होज्मर एंजल नाम के एक सज्जन से मिलीं।'

'हाँ सर, उस रात मैं उनसे मिली और अगले दिन उन्होंने यह जानने के लिए कि हम सुरक्षित घर पहुँच गए थे या नहीं, फोन किया और उसके बाद हम उनसे मिले। कहने का अर्थ यह है, मि. होम्स कि हम दोनों दो बार घूमने गए, पर उसके बाद पापा फिर लौट आए और मि. होज्मर एंजल दोबारा हमारे घर नहीं आ सके।'

'नहीं?'

'आप तो जानते हैं कि पापा उस तरह की कोई बात पसंद नहीं करते थे। अगर उनका वश चलता तो वे हमारे घर पर किसी को भी नहीं आने देते। वे कहा करते थे कि एक औरत को अपने परिवार के बीच ही खुश रहना चाहिए। मगर जैसा मैं माँ से कहा करती थी कि हर औरत अपना खुद का सर्कल चाहती है और मुझे अब तक मेरा सर्कल नहीं मिला था।'

'पर मि. होज्मर एंजल का क्या, क्या उन्होंने आपको देखने की कोई कोशिश नहीं की?'

'एक हफ्ते में पापा फिर फ्रांस जाने वाले थे और होज्मर ने पत्र लिखकर कहा कि सुरक्षित और बेहतर यह होगा कि उनके जाने तक हम एक-दूसरे से न मिलें। इस दौरान हम एक-दूसरे को खत लिख सकते थे और वह हर रोज लिखते थे। मैं सुबह तड़के ही खत ले लेती थी, ताकि पापा को पता न चले।'

'क्या इस समय तक आप इस सज्जन से वचनबद्ध हो गई थीं?'

'हाँ, मि. होम्स। हम जब पहली बार घूमने गए थे, तभी वचनबद्ध हो गए थे। होज्मर, मि. एंजल—लेडनहॉल स्ट्रीट स्थित एक ऑफिस में कैशियर थे, और…।'

'एक हफ्ते में पापा फिर फ्रांस जाने वाले थे और होज्मर ने पत्र लिखकर कहा कि सुरक्षित और बेहतर यह होगा कि उनके जाने तक हम एक-दूसरे से न मिलें। इस दौरान हम एक-दूसरे को खत लिख सकते थे और वह हर रोज लिखते थे। मैं सुबह तड़के ही खत ले लेती थी, ताकि पापा को पता न चले।'
'क्या इस समय तक आप इस सज्जन से वचनबद्ध हो गई थीं?'

'कौन से ऑफिस में?'

'मेरी शिकायत का सबसे बुरा भाग यही है, मि. होम्स। मैं नहीं जानती।'

'फिर वे रहते कहाँ थे?'

'वे ऑफिस में ही सो जाते थे।'

'और आपको उनका पता मालूम नहीं है?'

'नहीं, सिवाय इसके कि वह लेडनहॉल स्ट्रीट पर कहीं है।'

'फिर आप अपने पत्र किस पते पर भेजती थीं?'

'लेडनहॉल स्ट्रीट पोस्ट ऑफिस को और वे वहीं से उठा लेते थे। उन्होंने कहा कि अगर पत्र ऑफिस के पते पर भेजे गए तो दूसरे सभी क्लर्क उनका मजाक उड़ाएँगे कि एक महिला उन्हें पत्र लिखती है। इसलिए मैंने सुझाया कि मैं उन्हें हाथ से लिखने के बजाय टाइप करके भेजा करूँगी, जैसा वे करते थे, मगर वे नहीं माने, क्योंकि उन्होंने कहा कि जब मैं हाथ से लिखती हूँ तो उन्हें लगता है कि वे पत्र मेरी ओर से आए हैं, परंतु जब वे टाइप किए गए होते हैं तो उन्हें लगता है कि हम दोनों के बीच मशीन आ गई है। इससे आपको पता चल गया होगा कि वे मुझे कितना प्यार करते थे।'

'वह सचमुच बहुत कुछ बयाँ करता था,' होम्स ने कहा] 'एक लंबे समय से मेरा सिद्धांत रहा है कि जिंदगी में छोटी-छोटी बातें ही सबसे महत्त्वपूर्ण होती

हैं। क्या आपको होज्मर एंजल के बारे में और कोई छोटी-मोटी बातें याद हैं?'

'वे बहुत ही शर्मीले आदमी थे, मि. होम्स। वे मेरे साथ दिन के बजाय शाम को घूमना पसंद करते थे, क्योंकि उनका कहना था कि उन्हें लोगों की नजरों में आना अच्छा नहीं लगता। वे बहुत संकोची और सज्जन आदमी थे। यहाँ तक कि उनकी आवाज भी मृदु थी। उन्होंने बताया था कि जब वे छोटे थे, उनकी गिलटी बढ़ी हुई तथा गले में सूजन रहा करती थी और उसी के कारण उनका गला कमजोर हो गया था, बोली कुछ हिचकिचाहट भरी एवं फुसफुसाने जैसी हो गई थी। वे हमेशा सलीके से कपड़े पहनते थे, बहुत साफ और इस्तरी किए हुए, पर उनकी आँखें कमजोर थीं, जैसे मेरी हैं और धूप में काला चश्मा पहनते थे।'

'अच्छा, तो जब आपके सौतेले पिता, मि. विंडीबैंक वापस फ्रांस चले गए, तब क्या हुआ?'

'मि. होज्मर एंजल दोबारा हमारे घर आए और उन्होंने प्रस्ताव किया कि पापा के आने से पहले हमें शादी कर लेनी चाहिए। वे बहुत ज्यादा गंभीर थे और उन्होंने मेरा हाथ बाइबल पर रखवाकर कसम दिलवाई कि चाहे कुछ भी हो, मैं महेशा उनके प्रति वफादार रहूँगी। माँ ने कहा कि मुझसे कसम दिलवाकर उसने ठीक किया था और यह उसके अगाध प्यार का सूचक था। माँ शुरू से ही न सिर्फ उनके पक्ष में थीं, बल्कि उन्हें मुझसे भी ज्यादा पसंद करती थीं। फिर जब उन्होंने एक हफ्ते के भीतर शादी की बात की तो मैंने फिर पापा के लौटने की बात की, मगर दोनों ने कहा कि उनकी चिंता न करो, उन्हें बाद में बता दिया जाएगा और माँ ने कहा कि वे उन्हें राजी कर लेंगी। मुझे वह बात ठीक नहीं लग रही थी, मि. होम्स। यह हास्यास्पद लगता था कि मैं उनसे शादी की इजाजत लूँ, क्योंकि उम्र में वे मुझसे कुछ ही साल बड़े थे, मगर मैं कोई भी काम छिपाकर नहीं करना चाहती थी, इसलिए मैंने बोर्डोक्स, जहाँ कंपनी के फ्रेंच कार्यालय थे, के पते पर पापा को एक पत्र लिखा,

मि. होज्मर एंजल दोबारा हमारे घर आए और उन्होंने प्रस्ताव किया कि पापा के आने से पहले हमें शादी कर लेनी चाहिए। वे बहुत ज्यादा गंभीर थे और उन्होंने मेरा हाथ बाइबल पर रखवाकर कसम दिलवाई कि चाहे कुछ भी हो, मैं महेशा उनके प्रति वफादार रहूँगी। माँ ने कहा कि मुझसे कसम दिलवाकर उसने ठीक किया था और यह उसके अगाध प्यार का सूचक था। माँ शुरू से ही न सिर्फ उनके पक्ष में थीं, बल्कि उन्हें मुझसे भी ज्यादा पसंद करती थीं।

पर वह पत्र मेरी शादी वाले दिन की सुबह मेरे पास वापस आ गया।'

'अर्थात् वह उन्हें मिला ही नहीं?'

'नहीं सर, क्योंकि उस पत्र के वहाँ पहुँचने से कुछ ही समय पहले वे इंग्लैंड के लिए रवाना हो चुके थे।'

'ओह! यह दुर्भाग्यपूर्ण था, फिर क्या आपकी शादी शुक्रवार को चर्च में होनी थी?'

'हाँ, महोदय, पर बहुत सादगी से। वह किंग्स क्रॉस के पास सेंट सेवियर्स में होनी थी और फिर बाद में हमें पेंक्रास होटल में नाश्ता करना था। होज्मर हमारे लिए एक ताँगा लेकर आए, पर चूँकि हम दो थे, इसलिए उन्होंने हम दोनों को उसमें बिठाया और खुद एक बग्घी में बैठ गए, जो संयोग से उस सड़क पर एकमात्र दूसरी गाड़ी थी। हम चर्च में पहले पहुँच गए और जब बग्घी वहाँ पहुँची तो हमने इंतजार किया कि वे उससे उतरेंगे, पर वे उतरे ही नहीं और जब कोचवान ने उतरकर बग्घी में झाँका तो वहाँ कोई नहीं था। कोचवान ने कहा कि वह हैरान था कि उनका क्या हुआ, क्योंकि उसने अपनी आँखों से उन्हें बग्घी में चढ़ते देखा था। यह पिछले शुक्रवार की बात है मि. होम्स, और मैंने अब तक ऐसा कुछ देखा या सुना नहीं है, जो इस पर प्रकाश डाल सके कि उनका क्या हुआ!'

हाँ, महोदय, पर बहुत सादगी से। वह किंग्स क्रॉस के पास सेंट सेवियर्स में होनी थी और फिर बाद में हमें पेंक्रास होटल में नाश्ता करना था। होज्मर हमारे लिए एक ताँगा लेकर आए, पर चूँकि हम दो थे, इसलिए उन्होंने हम दोनों को उसमें बिठाया और खुद एक बग्घी में बैठ गए, जो संयोग से उस सड़क पर एकमात्र दूसरी गाड़ी थी। हम चर्च में पहले पहुँच गए और जब बग्घी वहाँ पहुँची तो हमने इंतजार किया कि वे उससे उतरेंगे, पर वे उतरे ही नहीं और जब कोचवान ने उतरकर बग्घी में झाँका तो वहाँ कोई नहीं था।

मुझे ऐसा लग रहा है कि आपके साथ बहुत ही शर्मनाक व्यवहार हुआ है।' होम्स ने कहा।

'नहीं सर! वे इतने अच्छे और दयालु हैं कि वे मुझे इस तरह छोड़कर नहीं जा सकते। बल्कि शादी वाले दिन पूरी सुबह वे मुझसे कहते रहे कि चाहे कुछ भी हो जाए, मुझे अपना वचन निभाना है और यह भी कि हमें अलग करने के लिए यदि कुछ अप्रत्याशित हो जाए तो मुझे हमेशा याद रखना है कि मैंने उन्हें वचन दिया है

और देर–सबेर वे अपना दावा जरूर पेश करेंगे। शादी वाले दिन की सुबह ये बातें विचित्र थीं, परंतु उसके बाद जो कुछ हुआ, वह उन्हें एक अर्थ प्रदान करता है।'

'निश्चित रूप से। तो क्या आपकी राय यह है कि वे किसी अप्रत्याशित मुसीवत में फँस गए हैं?'

'हाँ सर! मैं समझती हूँ उन्हें किसी खतरे का अंदेशा था, नहीं तो उन्होंने उस तरह की बातें न की होतीं और फिर मैं समझती हूँ, उन्हें जिस बात का अंदेशा था, वही हुई।'

'और आपको कोई आइडिया नहीं है कि वह आशंका क्या रही होगी?'

'नहीं।'

'एक और सवाल। आपकी माँ ने इस घटना को किस तरह से लिया?'

'वह गुस्से में थीं और उन्होंने कहा कि उस मामले पर मैं उनसे कभी बात न करूँ।'

'और आपके पिता? क्या आपने उन्हें बताया?'

'हाँ, और मेरी ही तरह वे भी सोचते हैं कि जरूर कुछ हुआ है तथा होज्मर के बारे में जल्द ही कोई खबर मिलेगी। जैसा उन्होंने कहा, मुझे चर्च के दरवाजे तक लाकर छोड़ देने में किसका क्या मकसद हो सकता है? अगर होज्मर ने मुझसे कुछ मनी उधार ली होती या मुझसे शादी करने के बाद हमारी ओर से उन्हें कुछ धन या कीमती सामान मिला होता तो कोई कारण हो सकता था, मगर पैसों के मामले में होज्मर बहुत स्वतंत्र थे और मेरे एक शिलिंग पर भी उनकी नजर नहीं थी फिर भी क्या हुआ होगा कि वे एक पत्र भी न लिख सके? ओह, जब मैं इस बारे में सोचती हूँ तो आधी पागल हो जाती हूँ और रात को मुझे घड़ी भर नींद नहीं आती।' उसने अपने दस्ताने में से एक छोटा सा रूमाल निकाला और उसमें मुँह छिपाकर जोर से सुबकने लगी।

'मैं आपके लिए इस केस को जरूर देखूँगा,' होम्स ने उठते हुए कहा 'और

हाँ, और मेरी ही तरह वे भी सोचते हैं कि जरूर कुछ हुआ है तथा होज्मर के बारे में जल्द ही कोई खबर मिलेगी। जैसा उन्होंने कहा, मुझे चर्च के दरवाजे तक लाकर छोड़ देने में किसका क्या मकसद हो सकता है? अगर होज्मर ने मुझसे कुछ मनी उधार ली होती या मुझसे शादी करने के बाद हमारी ओर से उन्हें कुछ धन या कीमती सामान मिला होता तो कोई कारण हो सकता था, मगर पैसों के मामले में होज्मर बहुत स्वतंत्र थे और मेरे एक शिलिंग पर भी उनकी नजर नहीं थी फिर भी क्या हुआ होगा कि वे एक पत्र भी न लिख सके?

मुझे संदेह नहीं है कि हम किसी नतीजे पर पहुँचेंगे। अब इस मामले का भार मुझ पर छोड़ दीजिए और उस पर ज्यादा सोच-विचार करना बंद कर दीजिए। सबसे बड़ी बात, आप मि. होज्मर एंजेल को अपनी याददाश्त से गायब करने की कोशिश कीजिए, जैसे वह आपकी जिंदगी से हुआ है।'

'फिर, आप नहीं समझते कि मैं उन्हें दोबारा देख पाऊँगी?'

'मुझे डर है, नहीं…।'

'फिर उनके साथ हुआ क्या है?'

'आप यह सवाल मुझ पर छोड़ दीजिए। मैं उसका सही हुलिया जानना चाहता हूँ और उसके वे खत, जिन्हें आप देना चाहें।'

'पिछले शनिवार के 'क्रॉनिकल' में मैंने उनके लिए विज्ञापन दिया था,' उसने कहा, 'ये रही उसकी स्लिप और उनके चार पत्र।'

'धन्यवाद! और आपका पता?'

'नं. 11, ल्यॉन प्लेस, केंबरवेल।'

'मैं समझता हूँ मि. एंजेल का पता आपके पास कभी था ही नहीं। आपके पिता के बिजनेस का स्थान कहाँ है?'

'वह वेस्टहाउस एंड मार्बेंक, फेंचर्च स्ट्रीट में बोर्दोक्स वाइन के बड़े इंपोर्टर के लिए यात्रा करते हैं।'

'फिर उनके साथ हुआ क्या है?' 'आप यह सवाल मुझ पर छोड़ दीजिए। मैं उसका सही हुलिया जानना चाहता हूँ और उसके वे खत, जिन्हें आप देना चाहें।' 'पिछले शनिवार के 'क्रॉनिकल' में मैंने उनके लिए विज्ञापन दिया था,' उसने कहा, 'ये रही उसकी स्लिप और उनके चार पत्र।' 'धन्यवाद! और आपका पता?' 'नं. 11, ल्यॉन प्लेस, केंबरवेल।'

'धन्यवाद! आपने अपना बयान बहुत साफ-साफ दर्ज कराया है। आप अपने पेपर्स यहीं छोड़ जाएँगी और वह सलाह याद रखेंगी, जो मैंने आपको दी है। इस पूरी घटना को एक सीलबंद पुस्तक समझिए और इसे अपने जीवन को प्रभावित न करने दीजिए।'

'आप बहुत दयालु हैं मि. होम्स, पर मैं ऐसा नहीं कर सकती। मैं होज्मर के प्रति समर्पित रहूँगी। जब वे वापस आएँगे, मुझे अपने साथ ही पाएँगे।'

उसके हास्यास्पद हैट और भावशून्य चेहरे के बावजूद हमारी अतिथि महिला के निष्कपट विश्वास में एक श्रेष्ठता थी, जो हमें उसका सम्मान करने के लिए बाध्य करती थी। उसने कागजों का एक छोटा सा पुलिंदा टेबल पर रखा और उस वादे के साथ चली गई कि जब कभी भी उसे बुलाया जाएगा, वह आएगी।

अपनी उँगलियों के पोरों को एक-दूसरे से दबाए शर्लक होम्स कुछ मिनटों तक चुपचाप बैठा रहा, उसकी टाँगे सामने की ओर फैली हुई थीं और दृष्टि लगातार छत की ओर लगी हुई थी। फिर उसने रैक से अपना पुराना और तैलीय मिट्टी का पाइप निकाला, जो उसके लिए एक सलाहकार का काम करता था और उसे जलाने के बाद अपनी कुरसी में पीछे की ओर झुक गया; धुएँ के छल्ले उठ-उठकर गायब हो रहे थे और उसके चेहरे पर एक असीम उदासी थी।

'अध्ययन के लिए उस महिला के भीतर काफी कुछ था,' उसने कहा, 'मुझसे उसकी छोटी सी समस्या, जो प्रसंगवश, किसी कदर घिसी-पिटी सी है, से वह खुद ज्यादा दिलचस्प लगती है। अगर तुम मेरे केसेज की सूची को देखो तो इसके जैसे कई केस मिल जाएँगे। वर्ष 1977 में एंडोवर का एक केस और इसी तरह का एक केस पिछले साल दि हेग में हुआ था। पुराने टाइप के होने पर भी इस मामले में एक या दो ब्योरे ऐसे थे, जो मेरे लिए नए थे। मगर वह महिला खुद बहुत कुछ सिखाती थी।'

'अध्ययन के लिए उस महिला के भीतर काफी कुछ था,' उसने कहा, 'मुझसे उसकी छोटी सी समस्या, जो प्रसंगवश, किसी कदर घिसी-पिटी सी है, से वह खुद ज्यादा दिलचस्प लगती है। अगर तुम मेरे केसेज की सूची को देखो तो इसके जैसे कई केस मिल जाएँगे। वर्ष 1977 में एंडोवर का एक केस और इसी तरह का एक केस पिछले साल दि हेग में हुआ था। पुराने टाइप के होने पर भी इस मामले में एक या दो ब्योरे ऐसे थे, जो मेरे लिए नए थे। मगर वह महिला खुद बहुत कुछ सिखाती थी।'

'तुम उसमें कुछ ज्यादा ही पढ़ रहे प्रतीत होते थे, जो मेरे लिए बिल्कुल अदृश्य था।' मैंने टिप्पणी की।

'वह अदृश्य नहीं था, सिर्फ तुम्हारा ध्यान उधर नहीं गया था, वाटसन। तुम्हें पता नहीं था कहाँ क्या देखना है और इसीलिए जो कुछ महत्त्वपूर्ण था, तुम उससे चूक गए। मैं तुम्हें कभी स्लीव्ज, अँगूठे के नाखूनों की व्यंजकता या जूते के फीते से जुड़े गंभीर निहितार्थ के महत्त्व को समझा नहीं सकता। अब तुम ही बताओ कि उस महिला के व्यक्तित्व से तुमने उसके बारे में क्या अंदाज लगाया? वर्णन करो।'

'तो सुनो, उसने स्लेटी रंग के चौड़े किनारीवाला हैट पहन रखा था, जिसमें ईंट जैसे लाल रंग का एक फेदर लगा हुआ था। उसका जैकेट काला था, जिसमें काले मनके सिले हुए थे और उसने काले जेट गहनों की एक पतली सी पट्टी गले

में डाल रखी थी। उसकी ड्रेस भूरी थी, बल्कि यों कहें कॉफी से भी गहरे रंग की, जिसके गले और आस्तीनों पर जामुनी किनारियाँ थीं। उसके दस्ताने स्लेटी रंग के थे और जो दाहिनी तर्जनी तक पहने गए थे। उसके बूट्स की तरफ मैंने ध्यान नहीं दिया। उसने कानों में सोने की छोटी-छोटी गोल बालियाँ झूल रही थीं और कुल मिलाकर वह खास संपन्न परिवार की, कुछ गँवार किस्म की, आरामतलब और बिंदास महिला होने का आभास देती थी।'

शर्लक होम्स ने धीरे से ताली बजाई। एक दबी हुई सी मुसकान उसके चेहरे पर थी।

'कहना पड़ेगा, वाटसन, तुम तेजी से सीख रहे हो। तुम्हारा अवलोकन सचमुच प्रशंसनीय है। यह सच है कि सारी महत्त्वपूर्ण चीजें तुम्हारी नजरें नहीं देख पाई हैं, परंतु फिर भी तुम्हारे अवलोकन में एक पद्धति है और रंगों के मामले में तुम्हारी नजर बहुत पैनी है। बच्चे एक व्यक्ति के सामान्य प्रभावों पर कभी भरोसा मत करो, बल्कि अपना ध्यान ब्योरों पर केंद्रित करो। एक औरत के मामले में मेरी नजर सबसे पहले उसकी आस्तीन पर जाती है। एक पुरुष के मामले में शायद उसकी पेंट के घुटनों वाले भाग का अवलोकन करना बेहतर होगा, जैसा तुमने अवलोकन किया है, इस औरत की आस्तीनों पर मखमल की किनारियाँ, जो उसके मनोलोक के बारे में बताने के लिए सबसे उपयोगी हैं। कलाई से थोड़े ऊपरवाले हिस्से, जिसे टाइप करनेवाला एक व्यक्ति टेबल पर दबाए रखता है, पर बनी दोहरी रेखाएँ बिल्कुल स्पष्ट थीं। हाथ से चलनेवाली सिलाई मशीन के उपयोग से भी इसी तरह का निशान बन जाता है, परंतु केवल बाईं भुजा में और हथेली के सबसे चौड़े हिस्से के आर-पार, जैसा इस महिला का था, होने के बजाय अँगूठे से सबसे दूर वाले हिस्से में। फिर मैंने उसके चेहरे की ओर नजर डाली और उसकी नाक के दोनों तरफ चश्में के रिम के गड्ढेनुमा निशान देखे तो उसकी समीप दृष्टि और टाइपिंग के बारे में

कहना पड़ेगा, वाटसन, तुम तेजी से सीख रहे हो। तुम्हारा अवलोकन सचमुच प्रशंसनीय है। यह सच है कि सारी महत्त्वपूर्ण चीजें तुम्हारी नजरें नहीं देख पाई हैं, परंतु फिर भी तुम्हारे अवलोकन में एक पद्धति है और रंगों के मामले में तुम्हारी नजर बहुत पैनी है। बच्चे एक व्यक्ति के सामान्य प्रभावों पर कभी भरोसा मत करो, बल्कि अपना ध्यान ब्योरों पर केंद्रित करो। एक औरत के मामले में मेरी नजर सबसे पहले उसकी आस्तीन पर जाती है।

टिप्पणी करने का उद्यम किया, जिससे वह चकित प्रतीत हुई।'

'उससे तो मुझे भी आश्चर्य हुआ था।'

'पर निश्चित रूप से वह तो स्पष्ट था। फिर जब मेरी नजर उसके पैरों की ओर गई तो मुझे भी काफी ताज्जुब हुआ, क्योंकि उसके दोनों जूते एक-दूसरे से भिन्न थे, यह बात सचमुच कुछ अटपटी थी कि एक जूते की टो-कैप कुछ अलंकृत थी, वहीं दूसरा जूता प्लेन था। एक जूते के पाँच बटनों में से केवल निचले दो बटन लगे हुए थे, वहीं दूसरे जूते का पहला, तीसरा, पाँचवाँ, ये तीन बटन लगे थे। अब आप देखें कि एक युवा महिला, जो अन्यथा सलीके से कपड़े पहने थी, अपने घर से असमान बूट्स पहनकर निकली हो, जिनके आधे बटन लगे हों, तो यह कहने के लिए बहुत चतुराई की जरूरत नहीं है कि वह बहुत जल्दी में थी।'

'और कोई बात, जो तुमने नोटिस की हो!' अपने मित्र की कुशल तर्कशक्ति से हमेशा से प्रभावित मैंने उत्सुकतावश पूछा।

'सरसरी तौर पर मैंने इस पर भी ध्यान दिया कि उसने घर से निकलने से पहले एक नोट लिखा था, पर पूरी तरह से तैयार होने के बाद। तुमने इस पर ध्यान दिया था कि उसका दस्ताना तर्जनी पर से फटा हुआ था। पर स्पष्टतया तुमने इस पर ध्यान नहीं दिया कि उसकी उँगली और दस्ताना दोनों पर बैंगनी स्याही के दाग लगे हुए थे। उसने जल्दबाजी में लिखा था और अपनी कलम दवात में कुछ ज्यादा गहरे उतार दी थी। यह आज सुबह ही हुआ होगा, नहीं तो उँगली पर निशान अब तक स्पष्ट न रहे होते। यह सब मनोरंजक है, पर है आरंभिक ही; पर अब मुझे अपने काम पर लग जाना चाहिए, वाटसन। क्या तुम विज्ञापन में दिया गया मि. होज्मर एंजेल का हुलिया पढ़कर सुना सकोगे?'

सरसरी तौर पर मैंने इस पर भी ध्यान दिया कि उसने घर से निकलने से पहले एक नोट लिखा था, पर पूरी तरह से तैयार होने के बाद। तुमने इस पर ध्यान दिया था कि उसका दस्ताना तर्जनी पर से फटा हुआ था। पर स्पष्टतया तुमने इस पर ध्यान नहीं दिया कि उसकी उँगली और दस्ताना दोनों पर बैंगनी स्याही के दाग लगे हुए थे। उसने जल्दबाजी में लिखा था और अपनी कलम दवात में कुछ ज्यादा गहरे उतार दी थी।

मैंने छपे हुए कागज की परची को रोशनी के सामने रखा।

'गुमशुदा', चौदह तारीख की सुबह की उस परची में कहा गया था—'होज्मर

एंजेल नाम के एक सज्जन। ऊँचाई लगभग 5 फीट 7 इंच, गठा हुआ बदन, रंग पीला, बाल काले, सिर के बीचवाले हिस्से से थोड़े गंजे, घनी काली दाढ़ी-मूँछ, काला चश्मा, बोलने में थोड़ी हकलाहट; जब आखिरी बार देखे गए थे, वह काला फ्रॉक-कोट, जिसमें रेशम की किनारियाँ थीं—वेस्टकोट, गोल्ड अल्बर्ट चेन और स्लेटी रंग की हेरिस ट्वीड पैंट पहने हुए थे; पैरों में इलेस्टिक-साइडेड बूट्स थे, जिसमें ब्राउन गेटर्स लगे हुए थे। लेडनहॉल स्ट्रीट स्थित एक ऑफिस के कर्मचारी बताए जाते थे। जो कोई सज्जन उन्हें लेकर आएँगे या उनका ठिकाना बताएँगे''।'

'इतना काफी है,' होम्स ने कहा, 'जहाँ तक उसके पत्रों का सवाल है', उन्हें देखते हुए उसने कहना जारी रखा, 'उनमें कोई खास बात नहीं है। उनसे मि. एंजेल के व्यक्तित्व के बारे में कुछ भी पता नहीं चलता, सिवाय इसके कि उसने एक बार बाल्जाक को उद्धृत किया था। फिर भी एक महत्त्वपूर्ण पॉइंट जरूर है, जिस पर बेशक तुम्हारा ध्यान जाएगा।'

'सिर्फ यही नहीं, उसके हस्ताक्षर तक टाइप किए हुए हैं। पत्र के नीचे देखो कितनी सफाई से छोटे-छोटे अक्षरों में छपा है, 'होज्मर एंजेल।' तुम देख सकते हो कि एक तारीख दी गई है, पर लेटरहेड पर 'लेडनहॉल स्ट्रीट' के सिवाय कुछ नहीं छपा है, जो ऑफिस की ठीक-ठीक स्थिति नहीं दरशाता। उसके हस्ताक्षर से संबंधित पॉइंट बहुत कुछ बयाँ करता है असल में हम उसे निर्णायक कह सकते हैं।'

'किस बात का?'

'वे टाइप किए गए हैं।' मैंने कहा।

'सिर्फ यही नहीं, उसके हस्ताक्षर तक टाइप किए हुए हैं। पत्र के नीचे देखो कितनी सफाई से छोटे-छोटे अक्षरों में छपा है, 'होज्मर एंजेल।' तुम देख सकते हो कि एक तारीख दी गई है, पर लेटरहेड पर 'लेडनहॉल स्ट्रीट' के सिवाय कुछ नहीं छपा है, जो ऑफिस की ठीक-ठीक स्थिति नहीं दरशाता। उसके हस्ताक्षर से संबंधित पॉइंट बहुत कुछ बयाँ करता है असल में हम उसे निर्णायक कह सकते हैं।'

'किस बात का?'

'मेरे प्यारे दोस्त, क्या यह मुमकिन है कि तुम यह न देख पाओ कि इस केस में यह पॉइंट कितना महत्त्व रखता है?'

'मैं कह नहीं सकता कि कैसे, जब तक कि उसकी यह मंशा न रही हो कि अगर उसके खिलाफ वादे से मुकरने का कोई केस चले तो वह उन पत्रों में किए

गए हस्ताक्षरों को अपना मानने से इनकार कर सके।'

'नहीं, पॉइंट वह नहीं था। मैं दो पत्र लिखूँगा, जो इस मसले को सुलझा देंगे। पहला इस शहर की एक फर्म को और दूसरा इस युवती के सौतेले पिता मि. विंडीबैंक को, जिसमें उनसे पूछा जाएगा कि क्या वह कल शाम को छह बजे हमसे यहाँ मिल सकते हैं ? अगर हम युवती के पुरुष रिश्तेदारों से पूछताछ करें तो ठीक होगा और अब, डॉक्टर, जब तक हमें इन पत्रों के जवाब नहीं मिल जाते, हम कुछ नहीं कर सकते। इसलिए इस बीच हमें उपर्युक्त पॉइंट पर अपने-अपने रुख को अपने तक सीमित रखना होगा।'

मेरे पास मेरे मित्र की कुशल तर्कशक्ति और असाधारण कार्यक्षमता में विश्वास करने के इतने सारे कारण थे कि मुझे लग रहा था कि उसे जिस रहस्य पर से परदा उठाने का कार्य सौंपा गया था, उसे अगर वह इतनी सहजता और आत्मविश्वास से ले रहा था तो जरूर उसके पास कोई ठोस कारण होंगे। केवल एक बार मैंने उसे असफल होते हुए देखा था बोहेमिया के राजा और आइरीन एडलर के फोटोग्राफ के केस में; परंतु जब मैंने 'दि साइन ऑफ फोर' के अजीबोगरीब क्रियाकलाप और 'ए स्टडी इन स्कारलेट' से जुड़े असाधारण हालात की ओर मुड़कर देखा तो लगा कि इस बार गुत्थी इतनी उलझी हुई नहीं है कि जिसे वह सुलझा पाए।

नहीं, पॉइंट वह नहीं था। मैं दो पत्र लिखूँगा, जो इस मसले को सुलझा देंगे। पहला इस शहर की एक फर्म को और दूसरा इस युवती के सौतेले पिता मि. विंडीबैंक को, जिसमें उनसे पूछा जाएगा कि क्या वह कल शाम को छह बजे हमसे यहाँ मिल सकते हैं? अगर हम युवती के पुरुष रिश्तेदारों से पूछताछ करें तो ठीक होगा और अब, डॉक्टर, जब तक हमें इन पत्रों के जवाब नहीं मिल जाते, हम कुछ नहीं कर सकते।

जब मैंने उसे इस विश्वास के साथ छोड़ा कि जब मैं अगली शाम को यहाँ लौटकर आऊँगा, उसके हाथों में वे सब सुराग होंगे, जो उसे मिस मेरी सदरलैंड के गुमशुदा दूल्हे की पहचान तक ले जाएँगे, वह अब भी अपने मिट्टी के काले पाइप से कश ले रहा था।

उस समय मेरा दिमाग मेरे अपने पेशे से जुड़े एक गंभीर केस से निपटने में लगा हुआ था और अगला पूरा दिन मैं मरीज के बिस्तर के पास व्यस्त रहा था। जब मैं उस काम से फ्री हुआ, शाम के छह बजने वाले थे। मैं उछलकर घोड़ागाड़ी

में चढ़ा और उसे बेकर स्ट्रीट की तरफ दौड़ा दिया। मैं डरा हुआ था कि जब होम्स केस के छोटे से रहस्य को उजागर करने के कगार पर होगा, उसकी मदद कर पाने में मुझे बहुत देर न हो जाए। परंतु मैंने शर्लक होम्स की लंबी-पतली काया को आधी नींद में आरामकुरसी में धँसा पाया। टेबल पर बोतलों और टेस्ट ट्यूब्स के अंबार तथा कक्ष में फैली हाइड्रोक्लोरिक एसिड की तीखी गंध ने मुझे बता दिया कि उसने अपना दिन उन केमिकल्स के साथ बिताया था, जो काम उसे बहुत भाता था।

'क्या तुमने उसे सुलझा लिया है?' कमरे में प्रवेश करते हुए मैंने पूछा।

'नहीं-नहीं, मैं उस रहस्य की बात कर रहा था।' मैंने अधीरता से कहा।
'ओह, वह! मेरा ध्यान उस सॉल्ट की ओर था, जिस पर मैं काम कर रहा था। उस केस में कोई रहस्य था ही नहीं, हालाँकि जैसा मैंने कल कहा था, कुछ ब्योरे जरूर दिलचस्प थे। कमी सिर्फ इतनी है कि ऐसा कोई कानून नहीं है, जो उस पाजी को छू सके।'
'वह था कौन और मिस सदरलैंड को छोड़कर चले जाने के पीछे उसका उद्देश्य क्या था?'

'हाँ, वह बेरिटा का बायसल्फेट था।'

'नहीं-नहीं, मैं उस रहस्य की बात कर रहा था।' मैंने अधीरता से कहा।

'ओह, वह! मेरा ध्यान उस सॉल्ट की ओर था, जिस पर मैं काम कर रहा था। उस केस में कोई रहस्य था ही नहीं, हालाँकि जैसा मैंने कल कहा था, कुछ ब्योरे जरूर दिलचस्प थे। कमी सिर्फ इतनी है कि ऐसा कोई कानून नहीं है, जो उस पाजी को छू सके।'

'वह था कौन और मिस सदरलैंड को छोड़कर चले जाने के पीछे उसका उद्देश्य क्या था?'

मेरे मुँह से यह सवाल निकला ही था और होम्स जवाब में अपने होंठ हिला भी नहीं पाया था कि गलियारे में भारी कदमों की आवाज और दरवाजे पर दस्तक सुनाई दी।

'यह लड़की का सौतेला बाप मि. जेम्स विंडीबैंक है।' होम्स ने कहा।

'उसने मुझे लिखा था कि वह छह बजे यहाँ पहुँच जाएगा। अंदर आ जाइए।'

जिस आदमी ने प्रवेश किया, वह मझोले कद का तगड़ा आदमी था, उम्र लगभग तीस साल, क्लीन शेव्ड, त्वचा की रंगत पीली, एक सौम्य, कपटपूर्ण अंदाज और स्लेटी रंग की पैनी और मर्मभेदी आँखें थी। उसने प्रश्नवाचक मुद्रा में बारी-बारी से हम दोनों पर नजर डाली, अपना चमकीला हैट साइडबोर्ड पर रखा

और अभिवादन में थोड़ा सा सिर झुकाते हुए सबसे पासवाली कुरसी पर बैठ गया।

'गुड इवनिंग, मि. जेम्स विंडीबैंक!' होम्स ने कहा, 'मैं समझता हूँ, टाइप किया हुआ यह पत्र आपकी ओर से आया है, जिसमें मुझसे मिलने के लिए छह बजे का समय तय किया गया है?'

'हाँ सर, मुझे डर है कि मैं थोड़ी देर से आया हूँ, मगर आप जानते हैं कि सबकुछ मेरे हाथ में नहीं है। मुझे खेद है कि मिस सदरलैंड ने इस छोटे से मामले में आपको परेशान किया है, क्योंकि मैं समझता हूँ कि इस तरह की शर्मनाक बातों को सार्वजनिक न करना ही बहुत बेहतर है। यह मेरी मरजी के बिल्कुल खिलाफ था कि वह यहाँ आई, मगर जैसा कि आपने ध्यान दिया होगा, वह जल्द ही उत्तेजित हो जानेवाली एक मनमौजी लड़की है और यदि एक बार वह किसी बात पर अपना मन बना ले तो उसे वश में लाना आसान नहीं है। निश्चित रूप से मुझे आपसे इतना एतराज नहीं है, क्योंकि आप पुलिस विभाग से जुड़े हुए नहीं हैं, मगर इस तरह के पारिवारिक दुर्भाग्य का दुनिया में ढिंढोरा पीटना सुखद नहीं है। इसके अतिरिक्त यह बिल्कुल फिजूलखर्ची है, क्योंकि यह कैसे संभव है कि आप इस होज्मर एंजेल को खोज सकें?'

हाँ सर, मुझे डर है कि मैं थोड़ी देर से आया हूँ, मगर आप जानते हैं कि सबकुछ मेरे हाथ में नहीं है। मुझे खेद है कि मिस सदरलैंड ने इस छोटे से मामले में आपको परेशान किया है, क्योंकि मैं समझता हूँ कि इस तरह की शर्मनाक बातों को सार्वजनिक न करना ही बहुत बेहतर है। यह मेरी मरजी के बिल्कुल खिलाफ था कि वह यहाँ आई, मगर जैसा कि आपने ध्यान दिया होगा, वह जल्द ही उत्तेजित हो जानेवाली एक मनमौजी लड़की है और यदि एक बार वह किसी बात पर अपना मन बना ले तो उसे वश में लाना आसान नहीं है।

'इससे विपरीत,' होम्स ने शांत भाव से कहा, 'मेरे पास इस विश्वास के हर कारण हैं कि मैं मि. होज्मर एंजेल को खोज पाने में सफल रहूँगा।'

मि. विंडीबैंक ने तमककर अपने दस्ताने उतारे। 'ओह! यह सुनकर मुझे बड़ी खुशी हुई।' उसने कहा।

होम्स ने कहा, 'यह एक अजीब बात है कि टाइप किए गए अक्षरों का भी ठीक वैसा ही व्यक्तित्व होता है, जैसा हाथ से लिखे अक्षरों का, जब तक कि वे हाल ही में न खरीदे गए हों। दो टाइपराइटर हू-बहू एक जैसे अक्षर अंकित नहीं

करते। कुछ अक्षर दूसरों की अपेक्षा अधिक घिसे हुए होते हैं और कुछ की छाप आंशिक होती है। मि. विंडीबैंक, अब आपके नोट में, हर बार जब भी अक्षर 'ई' अंकित हुआ है, कुछ धुँधला है और अक्षर 'आर' के निचले वक्र में कुछ कमी है। आपके टाइपराइटर की चौदह अन्य विशेषताएँ हैं, पर उपर्युक्त ज्यादा स्पष्ट हैं।'

'हम ऑफिस में अपना सारा पत्र-व्यवहार इसी मशीन से करते हैं और इसमें कोई संदेह नहीं है कि वह कुछ घिस गई है।' अपनी छोटी-छोटी चमकीली आँखों से होम्स को घूरते हुए हमारे मेहमान ने जवाब दिया।

'और अब मैं आपको अपने एक बहुत ही दिलचस्प अध्ययन के बारे में बताउँगा, मि. विंडीबैंक,' होम्स ने कहना जारी रखा, 'मैं इन दिनों टाइपराइटर और अपराध के बीच संबंध पर एक छोटा लेख लिखने की सोच रहा हूँ। यह एक ऐसा विषय है, जिस पर मैंने कुछ परिश्रम किया है। मेरे पास यहाँ चार पत्र हैं, जो गुमशुदा आदमी की ओर से आए बताए गए हैं। वे सब टाइप किए हुए हैं। उनमें से हर एक में न केवल 'ई' अक्षर धुँधला है और 'आर' अक्षर का निचला वक्र गायब है, जबकि अगर आप मेरे मेग्नीफाइंग ग्लास का उपयोग करें तो देखेंगे कि उनमें वे चौदह विशेषताएँ, जिनके बारे में मैंने बताया था, भी मौजूद हैं।'

और अब मैं आपको अपने एक बहुत ही दिलचस्प अध्ययन के बारे में बताउँगा, मि. विंडीबैंक,' होम्स ने कहना जारी रखा, 'मैं इन दिनों टाइपराइटर और अपराध के बीच संबंध पर एक छोटा लेख लिखने की सोच रहा हूँ। यह एक ऐसा विषय है, जिस पर मैंने कुछ परिश्रम किया है। मेरे पास यहाँ चार पत्र हैं, जो गुमशुदा आदमी की ओर से आए बताए गए हैं।

मि. विंडीबैंक अपनी कुरसी से उछल पड़ा और उसने अपना हैट हाथ में ले लिया। 'मैं इस तरह की खयाली बातों में अपना वक्त जाया नहीं कर सकता, मि. होम्स,' उसने कहा, 'अगर आप उस आदमी को पकड़ सकते हैं तो पकड़िए और जब आपने ऐसा कर लिया हो तो मुझे बता दीजिएगा।'

'निश्चित रूप से,' कुछ कदम चलकर दरवाजे के लॉक में चाबी घुमाते हुए होम्स ने कहा, 'फिर जब मैं उसे पकड़ूँगा, आपको बता दूँगा।'

'क्या? कहाँ?' मि. विंडीबैंक चिल्लाया; उसका चेहरा सफेद पड़ गया था और वह इस तरह इधर-उधर देख रहा था, जैसे पिंजरे में फँसा चूहा हो।

'ओह! चिल्लाने से कुछ नहीं होगा, मि. विंडीबैंक,' होम्स ने शांत भाव से

कहा, 'अब आपके पास बचने का कोई रास्ता नहीं है। यह बात शीशे की तरह साफ है और आपकी इस टिप्पणी कि मेरे लिए उस आदमी को खोजना असंभव था, में कोई दम नहीं था। आप मानते हैं न! तो अब बैठ जाइए, ताकि हम उस पर बात कर सकें।'

हमारा अतिथि निढाल होकर एक कुरसी पर लुढ़क गया। उसका चेहरा बेजान लग रहा था और भौंहों पर पसीने की बूँदें उभर आई थीं। 'इस...इस पर कोई काररवाई नहीं हो सकती।' वह हकलाया।

'हाँ, मुझे भी इसी बात का डर है। मगर यह बात हम दोनों के बीच ही रहेगी, विंडीबैंक कि मेरी नजरों में अब तक आई यह सबसे निर्दय, खुदगर्ज, कठोर और टुच्ची ट्रिक्स में से एक थी। अव इस पूरे घटनाक्रम का विवरण मुझसे सुनो और जहाँ मैं गलती करूँ, मुझे टोक देना।'

एक ऐसे आदमी की तरह, जो पूरी तरह से टूट गया हो, विंडीबैंक अपना सिर सीने तक झुकाए कुरसी में उकड़ूँ होकर बैठ गया। होम्स ने अपने पैर फायर प्लेस के एक कोने में टिका दिए और अपने दोनों हाथ पैंट की जेब में रखे अपनी कुरसी में पीछे की ओर झुककर बोलना शुरू किया। ऐसा लग रहा था, मानो वह हमसे नहीं, खुद से ही बात कर रहा हो।

एक ऐसे आदमी की तरह, जो पूरी तरह से टूट गया हो, विंडीबैंक अपना सिर सीने तक झुकाए कुरसी में उकड़ूँ होकर बैठ गया। होम्स ने अपने पैर फायर प्लेस के एक कोने में टिका दिए और अपने दोनों हाथ पैंट की जेब में रखे अपनी कुरसी में पीछे की ओर झुककर बोलना शुरू किया। ऐसा लग रहा था, मानो वह हमसे नहीं, खुद से ही बात कर रहा हो।

'इस आदमी ने पैसों की खातिर अपने से बहुत ज्यादा उम्र की औरत से शादी की,' उसने कहा, 'और जब तक उसकी सौतेली बेटी उनके साथ रही, उसने उसकी कमाई से भी मौज की। उनकी स्थिति के लोगों के लिए वह एक अच्छी-खासी आमदनी थी और वह खत्म हो जाने से काफी फर्क पड़ता। इतनी बड़ी रकम के लिए कुछ करना जायज था। बेटी अच्छी, खुशमिजाज लड़की थी, स्नेहमयी और भावुक भी। इसीलिए यह स्पष्ट था कि लड़की के व्यक्तिगत गुणों और उसकी आमदनी के कारण उसे ज्यादा दिनों तक सिंगल नहीं रहने दिया जाएगा। अब उसकी शादी का मतलब, यकीनन कम-से-कम सौ पौंड प्रति वर्ष का नुकसान होता, तो उससे

बचने के लिए उसका सौतेला बाप क्या करता है? वह उसे घर तक ही सीमित रखने और अपनी उम्र के लोगों से मेल-जोल न बढ़ाने की व्यवस्था का सीधा सा रास्ता अपनाता है। मगर उसे जल्द ही पता चल गया कि यह उपाय हमेशा के लिए कारगर नहीं होगा। वह बेचैन हो गई तथा अपने अधिकारों के लिए उसने आग्रह किया और इस बात की घोषणा कर दी कि वह अमुक नृत्य-समारोह में जरूर जाएगी। अब उसका चालाक सौतेला बाप क्या करेगा? उसके मन में एक विचार पैदा हुआ, जिसके लिए उसके दिल के बजाय उसके दिमाग की तारीफ करनी होगी। अपनी पत्नी के साथ साँठ-गाँठ करके उसकी मदद से अपनी पैनी आँखों को काले चश्मे से ढककर मूँछों और घनी भौंहों के साथ उसने एक छद्म-रूप धारण कर लिया; अपनी स्पष्ट आवाज को फुसफुसाने के अंदाजवाली आवाज बना लिया और लड़की की भावुक-दृष्टि का फायदा उठाकर वह होज्मर एंजेल बन गया और अन्य संभावित प्रेमियों को दूर रखने के लिए खुद ही उससे प्यार जताने लगा।'

'शुरुआत में वह केवल एक मजाक था,' हमारे मेहमान ने दबे स्वर में कहा, 'हमने कभी नहीं सोचा था कि वह इस हद तक प्यार करने लगेगी।'

जरूर तुमने ऐसा नहीं सोचा होगा, फिर भी हो सकता है कि वह युवती पूर्ण रूप से प्यार में पड़ गई थी, और यद्यपि उसे पता था कि उसका सौतेला पिता फ्रांस में था, फिर भी उनके साथ धोखा करने की बात कभी उसके मन में नहीं आई। एक सज्जन व्यक्ति ने उसे जो तवज्जो दी थी, उससे वह अभिभूत हो गई थी और उस आदमी के मुँह से अपनी माँ की इतनी तारीफ सुनकर वह उससे और भी ज्यादा प्रभावित हुई थी।

'जरूर तुमने ऐसा नहीं सोचा होगा, फिर भी हो सकता है कि वह युवती पूर्ण रूप से प्यार में पड़ गई थी, और यद्यपि उसे पता था कि उसका सौतेला पिता फ्रांस में था, फिर भी उनके साथ धोखा करने की बात कभी उसके मन में नहीं आई। एक सज्जन व्यक्ति ने उसे जो तवज्जो दी थी, उससे वह अभिभूत हो गई थी और उस आदमी के मुँह से अपनी माँ की इतनी तारीफ सुनकर वह उससे और भी ज्यादा प्रभावित हुई थी। इस बीच दोनों के बीच मुलाकातें हुईं, सगाई की रस्म भी हुई, ताकि युवती के मन में किसी अन्य युवक के लिए प्यार पनपने की गुंजाइश ही खत्म हो जाए। परंतु यह स्वाँग जीवन भर नहीं चल सकता था। फ्रांस की वे नकली यात्राएँ बोझिल लगने लगी थीं। जरूरत इस बात की थी कि इस पूरे व्यापार

को इतने नाटकीय तरीके से खत्म कर देना कि वह नवयुवती के मन पर एक स्थायी दाग बनकर रह जाए तथा कम-से-कम कुछ समय के लिए तो उसे किसी और प्रेमी को अपने जीवन में लाने का खयाल तक न आए। इसीलिए उससे बाइबिल पर हाथ रखवाकर वफादारी की कसमें दिलवाई गईं और इस बात का अंदेशा भी खड़ा किया कि विवाह के दिन सुबह ही कोई अनहोनी घटना घट सकती है। विंडीबैंक चाहता था कि मिस सदरलैंड होज्मर एंजेल से इतनी बँधी रहे; और उसका क्या हुआ, उस बारे में इतनी भ्रमित रहे कि कम-से-कम दस साल तो वह किसी भी पुरुष के बारे में न सोचे। वह उसे चर्च के दरवाजे तक तो ले आया और फिर चूँकि वह इससे आगे नहीं जा सकता था अत: उसने बग्घी के एक दरवाजे से प्रवेश कर दूसरे दरवाजे से निकल भागने की पुरानी चाल चली और वहाँ से गायब हो गया।'

होम्स के बोलने के दौरान हमारे मेहमान ने अपना खोया हुआ आत्मविश्वास कुछ हद तक दोबारा हासिल कर लिया था और अपने पीले चेहरे पर अकड़ का भाव लिये वह कुरसी से उठ खड़ा हुआ।

'यह हो भी सकता है और नहीं भी, मि. होम्स,' उसने कहा, 'परंतु अगर आप इतनी ही तीक्ष्ण बुद्धि के हैं तो आपको पता होना चाहिए कि वह मैं नहीं, आप हैं, जो इस समय कानून तोड़ रहा है। मैंने शुरू से ही ऐसा कोई काम नहीं किया है, जिसके कारण मुझ पर मुकदमा चल सके। मगर जब तक आप मुझे इस कमरे में बंद करके रखेंगे, मुझ पर हमले और अवैध रूप से बंधक बनाए रखने के जुर्म में आप पर जरूर कारवाई हो सकती है।'

यह हो भी सकता है और नहीं भी, मि. होम्स,' उसने कहा, 'परंतु अगर आप इतनी ही तीक्ष्ण बुद्धि के हैं तो आपको पता होना चाहिए कि वह मैं नहीं, आप हैं, जो इस समय कानून तोड़ रहा है। मैंने शुरू से ही ऐसा कोई काम नहीं किया है, जिसके कारण मुझ पर मुकदमा चल सके। मगर जब तक आप मुझे इस कमरे में बंद करके रखेंगे, मुझ पर हमले और अवैध रूप से बंधक बनाए रखने के जुर्म में आप पर जरूर कारवाई हो सकती है।

'जैसा तुम कहते हो, कानून तुम्हें छू भी नहीं सकता,' दरवाजे का ताला खोलकर एक झटके से उसे खोलते हुए होम्स ने कहा, 'फिर भी आज तक ऐसा कोई आदमी नहीं हुआ, जो तुमसे ज्यादा सजा का हकदार हो। अगर उस युवती का कोई भाई या दोस्त हो उसे तुम्हारी पीठ पर कोड़े बरसाने चाहिए।'

विंडीबैंक के चेहरे पर तिरस्कार का भाव देखकर गुस्से से उबलते हुए होम्स

ने कहना जारी रखा, 'यह अपने ग्राहक के प्रति मेरे कर्तव्य का हिस्सा नहीं है, पर फिलहाल मेरे पास यह चाबुक जरूर है, जिसके इस्तेमाल का लुत्फ मैं जरूर उठाऊँगा।' उसने चाबुक उठाने के लिए तेजी से दो कदम बढ़ाए, पर इससे पहले कि वह उसे हाथ में ले पाता, सीढ़ियों से किसी के बेतहाशा उतरने की आवाज आई। हॉल का भारी दरवाजा धड़ाम से खुला और हम खिड़की से देख सकते थे कि विंडीबैंक जान की बाजी लगाकर सड़क पर भागा जा रहा था।

'दूसरे दरजे का लुच्चा!' एक बार फिर खुद को कुरसी के हवाले करते हुए होम्स ने हँसकर कहा, 'यह बंदा एक अपराध के बाद दूसरा करता रहेगा, जब तक कि अंत में फाँसी का फंदा उसे आमंत्रित न कर रहा हो। फिर भी कुछ मायनों में यह केस उतना बोरिंग भी नहीं रहा है।'

'मैं तुम्हारी तर्क-प्रणाली के सभी पायदानों को अब भी समझ नहीं पाया हूँ।' मैंने कहा।

'निश्चित रूप से यह तो शुरू से ही स्पष्ट था कि अपने विचित्र व्यवहार के लिए इस होज्मर एंजेल के पास कोई बगड़ा उद्देश्य होना चाहिए था और यह भी उतना ही स्पष्ट था कि होज्मर के गायब होने से जिस व्यक्ति को सबसे ज्यादा फायदा होने वाला था, वह था लड़की का सौतेला बाप। फिर यह तथ्य कि दोनों आदमी कभी साथ नहीं देखे गए; और यह कि एक आदमी तभी प्रकट होता था, जब दूसरा वहाँ न हो, काफी कुछ बयाँ करता था। इसी तरह काला चश्मा, विचित्र आवाज और घनी भौंहें भी किसी छद्मवेश की ओर इशारा करते थे। अपने दस्तखत तक टाइप करने की उसकी अनोखी क्रिया से मेरा संदेह और भी पक्का हो गया; उसका एक ही अर्थ था कि मिस सदरलैंड के लिए उसकी लिखावट इतनी जानी-पहचानी थी कि उसके एक छोटे से नमूने से भी वह पहचान जाती कि लिखनेवाला कौन है! आप इन अलग-अलग तथ्यों को कई अन्य छोटे-मोटे तथ्यों से जोड़कर देखें तो वे सभी एक ही दिशा में संकेत करते हैं।'

'और तुमने उनका सत्यापन कैसे किया?'

'दूसरे दरजे का लुच्चा!' एक बार फिर खुद को कुरसी के हवाले करते हुए होम्स ने हँसकर कहा, 'यह बंदा एक अपराध के बाद दूसरा करता रहेगा, जब तक कि अंत में फाँसी का फंदा उसे आमंत्रित न कर रहा हो। फिर भी कुछ मायनों में यह केस उतना बोरिंग भी नहीं रहा है।'
'मैं तुम्हारी तर्क-प्रणाली के सभी पायदानों को अब भी समझ नहीं पाया हूँ।' मैंने कहा।

'एक बार अपराधी नजर में आ गया तो साक्ष्यों की पुष्टि आसान काम था। मैं उस फर्म को जानता था, जिसमें यह आदमी काम करता था। फिर जो चीजें नहीं हो सकती थीं, उन्हें अलग करने की प्रक्रिया में एक ही संभावना सामने आई, छद्मवेश—गलमुच्छे, काला चश्मा और आवाज! मैंने उसका पूरा हुलिया इस गुजारिश के साथ उसकी फर्म को भेज दिया कि वे मुझे बताएँ कि क्या वह उनके किसी एजेंट से मिलता था! मैंने होज्मर एंजेल के पत्रों से उस टाइपराइटर की विशेषताओं को पहले ही नोटिस कर लिया था। फिर मैंने उसकी फर्म के पते पर उसे यहाँ आने की गुजारिश करते हुए एक पत्र लिखा। जैसी मुझे आशा थी, उसका जवाब टाइप किया हुआ था और उसमें अंकित अक्षरों में भी उपर्युक्त टाइपराइटर की वही छोटी-छोटी विशेषताएँ मौजूद थीं। तभी मुझे फेनचर्च स्ट्रीट स्थित फर्म 'वेस्टहाउस ऐंड मार्बेंक' से एक पत्र मिला, जिसमें कहा गया था कि मेरे द्वारा दिया गया हुलिया उनके एक कर्मचारी जेम्स विंडीबैंक से हू-बहू मिलता था। बस फिर क्या था!'

एक बार अपराधी नजर में आ गया तो साक्ष्यों की पुष्टि आसान काम था। मैं उस फर्म को जानता था, जिसमें यह आदमी काम करता था। फिर जो चीजें नहीं हो सकती थीं, उन्हें अलग करने की प्रक्रिया में एक ही संभावना सामने आई, छद्मवेश—गलमुच्छे, काला चश्मा और आवाज! मैंने उसका पूरा हुलिया इस गुजारिश के साथ उसकी फर्म को भेज दिया कि वे मुझे बताएँ कि क्या वह उनके किसी एजेंट से मिलता था!

'और मिस सदरलैंड?'

'अगर मैं उसे यह सब बताऊँगा तो वह विश्वास नहीं करेगी। तुम्हें वह फारसी कहावत याद होगी, 'उस आदमी को खतरा है, जो शेर के बच्चे को पालता है, खतरा उसको भी है, जो एक औरत की खुशफहमी को छीनने की कोशिश करता है।' हाफिज में भी उतना ही ज्ञान और बुद्धिमत्ता है, जितनी होरेस में।'

❑

पीले चेहरे का रहस्य

शर्लक होम्स एक ऐसा आदमी था, जो अपनी शारीरिक क्षमताओं का उपयोग वजह नहीं करता था। शक्ति और फुरती में बहुत कम लोग उसका मुकाबला कर पाते थे और निस्संदेह वह अपने भार वर्ग के सर्वश्रेष्ठ बॉक्सर्स में से एक था। पर वह शक्ति के निरुद्देश्य प्रदर्शन को ऊर्जा का अपव्यय मानता था और उसका उपयोग तभी करता था, जब उससे कोई पेशेगत उद्देश्य पूरा होता हो। तब वह बिल्कुल अथक और अपराजेय होता था। यह तथ्य कि उसने इन परिस्थितियों में भी खुद को इतना फिट रखा था, असाधारण था, परंतु उसका खान-पान बहुत ही हलका और उसकी आदतें सादगीपूर्ण थीं। कभी-कभार कोकीन का सेवन करने के अलावा उसे कोई व्यसन नहीं था और यह ड्रग भी वह अपने अस्तित्व के उस नीरस दौर के विरोध के रूप में लेता था, जब उसके पास केस नहीं आते थे या दिलचस्प केस नहीं आते थे।

वसंत ऋतु के शुरुआती दिनों में एक दिन वह इतने अच्छे मूड में था कि उसने पार्क में जाने के लिए मुझे साथ ले लिया, जहाँ एल्म के पेड़ों पर पत्तियों के अंकुर फूटने शुरू ही हुए थे और चेस्टनट्स के चिपचिपे सिरों ने उनकी पाँच-गुना पत्तियों का रूप लेना शुरू कर दिया था। दो घंटे तक हम साथ-साथ घूमते रहे। उस दौरान अधिकांशत: हम चुप ही रहे, जैसा उन दो पुरुषों के लिए स्वाभाविक ही है, जो एक-दूसरे को घनिष्ठता से जानते हों। जब हम एक बार फिर बेकर स्ट्रीट लौटे तो पाँच बजने वाले थे।

'माफ कीजिएगा, सर,' दरवाजा खोलते हुए हमारे किशोर घरेलू नौकर ने कहा, 'एक सज्जन यहाँ आए थे, जो आपके बारे में पूछ रहे थे।'

होम्स ने उलाहना भरी नजरों से मेरी ओर देखा। 'हम भी! दोपहर भी कोई घूमने का वक्त है? तो क्या वे सज्जन चले गए हैं?'

'हाँ, सर।'

'क्या तुमने उन्हें अंदर आने के लिए नहीं कहा?'

'कहा था, सर। वे अंदर आए भी थे।'

'उन्होंने कितनी देर तक इंतजार किया?'

'आधा घंटा, सर। वे सज्जन बहुत बेचैन थे। जितने समय वे यहाँ रहे, खीज से पैर पटककर इधर-उधर घूमते रहे। मैं दरवाजे पर खड़ा आपका इंतजार कर रहा था और उनकी पदचाप सुन सकता था। अंत में वे निकलकर गलियारे में आए और रोने लगे, 'क्या यह आदमी कभी नहीं आएगा?' ये उनके आखिरी शब्द थे, सर।' 'आपको बस थोड़ा सा इंतजार करना होगा,' मैंने कहा। 'फिर मैं खुली हवा में इंतजार करूँगा। यहाँ मुझे घुटन महसूस होती है,' उन्होंने कहा। 'जल्द ही मैं वापस आऊँगा।' यह कहकर वे चले गए। मेरी कोई भी याचना उन्हें रोक न सकी।'

'आधा घंटा, सर। वे सज्जन बहुत बेचैन थे। जितने समय वे यहाँ रहे, खीज से पैर पटककर इधर-उधर घूमते रहे। मैं दरवाजे पर खड़ा आपका इंतजार कर रहा था और उनकी पदचाप सुन सकता था। अंत में वे निकलकर गलियारे में आए और रोने लगे, 'क्या यह आदमी कभी नहीं आएगा?' ये उनके आखिरी शब्द थे, सर।' 'आपको बस थोड़ा सा इंतजार करना होगा,' मैंने कहा। 'फिर मैं खुली हवा में इंतजार करूँगा।

'ठीक है, तुम जो कर सकते थे, तुनने किया,' अपने कमरे में दाखिल होते हुए होम्स ने कहा, 'पर यह बात है बहुत चिढ़ पैदा करने वाली, वाटसन। मुझे बेसब्री से एक दिलचस्प केस की तलाश थी और उस आदमी की अधीरता से ऐसा लगता है कि यह केस महत्त्वपूर्ण होगा। अरे, टेबल पर जो पाइप पड़ा है, वह तुम्हारा तो नहीं है! वही आदमी छोड़कर गया होगा! कीमती लकड़ी से बना हुआ पाइप, जिसमें चुनिंदा तंबाकू भरी हुई है। मुझे अचरज है कि लंदन में असली एंब्रर से बने कितने पाइप होंगे? जो भी हो, वह सचमुच बहुत अशांत मानसिक स्थिति में होगा, जो अपना पाइप छोड़कर चला गया, उसके लिए बहुत कीमती था।'

'तुम कैसे जानते हो कि उसके लिए वह बहुत कीमती था?' मैंने पूछा।

'मेरे हिसाब से इस पाइप की मूल कीमत सात शिलिंग, छह पेंस होगी! अब, तुम देख सकते हो उसकी दो बार मरम्मत की गई है—एक बार लकड़ी के तने की और दूसरी बार एंबर में। ये दोनों तुम देख सकते हो, सिल्वर बैंड के साथ

किए गए हैं, जिसमें पाइप की मूल कीमत से ज्यादा खर्च आया होगा। उस आदमी के लिए यह पाइप बहुत महत्त्व रखता होगा, क्योंकि वह उसकी मरम्मत कराना पसंद करता है, जबकि उतने ही पैसों में वह एक नया पाइप खरीद सकता था।'

'और कुछ?' मैंने पूछा, क्योंकि होम्स उस पाइप को उलट-पलटकर देख रहा था और अपनी खास विचारमग्न मुद्रा में उसे घूर रहा था।

उसने पाइप को कुछ ऊँचाई पर रखकर अपनी लंबी-पतली तर्जनी से थपथपाया, जैसी हड्डी पर लेक्चर दे रहा कोई प्रोफेसर एक सेंपल हड्डी के साथ करता है।

'कभी-कभी पाइप असाधारण चीजें बयाँ करते हैं,' उसने कहा, 'और किसी चीज का अपना व्यक्तित्व नहीं होता; शायद कलाई-घड़ियों और जूतों के फीतों को छोड़कर। परंतु यहाँ पर यह जिन बातों की ओर संकेत कर रहा है, वे न तो असामान्य हैं और न बहुत महत्त्वपूर्ण। इसका मालिक स्पष्ट रूप से एक बलिष्ठ आदमी है और लेफ्ट हैंडेड, उसके दाँत शानदार हैं, अपनी आदतों को लेकर लापरवाह और मितव्ययिता बरतने की उसे कोई जरूरत नहीं है।'

कभी-कभी पाइप असाधारण चीजें बयाँ करते हैं,' उसने कहा, 'और किसी चीज का अपना व्यक्तित्व नहीं होता; शायद कलाई-घड़ियों और जूतों के फीतों को छोड़कर। परंतु यहाँ पर यह जिन बातों की ओर संकेत कर रहा है, वे न तो असामान्य हैं और न बहुत महत्त्वपूर्ण। इसका मालिक स्पष्ट रूप से एक बलिष्ठ आदमी है और लेफ्ट हैंडेड, उसके दाँत शानदार हैं, अपनी आदतों को लेकर लापरवाह और मितव्ययिता बरतने की उसे कोई जरूरत नहीं है।

मेरे मित्र ने ये सारी सूचनाएँ बिना किसी तैयारी के तत्काल उड़ेल दी थीं, परतु मैंने देखा कि वह तिरछी नजरों से मेरी ओर देख रहा था, यह जानने के लिए कि मैं उसकी तर्क-प्रणाली को समझ पा रहा हूँ या नहीं।

'तुम समझते हो कि अगर कोई आदमी सात शिलिंग कीमत के पाइप का इस्तेमाल करता है तो उसे समृद्ध होना चाहिए?' मैंने कहा।

'यह तंबाकू एक ग्रॉसवेनर मिक्सचर है, जो आठ पेंस में एक औंस आता है,' होम्स ने पाइप को थपककर थोड़ी सी तंबाकू अपनी हथेली पर रखते हुए जवाब दिया, 'इससे आधी कीमत में वह बढ़िया तंबाकू ले सकता था, इसलिए उसे पैसा बचाने की कोई जरूरत प्रतीत नहीं होती।'

'और तुमने जो दूसरी बातें कहीं, उनका क्या?'

'उसे अपना पाइप लैंप्स और गैसजेट्स से सुलगाने की आदत है। तुम देख सकते हो कि उसका निचला भाग एक साइड से काफी जला हुआ है। अगर वह दियासलाई उपयोग करता तो ऐसा कभी नहीं होता। कोई भी आदमी एक जलती हुई दियासलाई को अपने पाइप के साइड में क्यों लगाएगा? परंतु पाइप के माउथ का निचला हिस्सा जलाए बिना आप उसे एक चिमनी से नहीं सुलगा सकते और पाइप का जला हुआ सारा हिस्सा दाहिनी तरफ का है। इससे मैंने जाना कि वह एक लेफ्ट हैंडेड आदमी है। तुम अपना खुद का पाइप चिमनी के पास ले जाओ और देखो कि एक राइट हैंडेड व्यक्ति होने के कारण कितनी सहजता से पाइप के बाएँ हिस्से को जला देते हो। तुम चाहो तो एक बार दायाँ हिस्सा भी जला सकते हो, पर लगातार ऐसा नहीं होगा। इस पाइप को हमेशा एक ही स्थिति में पकड़ा गया है, फिर उसने तंबाकू की कठोर पैकिंग को दाँतों से काटकर खोला है। ऐसा करने के लिए एक आदमी मजबूत दाँतों का स्वामी होने के साथ-साथ तगड़ा और चुस्त भी होना चाहिए। परंतु अगर मैं गलत नहीं हूँ तो मैं सीढ़ियों पर उसी के चढ़ने की आवाज सुन रहा हूँ, इसलिए हमारे पास अध्ययन करने के लिए इस पाइप से ज्यादा दिलचस्प चीजें होंगी।'

उसे अपना पाइप लैंप्स और गैसजेट्स से सुलगाने की आदत है। तुम देख सकते हो कि उसका निचला भाग एक साइड से काफी जला हुआ है। अगर वह दियासलाई उपयोग करता तो ऐसा कभी नहीं होता। कोई भी आदमी एक जलती हुई दियासलाई को अपने पाइप के साइड में क्यों लगाएगा? परंतु पाइप के माउथ का निचला हिस्सा जलाए बिना आप उसे एक चिमनी से नहीं सुलगा सकते और पाइप का जला हुआ सारा हिस्सा दाहिनी तरफ का है।

एक क्षण बाद हमारा दरवाजा खुला और एक लंबे युवक ने कमरे में प्रवेश किया। उसने गहरे स्लेटी रंग का सूट पहना हुआ था। मेरे अंदाज से उसकी उम्र लगभग तीस वर्ष रही होगी। हालाँकि असल में वह उससे कुछ साल ज्यादा का था।

'मुझे माफ कीजिएगा,' कुछ लज्जित होते हुए उसने कहा, 'मैं समझता हूँ, मुझे दरवाजा खटखटाकर आना चाहिए। निश्चित रूप से मुझे ऐसा ही करना चाहिए था। असल बात यह है कि मैं कुछ परेशान हूँ और उसी की वजह से ऐसी गलतियाँ हो जाती हैं; एक ऐसे आदमी की तरह, जो अपना आधा होश खो बैठा हो,

उसने अपने माथे पर हाथ फिराया और कुरसी पर बैठने के बजाय लुढ़क सा गया।

'मैं देख सकता हूँ कि आप एक या दो रातों से सोए नहीं है,' अपने सहज और सौहार्दपूर्ण लहजे में होम्स ने कहा, 'काम ही नहीं, बल्कि मौज-मस्ती से भी ज्यादा अनिद्रा आदमी को थका देती है। क्या मैं पूछ सकता हूँ कि मैं किस तरह से आपकी मदद कर सकता हूँ?'

'मैं आपसे सलाह लेना चाहता था, सर! मुझे समझ नहीं आ रहा कि मैं क्या करूँ? और मेरी जिंदगी पूरी तरह से बिखर गई है।'

'आप मुझे एक सलाहकार जासूस की तरह नियुक्त करना चाहते हैं?'

'सिर्फ यही नहीं। एक बुद्धिमान और व्यावहारिक आदमी के तौर पर मैं आपकी राय चाहता हूँ। मैं जानना चाहता हूँ कि मेरा अगला कदम क्या होना चाहिए? मुझे आशा है कि आप बता सकेंगे!' उसकी बातें छोटे, तीखे, झटके से आ रहे उद्‌गारों के रूप में सामने आ रही थीं तथा मुझे ऐसा लग रहा था कि सिर्फ बोलना ही उसे बहुत कष्टप्रद लग रहा था, और यह कि उसकी इच्छाशक्ति उसे वह सब कहने के लिए प्रेरित कर रही थी, जो कहना उसकी प्रवृत्ति में नहीं था।

'सिर्फ यही नहीं। एक बुद्धिमान और व्यावहारिक आदमी के तौर पर मैं आपकी राय चाहता हूँ। मैं जानना चाहता हूँ कि मेरा अगला कदम क्या होना चाहिए? मुझे आशा है कि आप बता सकेंगे!'

उसकी बातें छोटे, तीखे, झटके से आ रहे उद्‌गारों के रूप में सामने आ रही थीं तथा मुझे ऐसा लग रहा था कि सिर्फ बोलना ही उसे बहुत कष्टप्रद लग रहा था, और यह कि उसकी इच्छाशक्ति उसे वह सब कहने के लिए प्रेरित कर रही थी, जो कहना उसकी प्रवृत्ति में नहीं था।

'यह एक बड़ा ही संवेदनशील मामला है,' उसने कहा, 'कोई भी व्यक्ति अजनबियों के सामने अपने घरेलू मामलों के बारे में बात करना पसंद नहीं करता। यह भयावह लगता है कि मैं दो ऐसे व्यक्तियों के साथ अपनी पत्नी के व्यवहार के बारे में चर्चा कर रहा हूँ, जिन्हें मैंने इससे पहले देखा तक नहीं है। ऐसा करने की मजबूरी असहनीय है। मगर मेरा दिमाग काम ही नहीं कर रहा और मुझे सलाह चाहिए।'

'मेरे प्रिय मि.ग्रांट मुनरो··· ?' होम्स ने बोलना शुरू किया।

हमारा मुलाकाती अपनी कुरसी से उछल पड़ा, 'क्या? आप मेरा नाम जानते हैं?'

होम्स ने मुसकराते हुए कहा, 'अगर आप अपनी पहचान गुप्त रखना चाहते हैं तो मैं आपको सलाह दूँगा कि आप अपने हैट की लाइनिंग पर अपना नाम लिखना बंद कर दें या जब आप किसी से बात कर रहे हों, तब यह हिस्सा पीछे की ओर कर लें। मैं कहने की वाला था कि मेरे मित्र और मैं इस कमरे में बहुत से अनोखे राज सुन चुके हैं और हमारी खुशकिस्मती रही है कि हम कई परेशान व्यक्तियों को सुकून पहुँचा पाए हैं। मुझे विश्वास है कि हम आपके लिए भी बहुत कुछ कर सकते हैं। चूँकि समय का फैक्टर महत्त्वपूर्ण हो सकता है तो क्या मैं आपसे याचना कर सकता हूँ कि अब और देरी किए बिना अपने केस से जुड़े तथ्य मेरे सामने रख दें?'

हमारे मुलाकाती ने एक बार फिर अपने हाथ से माथा दबाया, जैसे वह जो कुछ बताने जा रहा था, उसे बताने में उसे बहुत तकलीफ हो रही थी। मैं देख सकता था कि वह अपने तक सीमित रहनेवाला एक रिजर्व्ड आदमी था, जिसके स्वभाव में ही कुछ घमंड झलकता था और वह उन लोगों में से था, जो अपने घाव दिखाने से ज्यादा उन्हें छिपाना पसंद करते हैं। फिर अचानक हवा में मुक्का घुमाते हुए, जैसे उसने सारी सावधानी उतार फेंकी हो, उसने बोलना शुरू किया।

हमारे मुलाकाती ने एक बार फिर अपने हाथ से माथा दबाया, जैसे वह जो कुछ बताने जा रहा था, उसे बताने में उसे बहुत तकलीफ हो रही थी। मैं देख सकता था कि वह अपने तक सीमित रहनेवाला एक रिजर्व्ड आदमी था, जिसके स्वभाव में ही कुछ घमंड झलकता था और वह उन लोगों में से था, जो अपने घाव दिखाने से ज्यादा उन्हें छिपाना पसंद करते हैं। फिर अचानक हवा में मुक्का घुमाते हुए, जैसे उसने सारी सावधानी उतार फेंकी हो, उसने बोलना शुरू किया।

'बात यह है, मि. होम्स,' उसने कहा, 'पिछले तीन सालों से मैं एक शादीशुदा आदमी हूँ। इस दौरान मेरी पत्नी और मैंने एक-दूसरे से इतना प्यार किया है और इतने खुश रहे हैं, जितना कोई भी सुखी दंपती रहा होगा। हम दोनों की सोच, बातों और कृत्यों में एक भी मतभेद नहीं रहा है और अब, पिछले सोमवार से हम दोनों के बीच एक व्यवधान खड़ा हो गया है और मुझे ऐसा लग रहा है कि उसके जीवन या उसके मन में कुछ ऐसी बात है, जिसके बारे में मैं उतना कम जानता हूँ, जैसे वह मेरी पत्नी न होकर रास्ते में टकरा गई कोई अजनबी स्त्री हो। हम दोनों के बीच एक दूरी पैदा हो गई है और मैं उसका कारण जानना चाहता हूँ।

'अब इससे पहले कि मैं आगे बढ़ूँ, मि. होम्स, एक चीज मैं आपके मन में बिठा देना चाहता हूँ। एफी मुझसे प्यार करती है, इस बारे में कोई गलतफहमी नहीं होनी चाहिए। वह मुझे दिल की गहराइयों से प्यार करती है और जितना पहले करती थी, अब उससे भी ज्यादा करती है। यह मैं जानता हूँ, महसूस करता हूँ। उस बारे में मैं कोई बहस नहीं करना चाहता। जब एक स्त्री एक पुरुष से प्यार करती है तो यह उस पुरुष को आसानी से पता चल जाता है। परंतु हमारे बीच कोई रहस्य आ खड़ा हुआ है; और जब तक उस पर से परदा न उठ जाए, हमारा जीवन कभी पहले जैसा न होगा।'

'कृपया मुझे केवल मुख्य तथ्य बताएँ, मि. मुनरो।' कुछ अधीरता से होम्स ने कहा।

एफी के इतिहास के बारे में मैं जो कुछ जानता हूँ, वह मैं आपको बताऊँगा। जब मैं उससे पहली बार मिला था, वह एक विधवा थी, पर बिल्कुल युवा—केवल पच्चीस वर्ष की। तब उसका नाम था—मिसेज हेब्रन। बहुत कम उम्र में ही वह अमेरिका चली गई थी और अटलांटा शहर में रहती थी; जहाँ उसने इस हेब्रन से शादी कर ली थी, जो एक वकील था और उसकी प्रेक्टिस अच्छी चलती थी।

'एफी के इतिहास के बारे में मैं जो कुछ जानता हूँ, वह मैं आपको बताऊँगा। जब मैं उससे पहली बार मिला था, वह एक विधवा थी, पर बिल्कुल युवा—केवल पच्चीस वर्ष की। तब उसका नाम था—मिसेज हेब्रन। बहुत कम उम्र में ही वह अमेरिका चली गई थी और अटलांटा शहर में रहती थी; जहाँ उसने इस हेब्रन से शादी कर ली थी, जो एक वकील था और उसकी प्रेक्टिस अच्छी चलती थी। उनका एक बच्चा था, परंतु उनके मोहल्ले में बुरी तरह से पीला बुखार फैल गया, जिसकी चपेट में आकर उसके पति और बच्चे की मौत हो गई। मैंने उसका मृत्यु प्रमाण-पत्र देखा है। इस घटना से उसका मन अमेरिका से उचट गया और वह मिडिलसेक्स की पिनर निवासी अपनी कुँवारी आंटी के साथ रहने के लिए वापस लौट आई। यहाँ मैं बता दूँ कि उसका पति आर्थिक रूप से उसे काफी सुरक्षित छोड़ गया था और उसके पास करीब साढ़े चार हजार पौंड की पूँजी थी, जो उसके पति द्वारा इतने अच्छे तरीके से निवेश की गई थी कि वह औसत रूप से सात प्रतिशत रिटर्न देती थी। उसे पिनर आए छह महीने ही हुए थे। जब मैं उससे मिला था, हम दोनों को एक-दूसरे से प्यार हो गया और कुछ हफ्तों बाद हमने शादी कर ली।'

'मैं खुद एक घुमक्कड़ सेल्समैन हूँ और सात या आठ सौ पौंड मेरी आमदनी है। हमने खुद को काफी आरामदायक स्थिति में पाया और नोर्बरी में सालाना अस्सी पौंडवाला एक अच्छा सा विला ले लिया। शहर से इतना नजदीक होते हुए भी हमारी छोटी सी बस्ती में एक ग्रामीण महक थी। हमारे घर से कुछ ऊँचाई पर एक सराय एवं दो मकान थे और सामने एक मैदान के साथ एकमात्र कॉटेज बनी हुई थी, इनके अलावा, जब तक आप रेलवे स्टेशन का आधा रास्ता पार न कर लें, कोई और मकान नहीं था। बिजनेस के सिलसिले में कुछ खास मौसमों में मुझे शहर जाना पड़ता था, परंतु गरमियों में ज्यादा काम नहीं होता था और तब मेरी पत्नी व मैं अपने अर्ध-शहरी घर में उतने खुश रहते थे, जितने की कामना की जा सकती है। मैं कहता हूँ कि इस कंबख्त घटनाक्रम से पहले हमारे बीच अनबन की छाया तक नहीं थी।

मैं खुद एक घुमक्कड़ सेल्समैन हूँ और सात या आठ सौ पौंड मेरी आमदनी है। हमने खुद को काफी आरामदायक स्थिति में पाया और नोर्बरी में सालाना अस्सी पौंडवाला एक अच्छा सा विला ले लिया। शहर से इतना नजदीक होते हुए भी हमारी छोटी सी बस्ती में एक ग्रामीण महक थी। हमारे घर से कुछ ऊँचाई पर एक सराय एवं दो मकान थे और सामने एक मैदान के साथ एकमात्र कॉटेज बनी हुई थी, इनके अलावा, जब तक आप रेलवे स्टेशन का आधा रास्ता पार न कर लें, कोई और मकान नहीं था।

'आगे बढ़ने से पहले मुझे आपको एक बात और बता देनी चाहिए। जब हमारी शादी हुई, मेरी पत्नी ने अपनी सारी संपत्ति मेरे नाम कर दी, बहुत हद तक मेरी इच्छा के खिलाफ, क्योंकि मैं देख सकता था कि अगर किसी कारण से मेरा बिजनेस ठीक से न चले तो यह कितना अटपटा लगेगा, फिर भी वह नहीं मानी और संपत्ति मेरे नाम हो गई। छह हफ्ते पहले वह मेरे पास आई।

उसने कहा, 'जैक, जब तुमने मेरे पैसे लिये थे, तब तुमने कहा था कि जब भी मुझे पैसों की जरूरत हो, मैं तुमसे ले सकती हूँ।'

'निश्चित रूप से,' मैंने कहा, 'वह सारा धन तुम्हारा ही तो है।'

'ठीक है,' उसने कहा, 'मुझे सौ पौंड चाहिए।'

यह सुनकर मैं थोड़ा हिल गया, क्योंकि मैंने सोचा था कि उसे कोई नई ड्रेस या ऐसी ही कोई चीज लेनी होगी।

'किसलिए?' मैंने पूछा।

'ओह,' उसने मजाकिया अंदाज में कहा, 'तुमने कहा था, तुम केवल मेरे बैंकर हो और तुम जानते हो कि बैंकर्स कभी सवाल नहीं पूछते।'

'अगर तुम सचमुच इतनी राशि चाहती हो तो निश्चित रूप से तुम्हें सौ पौंड मिल जाएँगे।' मैंने कहा।

'हाँ, मुझे चाहिए।'

'और तुम मुझे नहीं बताओगी कि तुम्हें सौ पौंड क्यों चाहिए?'

'किसी और दिन शायद, जैक, पर इस वक्त नहीं।'

'मुझे उसके जवाब से संतोष करना पड़ा। हालाँकि वह पहली बार था, जब हमारे बीच कोई बात गुप्त रखी गई थी। मैंने उसे एक चेक दे दिया और उस विषय पर आगे कुछ नहीं सोचा। इस घटना का, बाद में जो कुछ हुआ, उससे भले ही कोई ताल्लुक न रहा हो, मगर मैंने उसे बताना ही ठीक समझा।

मैंने अभी-अभी आपको बताया था कि एक कॉटेज है, जो हमारे घर से ज्यादा दूर नहीं है। हमारे घर और उसके बीच बस एक मैदान है, पर वहाँ पहुँचने के लिए आपको मुख्य सड़क से जाना एवं आगे एक गली से मुड़ना होता है। उससे परे कुछ ही दूरी पर चीड़ के पेड़ों का एक छोटा सा सुंदर बाग है और मुझे वहाँ टहलने का बड़ा शौक था, क्योंकि पेड़ हमेशा अपने-से लगते हैं।

'मैंने अभी-अभी आपको बताया था कि एक कॉटेज है, जो हमारे घर से ज्यादा दूर नहीं है। हमारे घर और उसके बीच बस एक मैदान है, पर वहाँ पहुँचने के लिए आपको मुख्य सड़क से जाना एवं आगे एक गली से मुड़ना होता है। उससे परे कुछ ही दूरी पर चीड़ के पेड़ों का एक छोटा सा सुंदर बाग है और मुझे वहाँ टहलने का बड़ा शौक था, क्योंकि पेड़ हमेशा अपने-से लगते हैं। पिछले आठ महीनों से वह कॉटेज खाली पड़ा था और यह दुखद था, क्योंकि वह एक दो-मंजिला सुंदर भवन था, जिसमें पुरानी फैशन का एक पोर्च था, जिस पर हनीसकल बेल छाई हुई थी। मैंने कई बार वहाँ खड़े होकर सोचा है, अगर वहाँ घर बसाया जाए तो वह कितना रमणीय होगा!

'पिछले सोमवार शाम को मैं उसी रास्ते पर टहल रहा था, तभी सामने से आती एक खाली वैन दिखाई दी। उसके जाने के बाद मैंने देखा कि पोर्च के पास हरी घास से युक्त मैदान में कारपेट्स और ऐसी ही चीजों का ढेर लगा हुआ है। यह स्पष्ट था कि अंततः कॉटेज किराए पर लगा दिया गया था। मैं उसे पार करके

थोड़ा ठिठका, जैसाकि खाली बैठा कोई भी आदमी करता है। मैंने कॉटेज की ओर नजरें घुमाईं और अचरज करने लगा कि वे लोग किस टाइप के होंगे, जो हमारे इतने नजदीक रहने के लिए आ रहे थे। मैं कॉटेज का अवलोकन कर ही रहा था कि अचानक मुझे अहसास हुआ, जैसे ऊपरी मंजिल की खिड़की से कोई चेहरा मुझ पर नजर रख रहा हो।

'मैं नहीं जानता कि उस चेहरे में ऐसा क्या था, मि. होम्स, परंतु ऐसा लगा, मानो उसे देखकर मेरी पीठ से नीचे की ओर एक सिहरन दौड़ गई हो। मैं खिड़की से कुछ तिरछा खड़ा था, इसलिए उसके नाक-नक्श ठीक से नहीं देख पाया था, मगर उस चेहरे में कुछ अस्वाभाविक और अमानवीय जरूर था। मुझे तो ऐसा ही लगा था और उस व्यक्ति, जो मुझ पर निगरानी रख रहा था, को नजदीक से देखने के लिए मैं तेजी से आगे बढ़ा। परंतु जैसे ही मैंने ऐसा किया, अचानक ही वह चेहरा गायब हो गया, इतनी जल्दी कि ऐसा लगा, मानो किसी ने उसे कमरे के अँधेरे में खींच लिया हो। उस पूरे घटनाक्रम पर सोचते और विश्लेषण करते हुए मैं पाँच मिनट तक वहीं खड़ा रहा। उसकी झलक इतनी क्षणभंगुर थी कि मैं यह भी नहीं कह सकता था कि वह चेहरा किसी पुरुष का था या स्त्री का! वह मुझसे काफी दूर था। परंतु उसकी किसी एक चीज, जिसने मुझ पर सबसे ज्यादा छाप छोड़ी थी, वह था उसका रंग। वह चॉक जैसे सुरमई सफेद रंग का था और उसमें कोई चीज इतनी कसी हुई एवं अनम्य थी कि वह विचलित कर देनेवाला अप्राकृतिक चेहरा लगता था। मैं अशांत हो गया तथा मैंने उस कॉटेज के नए निवासियों के बारे में कुछ और जानने की ठान ली। मैंने जाकर दरवाजा खटखटाया, जिसे एक कठोर, अप्रीतिकर चेहरेवाली एक लंबी, पतली सी औरत ने खोला।

मैं नहीं जानता कि उस चेहरे में ऐसा क्या था, मि. होम्स, परंतु ऐसा लगा, मानो उसे देखकर मेरी पीठ से नीचे की ओर एक सिहरन दौड़ गई हो। मैं खिड़की से कुछ तिरछा खड़ा था, इसलिए उसके नाक-नक्श ठीक से नहीं देख पाया था, मगर उस चेहरे में कुछ अस्वाभाविक और अमानवीय जरूर था। मुझे तो ऐसा ही लगा था और उस व्यक्ति, जो मुझ पर निगरानी रख रहा था, को नजदीक से देखने के लिए मैं तेजी से आगे बढ़ा।

'आपको किस चीज की तलाश है ?' उत्तरी इंग्लैंड के लहजे में उसने पूछा।

'मैं आपका पड़ोसी हूँ, मैदान के पार वह मेरा घर है,' अपने घर की ओर

इशारा करते हुए मैंने कहा, 'मैं देख रहा हूँ कि आपने अभी इस घर में प्रवेश किया है, इसीलिए मैंने सोचा कि किसी तरह की मैं आपकी मदद…!'

'जब हमें जरूरत होगी, आपसे कह देंगे।' उसने कहा और मुँह बनाते हुए दरवाजा बंद कर लिया। उस अभद्र झिड़की से आहत होकर मैं मुड़ा और घर की ओर चल दिया। हालाँकि पूरी शाम मैंने अपना ध्यान दूसरी चीजों पर लागने की कोशिश की, पर मेरा मन अब भी खिड़की पर खड़े उस प्रेतनुमा चेहरे और उस औरत की अभद्रता की ओर चला जाता था। मैंने तय कर लिया था कि उस भूतिया चेहरे के बारे में अपनी पत्नी को कुछ नहीं बताऊँगा, क्योंकि वह जल्द ही परेशान व उत्तेजित हो जानेवाली स्त्री थी और मेरी कोई मंशा नहीं थी कि मेरे मन पर जो अप्रिय छाप पड़ गई थी, उसे उसके साथ साझा करूँ। परंतु सोने से पहले मैंने उसे इतना जरूर बताया कि कॉटेज में अब कुछ लोग रहने के लिए आ गए हैं, जिसका उसने कोई जवाब नहीं दिया।

'आमतौर पर मैं गहरी नींद में सोनेवाला व्यक्ति हूँ। मेरे परिवार में यह एक स्थायी मजाक बन गया है कि रात के समय कोई भी बात मुझे जगा नहीं सकती फिर भी उस खास रातों, भले ही वह उन नए पड़ोसियों का दरवाजा खटखटाने के मेरे छोटे से साहसिक कारनामे से उपजी उत्तेजना के कारण था या नहीं, मैं नहीं जानता, परंतु उस रात मैं आम रातों के मुकाबले बहुत कच्ची नींद में सोया। आधी नींद में ही मुझे हलका सा आभास हुआ कि हमारे कमरे में कुछ हो रहा था और धीरे-धीरे यह स्पष्ट हो गया कि मेरी पत्नी तैयार हो रही थी तथा अपने लबादे एवं टोपी पहने धीरे से निकल रही थी। इस असमय तैयारी पर मुझे आश्चर्य था; आपत्ति के कुछ उनींदे शब्द बुदबुदाने के लिए मेरे होंठ खुले ही थे कि तभी मेरी अधखुली आँखें उसके चेहरे पर पड़ी, जो मोमबत्ती के प्रकाश में चमक रहा था और मैं आश्चर्य से अवाक् रह गया। उसके चेहरे पर ऐसे भाव थे, जो इससे पहले मैंने कभी नहीं देखे थे; ऐसे जो मैं समझता था, वह अपने चेहरे पर ला ही नहीं सकती थी। उसका चेहरा भयावह

आमतौर पर मैं गहरी नींद में सोनेवाला व्यक्ति हूँ। मेरे परिवार में यह एक स्थायी मजाक बन गया है कि रात के समय कोई भी बात मुझे जगा नहीं सकती फिर भी उस खास रातों, भले ही वह उन नए पड़ोसियों का दरवाजा खटखटाने के मेरे छोटे से साहसिक कारनामे से उपजी उत्तेजना के कारण था या नहीं, मैं नहीं जानता, परंतु उस रात मैं आम रातों के मुकाबले बहुत कच्ची नींद में सोया।

रूप से पीला था और वह तेजी से साँस ले रही थी। वह अपने लबादे का फीता बाँधते हुए चोरी से एक नजर पलंग पर डाल लेती थी, यह देखने के लिए कि कहीं उसने मुझे जगा तो नहीं दिया है, फिर शायद यह सोचकर कि मैं अब तक नींद में था, वह बिना आवाज किए कमरे से निकल गई और कुछ पलों बाद मैंने दरवाजे के चरमराने की तीखी आवाज सुनी, जो केवल घर के मुख्य दरवाजे के कब्जों से ही आ सकती थी। मैं उठकर बिस्तर पर बैठ गया, इस बात की पुष्टि करने के लिए कि मैं सचमुच जाग रहा था। मैंने अपनी उँगलियों की गाँठों से पलंग की लकड़ी पर ठक-ठक की। फिर तकिए के नीचे से मैंने अपनी कलाई-घड़ी निकाली। सुबह के तीन बजे थे। सुबह के तीन बजे इस सुनसान देहाती सड़क पर मेरी पत्नी आखिर क्या कर रही होगी?

'पत्नी के अजीब व्यवहार पर अपने दिमाग को मथते हुए और उसकी कोई तार्किक व्याख्या करने की कोशिश में मैं करीब बीस मिनट तक वहीं बैठा रहा। मैंने उसपर जितना सोचा, वह उतना ही असाधारण और उलझा प्रतीत हुआ। मैं अब भी इसी उधेड़बुन में था, जब मैंने मुख्य दरवाजे का आहिस्ता से बंद होना और सीढ़ियों पर पत्नी की पदचाप सुनी।

जब मैं बोल रहा था, उसके चेहरे पर हवाइयाँ उड़ने लगीं और उसके मुँह से एक अस्पष्ट सी चीख निकली, जिसने मुझे बाकी सब चीजों से ज्यादा परेशान कर दिया, क्योंकि उनसे उसका अपराध-बोध साफ झलकता था। मेरी पत्नी हमेशा से एक खुली, स्पष्टवादी महिला रही थी, उसे अपने कमरे में धीरे से खिसक जाने और वहाँ जोर-जोर से रोता देखने तथा उसे चुप कराने के लिए उसके पास जाने पर उसके सिकुड़ जाने से मेरे बदन में एक सिहरन सी दौड़ गई।

'आखिर तुम गई कहाँ थी, एफी?' उसके प्रवेश करते ही मैंने पूछा।

'जब मैं बोल रहा था, उसके चेहरे पर हवाइयाँ उड़ने लगीं और उसके मुँह से एक अस्पष्ट सी चीख निकली, जिसने मुझे बाकी सब चीजों से ज्यादा परेशान कर दिया, क्योंकि उनसे उसका अपराध-बोध साफ झलकता था। मेरी पत्नी हमेशा से एक खुली, स्पष्टवादी महिला रही थी, उसे अपने कमरे में धीरे से खिसक जाने और वहाँ जोर-जोर से रोता देखने तथा उसे चुप कराने के लिए उसके पास जाने पर उसके सिकुड़ जाने से मेरे बदन में एक सिहरन सी दौड़ गई।

'तुम जाग रहे हो, जैक!' एक फीकी सी हँसी के साथ उसने कहा, 'मैं तो समझती थी, दुनिया की कोई भी चीज तुम्हें जगा नहीं सकती।'

'ये बताओ, तुम थी कहाँ?' मैंने कुछ ज्यादा सख्त लहजे में पूछा।

'मैं समझ सकती हूँ कि तुम्हें भारी आश्चर्य हुआ होगा,' उसने कहा और जब वह अपने लबादे की पट्‌टी खोल रही थी, मैंने देखा कि उसकी उँगलियाँ काँप रही थीं। 'मुझे याद नहीं आता कि मैंने जीवन में इससे पहले ऐसा कोई काम किया हो। सच्चाई यह है कि मुझे ऐसा महसूस हुआ, मानो मेरी साँस रुक रही हो और मेरे लिए बाहर जाकर खुली हवा में साँस लेना बेहद जरूरी हो गया था। अगर मैं बाहर न जाती तो पक्के तौर पर मैं बेहोश हो जाती। मैं कुछ मिनट तक दरवाजे पर खड़ी रही और अब मैं पूरी तरह से सामान्य हूँ।'

'उस पूरे समय, जब वह मुझे यह कहानी सुना रही थी, उसने एक बार भी मेरी तरफ नहीं देखा और उसकी आवाज बिल्कुल वैसी नहीं थी, जैसी आम तौर पर होती थी। यह बिल्कुल साफ था कि वह जो कुछ कह रही थी, झूठ था। जवाब में मैंने कुछ नहीं कहा, परंतु घोर विरक्ति के भाव से मैंने अपना मुँह दीवार की तरफ फेर लिया। मेरा मन हजार तरह के जहरीले संदेहों से भर गया था। वह क्या था, जो मेरी पत्नी मुझसे छिपा रही थी? अपने उस विचित्र प्रवास पर वह कहाँ गई थी? मुझे लगा कि जब तक मैं इस बात का पता नहीं लगा लूँ, मुझे चैन नहीं मिलेगा; परंतु उसके झूठ बोलने के बाद मैंने दोबारा वही सवाल करने से परहेज किया। तरह-तरह की थ्योरीज, जिनमें से हर एक, दूसरे से ज्यादा नामुमकिन लगती थी, पर काम करते हुए मेरी शेष रात करवटें बदलते हुए ही बीती।

मुझे याद नहीं आता कि मैंने जीवन में इससे पहले ऐसा कोई काम किया हो। सच्चाई यह है कि मुझे ऐसा महसूस हुआ, मानो मेरी साँस रुक रही हो और मेरे लिए बाहर जाकर खुली हवा में साँस लेना बेहद जरूरी हो गया था। अगर मैं बाहर न जाती तो पक्के तौर पर मैं बेहोश हो जाती। मैं कुछ मिनट तक दरवाजे पर खड़ी रही और अब मैं पूरी तरह से सामान्य हूँ।

'मुझे बिजनेस के काम से शहर जाना था, परंतु मेरा मन इतना अशांत था कि मेरे लिए बिजनेस पर ध्यान केंद्रित करना बहुत मुश्किल था। मेरी पत्नी भी उतनी ही व्यथित लग रही थी कि मैंने उसके कथन पर विश्वास नहीं किया है, और यह कि वह समझ नहीं पा रही थी कि उसे क्या करना चाहिए! नाश्ते पर हम दोनों ने मुश्किल से ही कोई बात की होगी; और उसके तुरंत बाद खुली हवा में इस मामले पर विचार करने के इरादे से मैं बाहर चला गया।

'मैं घर से बहुत दूर क्रिस्टल पैलेस तक चला गया, वहाँ पार्क में एक घंटा बैठा रहा। दोपहर एक बजे तक मैं नॉर्बरी वापस लौट आया था। हुआ यह कि लौटते समय मेरा रास्ता मुझे उस कॉटेज की ओर ले आया और एक पल के लिए मैं वहाँ रुक गया, ताकि मैं खिड़की में उस विचित्र चेहरे की एक झलक देख सकूँ, जो दो दिन पहले मुझे ध्यान से देख रहा था। जब मैं वहाँ खड़ा था, मेरे आश्चर्य की कल्पना कीजिए, मि. होम्स, जब अचानक उसका दरवाजा खुला और मेरी पत्नी बाहर निकली।

मैं घर से बहुत दूर क्रिस्टल पैलेस तक चला गया, वहाँ पार्क में एक घंटा बैठा रहा। दोपहर एक बजे तक मैं नॉर्बरी वापस लौट आया था। हुआ यह कि लौटते समय मेरा रास्ता मुझे उस कॉटेज की ओर ले आया और एक पल के लिए मैं वहाँ रुक गया, ताकि मैं खिड़की में उस विचित्र चेहरे की एक झलक देख सकूँ, जो दो दिन पहले मुझे ध्यान से देख रहा था। जब मैं वहाँ खड़ा था, मेरे आश्चर्य की कल्पना कीजिए, मि. होम्स, जब अचानक उसका दरवाजा खुला और मेरी पत्नी बाहर निकली।

'उसे देखकर मैं आश्चर्य से अवाक् रह गया; परंतु मेरी भावनाएँ उन भावों के सामने कुछ नहीं थीं, जो हमारी आँखें मिलने के बाद मेरी पत्नी के चेहरे पर आ गए थे। एक पल के लिए तो ऐसा लगा, मानो एक बार फिर वह उसी घर में लौट जाना चाहती हो और तब यह देखते हुए कि छिपने का कोई भी प्रयास अब व्यर्थ साबित होगा, बहुत ही सफेद चेहरे और डरी हुई आँखों, जो उसके होंठों के मुसकान को झुठला रही थीं, के साथ वह आगे बढ़ी।

'ओह, जैक,' उसने कहा, 'यह देखने के लिए कि क्या मैं हमारे नए पड़ोसियों के कुछ काम आ सकती हूँ, मैं अभी-अभी यहाँ आई थी। तुम मुझे इस तरह से क्यों देख रहे हो, जैक? तुम मुझसे नाराज तो नहीं हो?'

मैंने कहा, 'तो यह वो जगह है, जहाँ कल रात तुम आई थी?'

'तुम्हारा मतलब क्या है?' लगभग चीखते हुए उसने कहा।

'तुम यहीं आई थी, मुझे पूरा विश्वास है। कौन हैं ये लोग, जिनसे तुम्हें इतनी रात को मिलना पड़ा?'

'मैं यहाँ पहले कभी नहीं आई।'

'तुम कैसे मुझसे वह बात कह सकती हो, जो तुम जानती हो कि झूठ है!' मैं तेज आवाज में बोला, 'जिसे बोलते समय तुम्हारी आवाज ही बदल जाती है।

क्या मैंने कभी तुमसे कोई बात गुप्त रखी है ? मैं अभी इस कॉटेज में जाऊँगा और पूरे मामले का पता लगाऊँगा।'

'नहीं, नहीं जैक, ईश्वर के लिए!' अपनी भावनाओं पर काबू पाने की कोशिश में वह हाँफते हुए बोली, फिर जैसे ही मैं दरवाजे की ओर बढ़ा, उसने मेरी आस्तीन पकड़ी और बड़ी ताकत से मुझे पीछे खींचा।

'मैं तुमसे याचना करती हूँ, जैक, ऐसा मत करो,' वह रोने लगी, 'मैं कसम खाती हूँ, किसी दिन मैं तुम्हें सबकुछ बता दूँगी, पर अगर तुम इस वक्त कॉटेज में गए तो बरबादी के सिवाय कुछ हाथ न आएगा।' फिर जब मैंने झटककर अपना हाथ छुड़ाने की कोशिश की, वह आवेश में आकर मुझसे चिपक गई।

'मेरा विश्वास करो, जैक!' वह रोते-रोते बोली, 'बस इस बार मुझ पर विश्वास करो। तुम जानते हो कि तुमसे छिपाकर मैं कोई काम नहीं करूँगी, जब तक कि वह तुम्हारे भले के लिए न हो। इस प्रकरण से हम दोनों का जीवन खतरे में है। अगर तुम अभी मेरे साथ घर चलो तो सबकुछ ठीक हो जाएगा। अगर तुम जबरदस्ती इस कॉटेज में घुसे तो हम दोनों के बीच सबकुछ खत्म हो जाएगा।'

'मेरा विश्वास करो, जैक!' वह रोते-रोते बोली, 'बस इस बार मुझ पर विश्वास करो। तुम जानते हो कि तुमसे छिपाकर मैं कोई काम नहीं करूँगी, जब तक कि वह तुम्हारे भले के लिए न हो। इस प्रकरण से हम दोनों का जीवन खतरे में है। अगर तुम अभी मेरे साथ घर चलो तो सबकुछ ठीक हो जाएगा। अगर तुम जबरदस्ती इस कॉटेज में घुसे तो हम दोनों के बीच सबकुछ खत्म हो जाएगा।

उसके हाव-भाव में इतनी ईमानदारी और निराशा थी कि उसके शब्दों से मेरे कदम रुक गए और मैं दरवाजे के सामने असमंजस में खड़ा रहा।

अंततः मैंने कहा, 'वो यह है कि अब से यह रहस्य पूरी तरह खत्म हो जाना चाहिए। तुम अपना भेद अपने पास रख सकती हो, पर तुम्हें वादा करना होगा कि अब से रातों में मुलाकातें नहीं होंगी और न तुम मुझसे छिपाकर कुछ करोगी। मैं पिछली गलतियों को भूलने के लिए तैयार हूँ, बशर्तें तुम वादा करो कि भविष्य में कोई गलती नहीं होगी।'

'मुझे पक्का यकीन था कि तुम मुझ पर भरोसा करोगे,' राहत की एक लंबी साँस लेते हुए उसने कहा, 'ठीक वैसा ही होगा, जैसा तुम चाहते हो। अब चलो, ओह, अब घर चलो भी।'

'अब भी मेरा आस्तीन पकड़े वह मुझे कॉटेज से दूर ले गई। जाते हुए मैंने पीछे मुड़कर देखा तो पाया ऊपरवाली खिड़की से वही पीला सुरमई चेहरा हमें देख रहा था। उस प्राणी और मेरी पत्नी के बीच कौन सा संपर्क-सूत्र हो सकता है? या वह असभ्य, कठोर औरत, जिसे मैंने परसों देखा था, किस तरह से मेरी पत्नी से संबंधित हो सकती है? वह एक विचित्र पहेली थी और फिर भी मैं जानता था कि जब तक मैं इसे हाल नहीं कर लेता, मैं कभी सामान्य नहीं हो पाऊँगा।

'इसके बाद दो दिनों तक मैं घर पर ही रहा और मेरी पत्नी हमारे बीच हुए समझौते का निष्ठापूर्वक पालन करती प्रतीत होती थी, क्योंकि जहाँ तक मैं जानता हूँ, उसने घर से बाहर कदम नहीं रखा था। परंतु तीसरे दिन मेरे पास इस बात का पर्याप्त साक्ष्य था कि उसके द्वारा किया गया पक्का वादा, इस रहस्यमय आकर्षण, जिसने उसे अपने पति और अपने कर्तव्य से दूर कर दिया था, से परहेज रखने के लिए काफी नहीं था।'

'इसके बाद दो दिनों तक मैं घर पर ही रहा और मेरी पत्नी हमारे बीच हुए समझौते का निष्ठापूर्वक पालन करती प्रतीत होती थी, क्योंकि जहाँ तक मैं जानता हूँ, उसने घर से बाहर कदम नहीं रखा था। परंतु तीसरे दिन मेरे पास इस बात का पर्याप्त साक्ष्य था कि उसके द्वारा किया गया पक्का वादा, इस रहस्यमय आकर्षण, जिसने उसे अपने पति और अपने कर्तव्य से दूर कर दिया था, से परहेज रखने के लिए काफी नहीं था।'

'उस दिन मैं शहर गया था, परंतु मैं 3 बजकर 36 मिनट पर चलनेवाली अपनी सामान्य ट्रेन के बजाय 2.40 बजे की ट्रेन से लौट आया था। जैसे ही मैं घर पहुँचा, चकित मुद्रा में महरी दौड़कर हॉल में आ गई।'

'तुम्हारी मालकिन कहाँ है?' मैंने पूछा।

'मैं समझती हूँ, वह कहीं घूमने गई हैं?' उसने जवाब दिया।

'तत्काल मेरा मन संदेहों से भर गया। इस बात की तसल्ली करने के लिए कि वह सचमुच घर में नहीं थी, मैं दौड़कर ऊपरी मंजिल पर गया। ऐसा करते हुए संयोग से मेरी नजर ऊपरी मंजिल की एक खिड़की से बाहर चली गई। मैंने देखा कि वह महरी, जिससे मैंने अभी बात की थी, मैदान के पार वाले कॉटेज की दिशा में दौड़ी चली जा रही थी। उसके बाद मैंने जो कुछ देखा, उससे इस पूरे ड्रामे का अर्थ समझ में आ गया। मेरी पत्नी वहीं गई थी और नौकरानी से कह गई थी कि अगर मैं लौट आऊँ तो उसे बता दे। गुस्से से उबलते हुए मैं तेजी से नीचे उतरा और

भागकर मैदान पार किया। मैं कृतसंकल्प था कि इस मामले को हमेशा के लिए खत्म कर दूँगा। मैंने पत्नी और नौकरानी को गली के रास्ते तेजी से लौटते देखा, पर उनसे बात करने के लिए मैं रुका नहीं। उस कॉटेज में ही वह राज छिपा था, जिसने मेरे जीवन पर गम का साया डाल रखा था। मैंने कसम खाई कि चाहे जो हो, अब यह रहस्य बना नहीं रहना चाहिए। जब मैं वहाँ पहुँचा तो मैंने दरवाजा भी नहीं खटखटाया, बल्कि उसकी कुंडी घुमाई और तेजी से गलियारे में दाखिल हो गया।'

'ग्राउंड फ्लोर पर बिल्कुल सन्नाटा छाया हुआ था। किचन में आग पर रखी केतली खदक रही थी और एक टोकरी में एक बड़ी सी बिल्ली अपने आप को सिकोड़कर लेटी थी, मगर उस औरत का कोई पता नहीं था, जिसे मैंने पहले देखा था। मैं तेजी से दूसरे कमरे में गया, पर वह भी उतना ही सुनसान था। फिर मैं तेजी से सीढ़ियाँ चढ़कर ऊपर गया; पर वहाँ भी दो कमरे खाली और सुनसान थे। पूरे घर में कोई नहीं था। फर्नीचर बिलकुछ साधारण और चित्र अश्लील किस्म के थे, सिवाय उस कमरे के, जिसकी खिड़की पर मैंने वह विचित्र चेहरा देखा था। वह आरामदायक और सुरुचिपूर्ण था और जब मैंने फायरप्लेस के ऊपर मेरी पत्नी की एक आदमकद तसवीर, जो तीन महीने पहले मेरे अनुरोध पर खींची गई थी, की एक कॉपी रखी देखी तो मेरे सारे संदेह ज्वाला बनकर भभक उठे।'

ग्राउंड फ्लोर पर बिल्कुल सन्नाटा छाया हुआ था। किचन में आग पर रखी केतली खदक रही थी और एक टोकरी में एक बड़ी सी बिल्ली अपने आप को सिकोड़कर लेटी थी, मगर उस औरत का कोई पता नहीं था, जिसे मैंने पहले देखा था। मैं तेजी से दूसरे कमरे में गया, पर वह भी उतना ही सुनसान था। फिर मैं तेजी से सीढ़ियाँ चढ़कर ऊपर गया; पर वहाँ भी दो कमरे खाली और सुनसान थे। पूरे घर में कोई नहीं था।

'इस बात की तसल्ली करने के लिए कि घर पूरी तरह से खाली था, मैं काफी समय तक वहाँ रुका रहा, फिर अपने दिल पर इतना भारी बोझ लिये, जैसा मैंने पहले कभी अनुभव नहीं किया था, मैं उस घर से निकल गया। जैसे ही मैं अपने घर में दाखिल हुआ, मेरी पत्नी हॉल में आ गई, पर मैं इतना आहत और गुस्से में था कि मैंने उससे बात नहीं की; मैं उससे कतराकर निकल गया एवं अपने अध्ययन-कक्ष की ओर बढ़ा। परंतु इससे पहले कि मैं दरवाजा बंद कर पाता, मेरे पीछे-पीछे चलकर वह भी वहाँ पहुँच गई।

'मुझे दुःख है, जैक कि मैंने अपना वादा तोड़ दिया,' उसने कहा, 'परंतु अगर तुम सारे हालात जानते तो मुझे विश्वास है कि तुम मुझे माफ कर देते।'

'फिर बताओ मुझे सारी बात!' मैंने कहा।

'मैं नहीं बता सकती, जैक।' वह रोने लगी।

'जब तक तुम मुझे यह नहीं बताओगी कि वह कौन है, जो उस कॉटेज में रहता आया है और वह कौन है, जिसे तुमने वह फोटोग्राफ दिया है, तब तक हम दोनों के बीच विश्वास पैदा नहीं हो सकता।' मैंने कहा और घर से निकल गया। यह कल की बात है, मि. होम्स और तब से मैंने उसे नहीं देखा है और न मैं उस अजीब गोरखधंधे के बारे में कुछ और जानता हूँ। हम दोनों के बीच आई यह पहली छाया है और इसने मुझे इतना हिलाकर रख दिया है कि मैं नहीं जानता कि सबकुछ ठीक करने के लिए मुझे क्या करना चाहिए! अचानक आज सुबह मुझे ध्यान आया कि आप मुझे सही सलाह दे सकते हैं, इसीलिए मैं तुरंत आपके पास आया हूँ और अब मैं अपने आपको पूरी तरह से आपके हाथों में सौंपता हूँ। अगर कोई ऐसा पॉइंट है, जिसे मैं स्पष्ट नहीं कर पाया हूँ तो कृपया मुझसे सवाल पूछिए। मगर सबसे पहले मुझे जल्दी से बताइए कि मुझे क्या करना चाहिए, क्योंकि यह मुसीबत उससे कहीं ज्यादा भारी है, जिसे मैं झेल सकता हूँ।'

'जब तक तुम मुझे यह नहीं बताओगी कि वह कौन है, जो उस कॉटेज में रहता आया है और वह कौन है, जिसे तुमने वह फोटोग्राफ दिया है, तब तक हम दोनों के बीच विश्वास पैदा नहीं हो सकता।' मैंने कहा और घर से निकल गया। यह कल की बात है, मि. होम्स और तब से मैंने उसे नहीं देखा है और न मैं उस अजीब गोरखधंधे के बारे में कुछ और जानता हूँ।

होम्स और मैंने इस असाधारण बयान को पूरे ध्यान से सुना था, जो एक ऐसे आदमी ने अनगढ़ अंदाज में दिया गया था, जिसके मन में भारी भावनात्मक उथल-पुथल चल रही थी। विचारों में डूबा मेरा साथी कुछ समय तक अपनी ठुड्डी हाथ पर रखे चुपचाप बैठा रहा।

'एक बात बताओ,' आखिरकार उसने कहा, 'क्या आप पक्के तौर पर कह सकते हैं कि आपने खिड़की पर जो चेहरा देखा था, वह किसी पुरुष का था?'

'हर बार, जब मैंने वह चेहरा देखा, मैं उससे कुछ दूरी पर था, इसलिए मेरे लिए पक्के तौर पर कुछ भी कहना असंभव है।'

‘मगर ऐसा लगता है कि वह आपको अप्रिय लगा था।’

‘वह एक असामान्य रंग का था और उसके नाक-नक्श में एक अजीब सी कठोरता थी। जब मैं उसके नजदीक पहुँचा तो वह एक झटके से गायब हो गया।’

‘उस बात को कितना समय हुआ है, जब आपकी पत्नी ने आपसे सौ पौंड माँगे थे?’

‘करीब दो महीने।’

‘क्या आपने कभी उसके पहले पति का फोटो देखा है?’

‘क्या आपने कभी उसके पहले पति का फोटो देखा है?’
‘नहीं, उसकी मृत्यु के बाद बहुत जल्द ही अटलांटा में विकराल आग लगी थी और एफी के सभी कागजात नष्ट हो गए थे।
‘फिर भी उसके पास अपने पति का मृत्यु प्रमाण-पत्र था? आप कहते हैं कि आपने वह प्रमाण-पत्र देखा था।’
‘हाँ, आग लगने के बाद उसने डुप्लीकेट हासिल कर लिया था।’

‘नहीं, उसकी मृत्यु के बाद बहुत जल्द ही अटलांटा में विकराल आग लगी थी और एफी के सभी कागजात नष्ट हो गए थे।

‘फिर भी उसके पास अपने पति का मृत्यु प्रमाण-पत्र था? आप कहते हैं कि आपने वह प्रमाण-पत्र देखा था।’

‘हाँ, आग लगने के बाद उसने डुप्लीकेट हासिल कर लिया था।’

‘क्या आप कभी किसी ऐसे व्यक्ति से मिले हैं, जो उसे अमेरिका में जानता था?’

‘नहीं।’

‘क्या उसने कभी दोबारा अमेरिका जाने की बात की थी?’

‘नहीं।’

‘या वहाँ से कोई पत्र आए हों?’

‘नहीं।’

‘धन्यवाद! अब मुझे इस मामले पर कुछ विचार करना होगा। अगर वह कॉटेज अब स्थायी रूप से सुनसान हो गया है तो हमारे लिए कुछ समस्या हो सकती है। दूसरी ओर मुझे इसी बात की संभावना ज्यादा लगती है कि अगर उस घर के वासियों को आपके आने के बारे में पहले ही चेतावनी दे दी गई थी और कल आपके उस घर में दाखिल होने से पहले ही वे वहाँ से निकल गए थे तो अब वे वापस आ गए होंगे! इस स्थिति में हम आसानी से सारा मामला क्लीयर कर

लेंगे। मैं आपको यही सलाह दूँगा कि आप नॉर्बरी लौट जाएँ और एक बार फिर उस कॉटेज की खिड़कियों की जाँच करें। अगर आपके पास यह विश्वास करने का कोई कारण है कि वे लोग उसमें रहने के लिए आ गए हैं तो उसमें जबरदस्ती घुसने के बजाय मेरे मित्र और मुझे एक तार भेज दें। तार मिलने के एक घंटे के भीतर ही हम आपके साथ होंगे और तब हम जल्द ही इस मामले की तह तक पहुँच जाएँगे।'

'और अगर वह अब भी खाली हो?'

'इस स्थिति में कल मैं आपके घर आऊँगा और आपसे चर्चा करूँगा। बाय! और सबसे बड़ी बात, कुढ़ना बंद करो, जब तक कि आप जानते न हों कि कुढ़ने का सचमुच कोई कारण है।'

'मुझे डर है कि इस मामले के पीछे कोई कुटिल दिमाग काम कर रहा है, वाटसन,' मि. ग्रांट मुनरो को दरवाजे तक छोड़कर आने के बाद मेरे साथी ने कहा, 'तुम्हें क्या लगता है?'

'और अगर वह अब भी खाली हो?'
'इस स्थिति में कल मैं आपके घर आऊँगा और आपसे चर्चा करूँगा। बाय! और सबसे बड़ी बात, कुढ़ना बंद करो, जब तक कि आप जानते न हों कि कुढ़ने का सचमुच कोई कारण है।'
'मुझे डर है कि इस मामले के पीछे कोई कुटिल दिमाग काम कर रहा है, वाटसन,' मि. ग्रांट मुनरो को दरवाजे तक छोड़कर आने के बाद मेरे साथी ने कहा, 'तुम्हें क्या लगता है?'

'मामला अप्रिय लग रहा है।' मैंने जवाब दिया।

'हाँ, इसमें कोई ब्लैकमेलर है या मुझसे कोई बड़ी गलती हो रही है।'

'और ब्लैकमेलर कौन है?'

'वही प्राणी होना चाहिए, जो उस घर के एकमात्र आरामदायक घर में रहता है और फायरप्लेस के ऊपर एफी का फोटोग्राफ रखता है। एक बात बताऊँ, वाटसन! खिड़की पर दिखा उस सुरमई चेहरे में कुछ बड़ा आकर्षण है और किसी भी कीमत पर मैं यह केस नहीं छोड़ता।'

'क्या तुम्हारे पास काई थ्योरी है?'

'हाँ, एक अस्थायी थ्योरी। परंतु अगर वह सही नहीं बैठी तो मुझे आश्चर्य होगा। इस स्त्री का पहला पति उस कॉटेज में है।'

'तुम्हें ऐसा क्यों लगता है?'

'उसका दूसरा पति उस कॉटेज में प्रवेश न करे, अन्यथा इस बात को लेकर उसकी उत्कट व्याकुलता की हम कैसे व्याख्या करेंगे? जहाँ तक मैं पढ़ पाया हूँ,

केस से जुड़े तथ्य कुछ इस प्रकार हैं—यह स्त्री अमेरिका में विवाहित थी। उसके पति ने कुछ घृणित अवगुण विकसित कर लिये या यों कहें कि वह किसी अप्रिय बीमारी का शिकार हो गया और एक कुष्ठ रोगी या जड़बुद्धि हो गया। अंततः वह वहाँ से गायब हो जाती है, इंग्लैंड लौट आती है, अपना नाम बदल लेती है और अपने हिसाब से एक नाया जीवन शुरू करती है। दूसरी शादी किए तीन साल गुजर जाते हैं और अपने पति को किसी आदमी, जिसका नाम उसने धारण कर लिया था, का मृत्यु प्रमाण-पत्र दिखाकर वह खुद को बहुत सुरक्षित समझने लगती है; तभी अचानक उसके पहले पति या मान लें कि किसी शातिर औरत, जिसने खुद को उस अभागे आदमी से जोड़ लिया है, को उसके ठिकाने एवं अन्य बातों का पता चल जाता है। वे एफी को पत्र लिखकर धमकी देते हैं कि वे नॉर्बरी आकर उसकी पोल खोल देंगे। वह अपने पति से सौ पौंड माँगती है और उनसे अपने प्रताड़कों का मुँह बंद करने की कोशिश करती है। इसके बावजूद वे वहाँ आ जाते हैं और जब पति बातों-बातों में पत्नी को बताता है कि कॉटेज में कुछ नए लोग रहने आए हैं, वह किसी तरह समझ जाती है कि ये वही लोग हैं। वह अपने पति के सोने का इंतजार करती है और फिर अपने प्रताड़कों से याचना करने के लिए कि वे उसे शांति से जीने दें, वह कॉटेज की ओर दौड़ पड़ती है। इस प्रयास में सफल न होने पर अगली सुबह वह दोबारा वहाँ जाती है, जहाँ उसका पति उससे मिलता है, जैसा मि. मुनरो ने हमें बताया है। वह अपने पति से वादा करती है कि वह वहाँ कभी नहीं जाएगी, पर दो दिन बाद उसके मन में अपने शांति के लिए पड़ोसियों से पीछा छुड़ाने की आशा इतनी बलवती हो जाती है कि वह एक और प्रयास में अपना फोटोग्राफ, जिसकी शायद उससे माँग की गई थी, लेकर फिर वहाँ जाती है। इस साक्षात्कार के दौरान नौकरानी यह कहने के लिए दौड़ती हुई आई कि मालिक घर पहुँच गए हैं, जिस पर पत्नी

दूसरी शादी किए तीन साल गुजर जाते हैं और अपने पति को किसी आदमी, जिसका नाम उसने धारण कर लिया था, का मृत्यु प्रमाण-पत्र दिखाकर वह खुद को बहुत सुरक्षित समझने लगती है; तभी अचानक उसके पहले पति या मान लें कि किसी शातिर औरत, जिसने खुद को उस अभागे आदमी से जोड़ लिया है, को उसके ठिकाने एवं अन्य बातों का पता चल जाता है। वे एफी को पत्र लिखकर धमकी देते हैं कि वे नॉर्बरी आकर उसकी पोल खोल देंगे।

ने यह जानते हुए कि वे सीधे कॉटेज चले आएँगे, गृहवासियों को जल्दी से पीछे के दरवाजे से चीड़ के बाग, जो बताया गया था कि पास में ही था, में भेज दिया। यही कारण था कि मि. मुनरो को घर खाली मिला था। परंतु मुझे बहुत आश्चर्य होगा, अगर वह अब भी वैसा ही मिलेगा, जब मि. मुनरो शाम को उसकी टोह लेने जाएँगे। तो मेरी थ्योरी के बारे में तुम क्या सोचते हो?'

'यह सब अनुमान ही तो है।'

'परंतु कम-से-कम यह सभी तथ्यों को शामिल तो करती है। जब हमारे संज्ञान में नए तथ्य आएँगे, जो इस थ्योरी में शामिल नहीं किए गए हैं, उस पर पुनर्विचार के लिए हमारे पास काफी समय होगा। जब तक हमें नॉर्बरी के हमारे मित्र का संदेश नहीं मिलता, हम इससे ज्यादा कुछ नहीं कर सकते।'

परंतु उसके लिए हमें बहुत लंबे समय तक इंतजार नहीं करना पड़ा। हमने अपनी चाय खत्म की ही थी कि वह आ गया।

'परंतु कम-से-कम यह सभी तथ्यों को शामिल तो करती है। जब हमारे संज्ञान में नए तथ्य आएँगे, जो इस थ्योरी में शामिल नहीं किए गए हैं, उस पर पुनर्विचार के लिए हमारे पास काफी समय होगा। जब तक हमें नॉर्बरी के हमारे मित्र का संदेश नहीं मिलता, हम इससे ज्यादा कुछ नहीं कर सकते।' परंतु उसके लिए हमें बहुत लंबे समय तक इंतजार नहीं करना पड़ा। हमने अपनी चाय खत्म की ही थी कि वह आ गया।

'कॉटेज में अब भी किराएदार हैं,' उसमें लिखा था, 'खिड़की पर दोबारा वही चेहरा देखा। सात बजे की ट्रेन में मिलते हैं। जब तक आप नहीं आते, कोई कदम नहीं उठाऊँगा।'

जब हम ट्रेन से उतरे, वह प्लेटफॉर्म पर हमारा इंतजार कर रहा था और स्टेशन के लैंप्स की रोशनी में हम देख सकते थे कि उसका चेहरा पीला पड़ गया था और वह घबराहट की वजह से काँप रहा था।

'वे लोग अब भी वहीं हैं, मि. होम्स,' मेरे मित्र की आस्तीन कसकर पकड़ते हुए उसने कहा, 'मैं जब वहाँ पहुँचा, मैंने कॉटेज की लाइटें जलती देखीं। अब हम हमेशा के लिए इसका निपटारा कर देंगे।'

'फिर आपका क्या प्लान है?' कतारबद्ध पेड़ों से युक्त अँधेरी सड़क पर चलते हुए होम्स ने पूछा।

'अपनी आँखों से देखने के लिए कि घर में कौन-कौन लोग हैं, मैं जबरदस्ती

घर में घुसनेवाला हूँ। मैं चाहता हूँ कि आप दोनों भी गवाह के रूप में वहाँ मौजूद रहें।'

'आपकी पत्नी की इस चेतावनी कि इस रहस्य पर से आप परदा न उठाएँ तो बेहतर होगा, के बावजूद आप कृतसंकल्प हैं कि आप वही करेंगे?'

'हाँ, मैंने फैसला कर लिया है।'

'मैं समझता हूँ, आप सही हैं। एक अनिश्चित संदेह के घेरे में रहने से, जैसे भी हो सच का सामने आना बेहतर है। बेहतर होगा कि हम तुरंत चल पड़ें। निश्चित रूप से हम जो कुछ करने जा रहे हैं, वह कानूनी तौर पर बहुत ही गलत है, फिर भी मैं सोचता हूँ, यह कदम उठाने लायक है।'

'आपकी पत्नी की इस चेतावनी कि इस रहस्य पर से आप परदा न उठाएँ तो बेहतर होगा, के बावजूद आप कृतसंकल्प हैं कि आप वही करेंगे?'
'हाँ, मैंने फैसला कर लिया है।'
'मैं समझता हूँ, आप सही हैं। एक अनिश्चित संदेह के घेरे में रहने से, जैसे भी हो सच का सामने आना बेहतर है। बेहतर होगा कि हम तुरंत चल पड़ें। निश्चित रूप से हम जो कुछ करने जा रहे हैं, वह कानूनी तौर पर बहुत ही गलत है, फिर भी मैं सोचता हूँ, यह कदम उठाने लायक है।'

वह एक घुप्पा अँधेरी रात थी और जब हम मुख्य मार्ग से एक सँकरी लेन, जिस पर गाड़ियों के पहियों के गहरे निशान थे और दोनों तरफ झाड़ियाँ थीं, में मुड़े तो हलकी-हलकी बारिश होने लगी थी। ग्रांट मुनरो ने बेसब्री से दौड़ लगाई और हम भी एक-दूसरे से टकराते हुए उसके पीछे भागने लगे।

'वे लाइटें मेरे घर की हैं,' एक पॉइंट पर पहुँचकर पेड़ों के बीच टिमटिमाती रोशनी की ओर इशारा करते हुए उसने कहा, 'और यह है वह कॉटेज, जिसमें मैं प्रवेश करनेवाला हूँ।'

जब वह बोल रहा था, हम लेन के नुक्कड़ पर मुड़े और वह बिल्डिंग हमारे बगल में ही थी। मकान के काले आँगन में एक पीली डंडी दिखाई दे रही थी, जो यह दरशाती थी कि दरवाजा पूरी तरह से बंद नहीं था और ऊपरी मंजिल पर एक खिड़की में जगमगाती रोशनी थी। हमने खिड़की के परदे के पीछे एक परछाईं को एक ओर से दूसरी तरफ जाते देखा।

'वह प्राणी वही है!' ग्रांट मुनरो चीखा। 'आप खुद देख सकते हैं कि वहाँ कोई है। अब मेरे पीछे आइए और जल्द ही सबकुछ पता चल जाएगा।'

हम दरवाजे तक पहुँचे पर तभी अचानक एक स्त्री अँधेरे से निकलकर आई और लैंप की सुनहरी रोशनी में खड़ी हो गई। अँधेरे में मैं उसका चेहरा नहीं देख पाया, मगर उसकी बाँहें याचना की मुद्रा में फैली हुई थी।

'ईश्वर के लिए ऐसा मत करो, जैक!' वह चिल्लाई, 'मुझे पूर्वाभास हो गया था कि आज शाम तुम आओगे। जो कुछ हो रहा है, उसके बारे में सकारात्मक सोचो, प्रिय! एक बार फिर मुझ पर विश्वास रखो तो तुम्हें कभी पछताना नहीं पड़ेगा।'

'मैंने बहुत लंबे समय तक तुम पर विश्वास किया है, एफी,' उसने सख्त लहजे में कहा, 'मेरा रास्ता छोड़ दो। मैं तुम्हारी एक न सुनूँगा। मेरे मित्र और मैं आज इस किस्से को हमेशा के लिए खत्म करनेवाले हैं।' उसने एफी को एक तरफ धकेल दिया और हम उसके पीछे-पीछे चले। जैसे ही उसने एक धक्के से दरवाजा खोला, एक बूढ़ी औरत दौड़कर उसके सामने आई और उसका रास्ता रोकने की कोशिश की, पर उसने उसे धकियाकर पीछे ठेल दिया और एक पल में हम सब सीढ़ियों पर थे। ग्रांटा मुनरो ने तेजी से ऊपरी मंजिल पर प्रकाशित कमरे में प्रवेश किया और उसके पीछे-पीछे हमने भी।

बढ़िया फर्नीचर से सजा वह कमरा आरामदायक था, जिसमें दो मोमबत्तियाँ टेबल पर और दो फायरप्लेस के ऊपर जल रही थीं। कोने में एक डेस्क पर झुकी एक आकृति बैठी थी, जो एक छोटी सी बच्ची लग रही थी। जब हमने कमरे में प्रवेश किया था, उसका चेहरा दूसरी तरफ था, पर हम देख सकते थे कि वह एक लाल फ्रॉक पहने थी और उसके हाथों पर एक लंबा सफेद दस्ताना था। जैसे ही वह हमारी तरफ घूमी, मेरे मुँह से आश्चर्य और भय की एक चीख निकल गई। जो चेहरा उसने हमारी तरफ घुमाया था, वह बहुत ही अनोखी सुरमई रंगत लिये हुए था और वह बिल्कुल ही भावशून्य था। एक क्षण बाद ही सारा रहस्य खुल गया। होम्स हँसते हुए अपना हाथ बच्ची के कान के पीछे ले गया और उसके

'मैंने बहुत लंबे समय तक तुम पर विश्वास किया है, एफी,' उसने सख्त लहजे में कहा, 'मेरा रास्ता छोड़ दो। मैं तुम्हारी एक न सुनूँगा। मेरे मित्र और मैं आज इस किस्से को हमेशा के लिए खत्म करनेवाले हैं।' उसने एफी को एक तरफ धकेल दिया और हम उसके पीछे-पीछे चले। जैसे ही उसने एक धक्के से दरवाजा खोला, एक बूढ़ी औरत दौड़कर उसके सामने आई और उसका रास्ता रोकने की कोशिश की, पर उसने उसे धकियाकर पीछे ठेल दिया और एक पल में हम सब सीढ़ियों पर थे।

चेहरे पर लगा मुखौटा हट गया तथा वहाँ कोयले के रंगवाली एक नीग्रो लड़की थी, जिसके सफेद दाँत हमारे चकित चेहरों के आगे विनोद भाव से दमक रहे थे। उसकी खुशी में शामिल होते हुए मैं भी ठहाका मारकर हँस पड़ा, परंतु ग्रांट मुनरो अपने हाथ से अपना गला पकड़े, उसे घूरता हुआ खड़ा रहा।

'हे भगवान्!' वह चीखा, 'इसका क्या मतलब हो सकता है?'

'इसका मतलब मैं तुम्हें बताती हूँ,' चेहरे पर गर्व का भाव लिये मुनरो की पत्नी ने शांत भाव से कहा, 'मैं तुम्हें बताना नहीं चाहती थी, पर तुमने मुझे मजबूर कर दिया। अब हम दोनों को इसे एक खूबसूरत मोड़ देना होगा। अटलांटा में मेरे पति की मौत हो गई थी। पर मेरी बच्ची बच गई।'

'हे भगवान्!' वह चीखा, 'इसका क्या मतलब हो सकता है?' 'इसका मतलब मैं तुम्हें बताती हूँ,' चेहरे पर गर्व का भाव लिये मुनरो की पत्नी ने शांत भाव से कहा, 'मैं तुम्हें बताना नहीं चाहती थी, पर तुमने मुझे मजबूर कर दिया। अब हम दोनों को इसे एक खूबसूरत मोड़ देना होगा। अटलांटा में मेरे पति की मौत हो गई थी। पर मेरी बच्ची बच गई।' 'तुम्हारी बच्ची?'

'तुम्हारी बच्ची?'

उसने अपने गले से चाँदी का एक बड़ा सा लॉकेट निकाला। 'तुमने इसे कभी खोलकर नहीं देखा।'

'मैं समझता था, वह खुलता ही नहीं।'

एफी ने एक स्प्रिंग को छुआ और उसका आगेवाला भाग खुलकर गिर गया। उसके भीतर एक आदमी का चित्र था, जो देखने में बहुत ही सुंदर और बुद्धिमान लगता था, परंतु उसके नाक-नक्श असंदिग्ध रूप से उसे अफ्रीकी मूल के दरशाते थे।

'ये हैं अटलांटा के जॉन हेब्रन,' महिला ने कहा, 'और उनसे ज्यादा शालीन पुरुष इस धरती पर नहीं दिखा। उनसे शादी रचाने के लिए मैं अपनी नस्ल से टूट गई। परंतु जब तक वे जीवित रहे, मुझे एक पल के लिए भी पछतावा नहीं हुआ। यह हमारा दुर्भाग्य था कि हमारी एकमात्र संतान मेरे बजाय उनपर गई। उस तरह के जोड़ों के मामलों में अकसर ऐसा होता है और नन्ही लूसी उससे कहीं ज्यादा काली थी, जितना उसके पिता कभी रहे थे। परंतु काली या गोरी, वह मेरी अपनी बच्ची है और माँ की लाड़ली।' नन्ही लूसी अपनी सीट से उठी और अपनी माँ के पास जाकर उसकी ड्रेस में छिप गई। 'जब मैंने इसे अमेरिका में छोड़ा था,' उसने कहना जारी रखा, 'सिर्फ इसलिए कि वह कमजोर थी और देश परिवर्तन उसे हानि

पहुँचा सकता था। उसे एक वफादार स्कॉच औरत, जो कभी हमारी नौकरानी रही थी, की देख-रेख में छोड़ दिया गया। मेरे मन में एक पल के लिए भी यह खयाल नहीं आया कि मैं उसे अपनी बच्ची मानने से इनकार कर दूँगी। परंतु जब संयोग से तुम मेरे जीवन में आ गए, जैक और मैं तुमसे प्यार करने लगी तो अपने बच्चे के बारे में तुम्हें बताने से मुझे डर लगने लगा। ईश्वर मुझे क्षमा करे, मुझे डर था कि मैं तुम्हें खो न बैठूँ और इसलिए मेरी हिम्मत टूट जाती थी। मुझे तुम्हें एवं अपनी बच्ची के बीच किसी एक को चुनना था और यह मेरी कमजोरी थी कि मैंने अपनी छोटी सी बच्ची से मुँह मोड़ लिया। तीन साल तक मैंने उसके अस्तित्व को तुमसे छिपाए रखा, परंतु मुझे नर्स का एक पत्र मिला और मैंने जाना कि उसके साथ सबकुछ ठीक चल रहा था। परंतु अंत में मेरे मन में अपनी बच्ची को एक बार फिर देखने की उत्कट इच्छा जाग उठी। मैंने उसे दबाने की बहुत कोशिश की, पर असफल रही। हालाँकि मुझे खतरे का पता था, पर मैं बच्ची को यहाँ लाने के लिए कृतसंकल्प थी, चाहे कुछ हफ्तों के लिए ही क्यों न हो! मैंने नर्स को सौ पौंड भेज दिए और उसे इस कॉटेज के बारे में बता दिया, ताकि वह हमारी पड़ोसी बनकर यहाँ आ सके। उसे सख्त निर्देश थे कि मेरा उससे कोई संबंध है, यह बात किसी को पता नहीं चलनी चाहिए। मैंने यहाँ तक सावधानी बरती और उसे आदेश दिया कि वह दिन के समय बच्ची के चेहरे पर मुखौटा तथा हाथों में लंबे दस्ताने पहनाए रखे, ताकि कोई उसे खिड़की में देख भी ले तो इस बात की चर्चा न कर सके कि यहाँ पड़ोस में कोई अश्वेत बच्चा रहता है। अगर मैं कुछ कम सावधान रहती तो ज्यादा होशियार साबित होती, मगर इस डर से कि तुम्हें सच पता चल जाएगा, मैं आधी पागल हो गई थी।'

ईश्वर मुझे क्षमा करे, मुझे डर था कि मैं तुम्हें खो न बैठूँ और इसलिए मेरी हिम्मत टूट जाती थी। मुझे तुम्हें एवं अपनी बच्ची के बीच किसी एक को चुनना था और यह मेरी कमजोरी थी कि मैंने अपनी छोटी सी बच्ची से मुँह मोड़ लिया। तीन साल तक मैंने उसके अस्तित्व को तुमसे छिपाए रखा, परंतु मुझे नर्स का एक पत्र मिला और मैंने जाना कि उसके साथ सबकुछ ठीक चल रहा था।

'वह तुम थे, जिसने मुझे बताया था कि उस कॉटेज में कुछ लोग रहने के लिए आ गए हैं। मुझे सुबह होने का इंतजार करना चाहिए था, परंतु मैं अपनी बच्ची से मिलने की आतुरता के कारण सो न सकी और इसलिए यह जानते हुए कि तुम्हें जगाना कितना मुश्किल है, मैं चुपके से निकल गई। परंतु तुमने मुझे जाते हुए देख

लिया और वहीं से मेरी परेशानियों की शुरुआत हुई। अगले दिन मेरा राज तुम्हारी दया पर टिका था। तुमने उदारता दिखाते हुए मुझ पर दबाव डालने से परहेज किया। परंतु तीन दिनों बाद जैसे ही तुम दनदनाते हुए कॉटेज के मुख्य दरवाजे तक पहुँचे, वह नर्स और बच्ची जैसे-तैसे पिछले दरवाजे से निकल जाने में सफल रहे, परंतु आज रात अंततः तुम सबकुछ जानते हो और मैं तुमसे पूछती हूँ कि अब हमारा, मेरी बच्ची का और मेरा क्या होगा? अपने दोनों हाथों की उँगलियों को एक-दूसरे में फँसाकर वह जवाब का इंतजार करने लगी।'

दस मिनट के लंबे समय के बाद ग्रांट मुनरो ने खामोशी तोड़ी और जब उसका जवाब आया तो वह ऐसा जवाब था, जिसके बारे में सोचकर आज भी दिल खुश हो जाता है। उसने उस छोटी सी बच्ची को उठाया, उसे चूमा और फिर उसे गोद में लिये ही उसने अपना दूसरा हाथ अपनी पत्नी की ओर बढ़ाया और दरवाजे की ओर कदम बढ़ा दिए।

दस मिनट के लंबे समय के बाद ग्रांट मुनरो ने खामोशी तोड़ी और जब उसका जवाब आया तो वह ऐसा जवाब था, जिसके बारे में सोचकर आज भी दिल खुश हो जाता है। उसने उस छोटी सी बच्ची को उठाया, उसे चूमा और फिर उसे गोद में लिये ही उसने अपना दूसरा हाथ अपनी पत्नी की ओर बढ़ाया और दरवाजे की ओर कदम बढ़ा दिए।

'इस विषय पर हम घर पर आराम से बात कर सकते हैं,' उसने कहा, 'मैं एक बहुत अच्छा आदमी नहीं हूँ, एफी, पर मैं समझता हूँ, मैं उससे कहीं बेहतर इनसान हूँ, जितने का तुमने मुझे श्रेय दिया है।' होम्स और मैं गली तक उनके पीछे-पीछे चलते रहे; फिर जैसे ही हम बाहर निकले, मेरे दोस्त ने मेरी आस्तीन पकड़कर पीछे खींचा।

'मैं समझता हूँ,' उसने कहा, 'हम नॉर्बरी की अपेक्षा लंदन में अधिक उपयोगी होंगे।'

इस केस के बारे में उसने एक शब्द और नहीं कहा, जब तक कि देर रात जलती हुई मोमबत्ती हाथ में लिये वह अपने शयन-कक्ष में जाने के लिए मुड़ नहीं गया।

उसने कहा, 'वाटसन, अगर तुम्हें कभी महसूस हो कि मैं अपनी क्षमताओं को लेकर अति-आत्मविश्वास से ग्रस्त हूँ या किसी केस पर उतनी मेहनत नहीं कर रहा हूँ, जितने की वह माँग करता है तो कृपया मेरे कान में फुसफुसा देना 'नॉर्बरी' और मैं तुम्हारा अत्यंत आभारी रहूँगा।'

❑

स्टॉक ब्रोकिंग फर्म के एक क्लर्क की दास्तान

अपनी शादी के कुछ समय बाद ही मैंने पेडिं टन डिस्ट्रिक्ट में एक क्लिनिक खरीद लिया था। वहाँ कभी वृद्ध मि. फर्कुहार, जिनसे मैंने वह खरीदा था, की अच्छी-खासी जनरल प्रेक्टिस चलती थी, परंतु उनकी उम्र और 'वाइटस का नृत्य' जैसी एक बीमारी, जिससे वे पीड़ित थे, ने उसे काफी सिकोड़ दिया था। अगर जनसाधारण इस सिद्धांत पर चलता है कि जो व्यक्ति दूसरों को इलाज करता है, उसे स्वयं स्वस्थ होना चाहिए और दूसरों को चंगा करने की उस आदमी की शक्ति को संदेह की दृष्टि से देखता है, जिसके अपने रोग पर उसकी दवाइयाँ काम नहीं कर रही हों तो यह अस्वाभाविक नहीं है। इस तरह, जैसे-जैसे मेरे पूर्ववर्ती डॉक्टर कमजोर होते गए, उनकी प्रेक्टिस घटती गई। जब मैंने उसे खरीदा था, वह बारह सौ पौंड सालाना से घटकर महज तीन सौ पौंड सालाना रह गई थी। परंतु मुझे अपनी जवानी और ऊर्जा पर भरोसा था और मैं इस बात का कायल था कि कुछ ही वर्षों में मेरी प्रेक्टिस इतनी चमक जाएगी, जितनी वह पहले कभी नहीं चमकी थी।

वह मेडिकल प्रेक्टिस हासिल करने के बाद तीन महीनों तक काम ने मुझे इतना व्यस्त रखा कि मैं अपने मित्र शर्लक होम्स से मिलने बेकर स्ट्रीट नहीं जा पाया और वह खुद तो विरले ही कहीं जाता था, सिवाय अपने पेशेगत काम के सिलसिले में। इसलिए मैं चकित रह गया, जब जून महीने की एक सुबह मैं नाश्ते के बाद ब्रिटिश मेडिकल जनरल पढ़ रहा था, मैंने दरवाजे पर घंटी की और उसके बाद मेरे पुराने साथी की तीखी आवाज सुनी।

'आह, मेरे प्रिय वाटसन,' लंबे-लंबे डग भरते हुए कमरे में आकर उसने कहा, 'तुम्हें देखकर मुझे बेहद खुशी हो रही है! मुझे विश्वास है कि मिसेज वाटसन

हमारे केस 'साइन ऑफ फोर' से उपजे तनाव से मुक्त हो गई होंगी।'

'धन्यवाद, हम दोनों बिल्कुल ठीक हैं', गर्मजोशी से उससे हाथ मिलाते हुए मैंने कहा।

घूमनेवाली कुरसी पर बैठते हुए उसने कहना जारी रखा, 'और मुझे यह भी आशा है कि मेडिकल प्रेक्टिस की व्यस्तता ने हमारे उलझे हुए केसेज के तार्किक समाधान में तुम जो दिलचस्पी लिया करते थे, उसे तुमने पूरी तरह से खत्म नहीं कर दिया होगा।'

'इससे विपरीत,' मैंने जवाब दिया, 'पिछली रात ही मैं अपने पुराने नोट्स को देख रहा था और केसेज का वर्गीकरण कर रहा था।'

घूमनेवाली कुरसी पर बैठते हुए उसने कहना जारी रखा, 'और मुझे यह भी आशा है कि मेडिकल प्रेक्टिस की व्यस्तता ने हमारे उलझे हुए केसेज के तार्किक समाधान में तुम जो दिलचस्पी लिया करते थे, उसे तुमने पूरी तरह से खत्म नहीं कर दिया होगा।'

'इससे विपरीत,' मैंने जवाब दिया, 'पिछली रात ही मैं अपने पुराने नोट्स को देख रहा था और केसेज का वर्गीकरण कर रहा था।'

'मुझे विश्वास है कि तुम अपने संग्रह को 'क्लोज्ड' नहीं समझते होगे।'

'कतई नहीं। इस तरह के और भी कई अनुभवों से गुजरने से बढ़कर मेरी कोई इच्छा नहीं है।'

'आज के बारे में तुम्हारा क्या खयाल है?'

'मैं तो बिल्कुल तैयार हूँ।'

'और अगर बर्मिंघम जितनी दूर जाना पड़े तो?'

'निश्चित रूप से, अगर तुम चाहते हो।'

'और तुम्हारी डॉक्टरी का क्या होगा?'

'जब मेरा पड़ोसी छुट्टी पर जाता है, मैं उसका काम कर देता हूँ। यह कर्ज उतारने के लिए वह हमेशा तैयार रहता है।'

'वाह! इससे बेहतर क्या हो सकता है?' कुरसी में पीछे की ओर झुकते और अपनी अधखुली आँखों से मेरी ओर ध्यान से देखते हुए होम्स ने कहा, 'मैं देख रहा हूँ कि तुम्हारी तबीयत कुछ ठीक नहीं चल रही है। गरमियों में होने वाला जुकाम ज्यादा परेशान करता है।'

'पिछले हफ्ते भयंकर जुकाम के कारण मैं तीन दिन घर में ही रहा, पर अब मैं समझता हूँ कि उसका नामो-निशान भी नहीं है।'

'ऐसा लग भी रहा है। तुम खासे स्वस्थ लग रहे हो।'

'तुमने कैसे जाना कि मैं ठीक हो गया हूँ?'

'मेरे प्यार दोस्त, तुम तो मेरे तरीके जानते ही हो।'

'ओह, तो तुमने अपने तरीके से निष्कर्ष निकाला?'

'निश्चित रूप से।'

'किस आधार पर?'

'तुम्हारी स्लिपर्स से।'

मैंने अपनी चमड़े की नई महँगी स्लिपर्स पर नजर डाली। 'इन स्लिपर्स के आधार पर तुम कैसे''' ?' आँखें फाड़े मेरा सवाल पूरा होने से पहले ही होम्स ने जवाब दे दिया।

'तुम्हारी स्लिपर्स नई हैं,' उसने कहा, 'ये कुछ हफ्तों से ज्यादा पुरानी नहीं हो सकतीं। इनके तले, जैसे वे अब दिखाई दे रहे हैं, हलके से झुलसे हुए हैं। एक पल के लिए मैंने सोचा कि वे गीले हो गए हों और सुखने की प्रक्रिया में झुलसे हुए से लग रहे होंगे। परंतु अँगूठे के पास दुकानदार के चिह्नवाला कागज का एक छोटा सा गोल टुकड़ा पड़ा हुआ है। अगर स्लिपर्स गीली हुई होती तो वह वहाँ नहीं मिलता। फिर तुम आग की तरफ पैर फैलाए बैठे थे, जैसा एक स्वस्थ व्यक्ति इतनी बारिशवाले जून महीने में भी कभी नहीं करता।'

ये कुछ हफ्तों से ज्यादा पुरानी नहीं हो सकतीं। इनके तले, जैसे वे अब दिखाई दे रहे हैं, हलके से झुलसे हुए हैं। एक पल के लिए मैंने सोचा कि वे गीले हो गए हों और सुखने की प्रक्रिया में झुलसे हुए से लग रहे होंगे। परंतु अँगूठे के पास दुकानदार के चिह्नवाला कागज का एक छोटा सा गोल टुकड़ा पड़ा हुआ है। अगर स्लिपर्स गीली हुई होती तो वह वहाँ नहीं मिलता। फिर तुम आग की तरफ पैर फैलाए बैठे थे, जैसा एक स्वस्थ व्यक्ति इतनी बारिशवाले जून महीने में भी कभी नहीं करता।

होम्स की तर्कपूर्ण व्यवस्था के बाद ऐसी मामूली बातें भी एकदम साफ नजर आने लगी थीं। उसने मेरे चेहरे पर आए भाव पढ़ लिये और एक फीकी सी मुसकान उसके चेहरे पर आ गई।

'मुझे डर है कि जब मैं अपने निष्कर्षों की तार्किक व्याख्या करता हूँ तो मैं खुद को एक्सपोज कर देता हूँ। उनके कारण न बताए जाएँ तो वे ज्यादा प्रभावशाली होते हैं। तो तुम मेरे साथ बर्मिंघम चलने के लिए तैयार हो?'

'निश्चित रूप से, केस क्या है?'

'वह सब तुम ट्रेन में सुनोगे। मेरा ग्राहक एक चार पहियोंवाली बग्घी में बाहर बैठा है। क्या तुम तुरंत चल सकते हो?'

'एक क्षण में।' मैंने जल्दी-जल्दी अपने पड़ोसी के नाम एक नोट लिखा, इस विषय में पत्नी को बताने के लिए दौड़कर ऊपर गया और दरवाजे से होम्स के साथ हो लिया।

'तुम्हारा पड़ोसी भी डॉक्टर है!' पड़ोसी की पीतल की नेमप्लेट देखकर सहमति से सिर हिलाते हुए उसने कहा।

जिस आदमी को मैंने अपने सामने पाया, वह एक सुगठित, ताजी रंगत और हलकी पीली मूँछोंवाला एक युवक था, जिसका चेहरा स्पष्टवादी और ईमानदार लगता था। वह एक बहुत ही चमकीला हैट और एक बढ़िया सा सोबर ब्लैक सूट पहने हुथा, जो उसे वह बना रहे थे, जो वह था—उस क्लास का एक शहरी स्मार्ट युवा, जिन्हें 'लंदनिया' कहा जाता है और जो हमें मुस्तैद आक्रामक फौजी दिखाई देते हैं और उस वर्ग में से इतने उत्तम खिलाड़ी और एथलीट्स आते हैं, जितने इन द्वीपों के किसी मानव वर्ग से नहीं आते।

'हाँ, उसने भी मेरी ही तरह पहले से चल रही प्रेक्टिस खरीदी है।'

'एक जमी-जमाई प्रेक्टिस?'

'वही मेरी वाली कहानी है। जो बेचकर गए, वे जब से यह मकान बने थे, तभी से थे।'

'बग्घी में जो सज्जन हैं, वे मेरे ग्राहक हैं—की हॉल पायक्रॉफ्ट। चलो, मैं उनसे तुम्हारा परिचय करा दूँ। कोचवान, घोड़े को चाबुक मारो और तेज दौड़ाओ, क्योंकि हमारी ट्रेन छूटने में थोड़ा ही समय बाकी है।'

जिस आदमी को मैंने अपने सामने पाया, वह एक सुगठित, ताजी रंगत और हलकी पीली मूँछोंवाला एक युवक था, जिसका चेहरा स्पष्टवादी और ईमानदार लगता था। वह एक बहुत ही चमकीला हैट और एक बढ़िया सा सोबर ब्लैक सूट पहने हुथा, जो उसे वह बना रहे थे, जो वह था—उस क्लास का एक शहरी स्मार्ट युवा, जिन्हें 'लंदनिया' कहा जाता है और जो हमें मुस्तैद आक्रामक फौजी दिखाई देते हैं और उस वर्ग में से इतने उत्तम खिलाड़ी और एथलीट्स आते हैं, जितने इन द्वीपों के किसी मानव वर्ग से नहीं आते। उसका गोल सुर्ख चेहरा स्वाभाविक रूप से हँसमुख था, परंतु उसके मुँह के दोनों छोर किसी अर्ध-हास्यास्पद आपदा से कुछ लटके हुए लग रहे थे। परंतु जब

तक हम उस शानदार बग्घी में ठीक से बैठकर बर्मिंघम की यात्रा पर निकल न पड़े थे, मुझे यह पता नहीं चल पाया था कि वह परेशानी क्या थी, जो उसे शर्लक होम्स तक खींच लाई थी।

'हमें पहुँचने में कम-से-कम सत्तर मिनट लगेंगे,' होम्स ने कहा, 'मैं चाहता हूँ, मि. हॉल पायक्रॉफ्ट कि आप अपने बहुत ही दिलचस्प अनुभवों को ठीक वैसे ही, बल्कि उससे भी ज्यादा ब्योरेवार तरीके से मेरे मित्र के सामने रखें, जैसे आपने मेरे सामने रखे थे। एक बार फिर पूरे घटनाक्रम को सुनना मेरे लिए उपयोगी होगा। यह एक ऐसा मामला है, वाटसन, जिसमें कोई खास बात जरूर है या शायद न भी हो, परंतु जो कम-से-कम इस तरह के असाधारण और अजीब फीचर्स पेश करता है, जो तुम्हें भी इतने ही प्यारे लगते हैं, जितने मुझे। अब मि. पॉयक्रॉफ्ट, मैं आपके बयान के बीच में व्यवधान नहीं डालूँगा।'

मैं चाहता हूँ, मि. हॉल पायक्रॉफ्ट कि आप अपने बहुत ही दिलचस्प अनुभवों को ठीक वैसे ही, बल्कि उससे भी ज्यादा ब्योरेवार तरीके से मेरे मित्र के सामने रखें, जैसे आपने मेरे सामने रखे थे। एक बार फिर पूरे घटनाक्रम को सुनना मेरे लिए उपयोगी होगा। यह एक ऐसा मामला है, वाटसन, जिसमें कोई खास बात जरूर है या शायद न भी हो, परंतु जो कम-से-कम इस तरह के असाधारण और अजीब फीचर्स पेश करता है, जो तुम्हें भी इतने ही प्यारे लगते हैं, जितने मुझे।

हमारे युवा साथी ने जब मेरी ओर देखा तो उसकी आँखों में एक चमक थी।

उसने कहा, 'इस कहानी का सबसे बुरा पहलू यह है कि मैं इतने परले दरजे का मूर्ख नजर आता हूँ। बेशक यह हो सकता है कि अंत में सबकुछ ठीक हो जाए; और मैं यह नहीं देख पाता कि जो कुछ मैंने किया, इसके सिवाय मैं कुछ कर सकता था। परंतु अगर मेरी बढ़िया सी नौकरी हाथ से गई और बदले में कुछ मिला भी नहीं तो मुझे लगेगा कि मैं कितना बड़ा मूर्ख था! मुझे ठीक से कहानी सुनाना नहीं आता, डॉ. वाटसन, पर मेरे साथ जो हुआ, वह कुछ इस प्रकार था—

'मैं ड्रेपर गार्डंस के 'कॉक्संस एंड वुडहाउस' में नौकरी करता था, परंतु वसंत ऋतु के शुरुआती दिनों में उन्होंने वेनेजुएलन लोन के धंधे में हाथ डाला था, जैसा कि निस्संदेह आपको याद होगा, परंतु बुरी तरह से मार खा गए थे। मैं पाँच साल तक उनके साथ रहा था और जब कंपनी दिवालिया हुई, बुजुर्ग कॉक्संस ने मेरे बारे में बहुत अच्छा लिखकर दिया था, फिर हम सभी सत्ताईस क्लर्क जॉब के

लिए भटक रहे थे। मैंने बहुत जगह जॉब पाने की कोशिश की, परंतु मेरे जैसे और भी बहुतेरे बंदे इसी प्रयास में लगे थे और लंबे समय तक मेरे लिए कोई दरवाजा नहीं खुला था। मैं कॉक्संस के यहाँ प्रति सप्ताह तीन पौंड ले रहा था और मैंने सत्तर पौंड बचा लिये थे, परंतु जल्द ही वे खत्म हो गए। अंत में हालत यह हो गई कि नौकरी के विज्ञापनों का प्रतिसाद देने के लिए मेरे पास न तो लिफाफे थे और न उनपर चिपकाने के लिए डाक टिकट्स; और मुझे कुछ सूझ नहीं रहा था कि मैं क्या करूँ? ऑफिसों की सीढ़ियाँ चढ़ते-उतरते मेरे जूते घिस गए थे और दूर-दूर तक नौकरी का पता नहीं था।

'अंततः मैंने लोम्बार्ड स्ट्रीट की एक प्रतिष्ठित स्टॉक-ब्रोकिंग फर्म मॉसन ऐंड विलियम्स में एक वैकेंसी देखी। मैं जानता हूँ कि वित्त बाजार आपकी लाइन से बाहर की चीज है, फिर भी मैं कह सकता हूँ कि यह लंदन का सबसे अमीर हाउस है। विज्ञापन का जवाब केवल पत्र के जरिए देना था। मैंने अपना आवेदन-पत्र और प्रमाण-पत्र रत्ती भर भी उम्मीद किए बिना भेज दिए कि यह जॉब मुझे मिलेगा। तुरंत ही जवाब आया, जिसमें लिखा था कि अगर मैं सोमवार को उनके ऑफिस पहुँच जाऊँ तो मैं तुरंत अपना नया पद ग्रहण कर सकता हूँ, बशर्ते मेरा हुलिया ठीक-ठाक हो। कोई नहीं जानता कि ऐसे फैसले कैसे किए जाते हैं! कुछ लोग कहते हैं कि मैनेजर आवेदन-पत्रों के ढेर में अपना हाथ डालता है और जो भी पहली अरजी हाथ में आती है, उसे भेजनेवाला चुन लिया जाता है। कुछ भी हो, उस समय मेरी पारी थी और उससे बड़ी खुशी की मैं इच्छा भी नहीं रखता। वेतन था हर हफ्ते कॉक्संस से एक पौंड ज्यादा और ड्यूटी लगभग वही थी, जो कॉक्संस में थी।

अंततः मैंने लोम्बार्ड स्ट्रीट की एक प्रतिष्ठित स्टॉक-ब्रोकिंग फर्म मॉसन ऐंड विलियम्स में एक वैकेंसी देखी। मैं जानता हूँ कि वित्त बाजार आपकी लाइन से बाहर की चीज है, फिर भी मैं कह सकता हूँ कि यह लंदन का सबसे अमीर हाउस है। विज्ञापन का जवाब केवल पत्र के जरिए देना था। मैंने अपना आवेदन-पत्र और प्रमाण-पत्र रत्ती भर भी उम्मीद किए बिना भेज दिए कि यह जॉब मुझे मिलेगा।

'और अब मैं कहानी के विचित्र भाग पर आता हूँ। मैं हेंपस्टेड मार्ग स्थित 17, पोर्टर्स टेरेस पर बने एक सस्ते से मेंस हॉस्टल में था। नियुक्ति का आश्वासन मिलने के बाद उस शाम मैं सिगरेट के कश के साथ जश्न मना रहा था कि मेरी

मकान मालकिन हाथ में एक कार्ड लिये मेरे पास आई, जिस पर छपा था—'आर्थर पिनर, फाइनांशियल एजेंट'। मैंने यह नाम पहले कभी नहीं सुना था और सोच भी नहीं सकता था कि वह मुझसे क्या चाहता था, फिर भी मैंने मकान मालकिन से उसे ऊपर भेज देने के लिए कहा। कुछ ही देर में मैंने देखा कि मझोले कद, काले बालों, काली आँखों और काली दाढ़ीवाला आदमी ही आ रहा था। उसके हाव-भाव में चुस्ती थी और एक ऐसे व्यक्ति की तरह, जो समय की कीमत जानता हो, वह थोड़े शब्दों में अपनी बात कहता था।'

'मैं समझता हूँ, मि. हॉल पायक्रॉफ्ट?' उसने कहा।

'यस सर!' एक कुरसी उसकी तरफ खींचते हुए मैंने जवाब दिया।

'हाल तक आप कॉक्सन ऐंड वुडहाउस में थे?'

'यस सर!'

'और अब मॉसन्स के स्टाफ में हैं?'

'बिल्कुल ठीक।'

'दरअसल मैंने आपकी वित्तीय क्षमताओं के बारे में कुछ असाधारण कहानियाँ सुनी हैं। आपको वह शख्स पार्कर याद है, जो कॉक्सन का मैनेजर हुआ करता था? वह आपकी तारीफ करते नहीं थकता।'

'हाल तक आप कॉक्सन ऐंड वुडहाउस में थे?'
'यस सर!'
'और अब मॉसन्स के स्टाफ में हैं?'
'बिल्कुल ठीक।'
'दरअसल मैंने आपकी वित्तीय क्षमताओं के बारे में कुछ असाधारण कहानियाँ सुनी हैं। आपको वह शख्स पार्कर याद है, जो कॉक्सन का मैनेजर हुआ करता था? वह आपकी तारीफ करते नहीं थकता।'

'बेशक यह सुनकर मुझे खुशी हुई। मैं ऑफिस में हमेशा काफी तेज रहा था, पर मैंने सपने में भी नहीं सोचा था कि मेरे बारे में शहर में इस तरह की बातें होती होंगी!'

'आपकी याददाश्त बहुत अच्छी है न?' उसने कहा।

'हाँ, ठीक ही है।' मैंने विनम्रतापूर्वक कहा।

'अभी, जब आप कुछ समय से बेरोजगार रहे हैं, क्या मार्केट के टच में रहे हैं?' उसने पूछा।

'हाँ, मैं हर रोज सुबह स्टॉक एक्सचेंज की सूची पढ़ता हूँ।'

'अब यही बात तो आपकी लगन दरशाती है,' उसने चहकते हुए कहा,

'तरक्की का यही तो रास्ता है! अगर मैं आपकी परीक्षा लूँ तो बुरा तो नहीं मानेंगे? जरा देखूँ, आर्शायर्स किस पोजीशन में हैं?'

'एक सौ छह और एक सौ चार पॉइंट सेवन फाइव।'

'और न्यूजीलैंड कंसोलिडेटेड?'

'एक सौ चार।'

'और ब्रिटिश ब्रोकन हिल्स?'

'सात से सात पॉइंट सिक्स।'

'कमाल है!' अपने हाथ ऊपर उठाकर वह चहका।

'यह जो कुछ मैंने आपके बारे में सुना है, उससे बिल्कुल मेल खाता है। मेरे बच्चे, मेरे बच्चे, तुम इतने होशियार हो कि मॉसंस में क्लर्की करना तुम्हें शोभा नहीं देता।'

उसके उद्‌गारों ने मुझे चकित कर दिया। 'जैसा आप सोच सकते हैं। दूसरे लोग मेरे बारे में इतना नहीं सोचते, जितना आप सोचते प्रतीत होते हैं, मि. पिनर। इस मुकाम तक पहुँचने के लिए मुझे कठोर संघर्ष करना पड़ा है और यहाँ तक पहुँचकर मैं बहुत खुश हूँ।' मैंने कहा।

'बेचारा! तुम्हें इससे बहुत ऊँचा उठना चाहिए। तुम वहाँ नहीं हो, जहाँ तुम्हें होना चाहिए। अब मैं तुम्हें बताऊँगा कि मेरी नजर में तुम क्या हो। मैं जो कुछ ऑफर कर रहा हूँ, वह तुम्हारी काबिलीयत के हिसाब से बहुत कम है, पर अगर उसकी तुलना मॉसंस से करो तो रात और दिन का फर्क नजर आएगा। जरा देखूँ, तुम कब जा रहे हो?'

'बेचारा! तुम्हें इससे बहुत ऊँचा उठना चाहिए। तुम वहाँ नहीं हो, जहाँ तुम्हें होना चाहिए। अब मैं तुम्हें बताऊँगा कि मेरी नजर में तुम क्या हो। मैं जो कुछ ऑफर कर रहा हूँ, वह तुम्हारी काबिलीयत के हिसाब से बहुत कम है, पर अगर उसकी तुलना मॉसंस से करो तो रात और दिन का फर्क नजर आएगा। जरा देखूँ, तुम कब जा रहे हो?'

'सोमवार को।'

'हा, हा! और अगर मैं कुछ ऐसा कर दूँ कि तुम्हें वहाँ जाना ही न पड़े तो?'

'क्या, मॉसंस में न जाऊँ?'

'नहीं सर, उस दिन तक तो तुम फ्रेंको-मिडलेंड हार्डवेयर कंपनी लिमिटेड, फ्रांस के एक सौ चौंतीस शहरों एवं गाँवों में जिसकी शाखाएँ हैं तथा इनमें ब्रसेल्स

और सेन रेमो की शाखाएँ शामिल नहीं हैं, के बिजनेस मैनेजर बन चुके होगे।'

इससे मेरा मुँह खुला-का-खुला रह गया। 'इस कंपनी का नाम मैंने कभी सुना नहीं हैं!' मैंने कहा।

'जरूर, नहीं सुना होगा। उसे बड़ी खामोशी से बाजार में उतारा गया है, क्योंकि उसमें सारी निजी पूँजी निवेश की गई है और वह इतना मुनाफा देने वाली है कि पब्लिक को अभी शामिल करना ठीक न होगा। मेरा भाई हेरी पिनर उसका प्रमोटर है और प्रबंध निदेशक के तौर पर नियुक्त होने के बाद 'बोर्ड ऑफ डायरेक्टर्स' में शामिल होने वाला है। वह जानता था कि मैं यहा हूँ और उसने मुझसे सस्ते में एक होशियार आदमी को चुनने के लिए कहा। एक तेज-तर्रार युवक, जो बड़े खेल खेलने की क्षमता रखता हो। पार्कर ने तुम्हारे बारे में बहुत कुछ बोला ही था और इसीलिए मैं यहाँ हूँ। हम आपको शुरुआत में पाँच सौ पौंड का तुच्छ ऑफर दे सकते हैं।'

नहीं सुना होगा। उसे बड़ी खामोशी से बाजार में उतारा गया है, क्योंकि उसमें सारी निजी पूँजी निवेश की गई है और वह इतना मुनाफा देने वाली है कि पब्लिक को अभी शामिल करना ठीक न होगा। मेरा भाई हेरी पिनर उसका प्रमोटर है और प्रबंध निदेशक के तौर पर नियुक्त होने के बाद 'बोर्ड ऑफ डायरेक्टर्स' में शामिल होने वाला है। वह जानता था कि मैं यहा हूँ और उसने मुझसे सस्ते में एक होशियार आदमी को चुनने के लिए कहा। एक तेज-तर्रार युवक, जो बड़े खेल खेलने की क्षमता रखता हो।

'सालाना पाँच सौ!' मैं चिल्लाया।

'शुरुआत में इतना ही, पर उसके अलावा आपके एजेंटों द्वारा किए गए कुल बिजनेस का एक प्रतिशत आपका कमीशन होगा और मैं दावे से कहता हूँ कि वह आपके वेतन से ज्यादा ही होगा।'

'पर मैं हार्डवेयर के बारे में कुछ नहीं जानता।'

'पर मेरे बच्चे, तुम आँकड़ों के बारे में जानते हो।'

'मेरा सिर घूम रहा था और मैं बड़ी मुश्किल से अपनी कुरसी पर शांत बैठा रहा, तभी अचानक शक की एक सिहरन मेरे बदन में दौड़ गई।

'मैं आपसे कुछ बातें साफ-साफ करना चाहूँगा,' मैंने कहा, 'मॉसन मुझे दो सौ पौंड ही दे रहे हैं, फिर भी उसमें सुरक्षा ज्यादा है। दरअसल मैं आपकी कंपनी के बारे में इतना कम जानता हूँ कि…।'

'आह, स्मार्ट, स्मार्ट!' गद्‍गद होते हुए वह चिल्लाया, 'तुम बिल्कुल वैसे ही हो, जैसा हम चाहते थे। तुम्हें कोई आसानी से अपनी बातों में नहीं फँसा सकता और यह ठीक भी है। अब ये रहा सौ पौंड का एक नोट और अगर तुम समझते हो कि हम बिजनेस कर सकते हैं तो इसे अपने वेतन का एडवांस समझकर तुम अपनी जेब में रख सकते हो।'

'एडवांस तो काफी भारी-भरकम है,' मैंने कहा, 'मैं अपना नया पद कब ग्रहण कर सकता हूँ?'

'कल दोपहर एक बजे तक बर्मिंघम पहुँच जाएँ,' उसने कहा, 'मेरी जेब में एक नोट है, जिसे लेकर आप मेरे भाई के पास जाएँ। वह आपको 126-बी कॉरपोरेशन स्ट्रीट, जहाँ कंपनी के अस्थायी कार्यालय स्थित है, में मिलेंगे। बेशक उन्हें आपकी नियुक्ति की पुष्टि करनी है, पर यह बात सिर्फ मेरे और आपके बीच हैं, उसमें कोई दिक्कत नहीं आएगी।'

'आह, स्मार्ट, स्मार्ट!' गद्‍गद होते हुए वह चिल्लाया, 'तुम बिल्कुल वैसे ही हो, जैसा हम चाहते थे। तुम्हें कोई आसानी से अपनी बातों में नहीं फँसा सकता और यह ठीक भी है। अब ये रहा सौ पौंड का एक नोट और अगर तुम समझते हो कि हम बिजनेस कर सकते हैं तो इसे अपने वेतन का एडवांस समझकर तुम अपनी जेब में रख सकते हो।'

'मुझे सचमुच पता नहीं है, मि. पिनर कि मैं कैसे आपका आभार व्यक्त करूँ? मैंने कहा।'

'उसकी चिंता न करो, मेरे बच्चे। तुम्हें सिर्फ अपनी काबिलीयत का इनाम मिला है। हाँ, एक या दो चीजें, जो केवल औपचारिकताएँ हैं, जरूर हैं, जिन्हें मैं तुमसे तय करना चाहूँगा। तुम्हारे पास कागज का एक पुरजा पड़ा हुआ है। प्लीज उस पर लिखिए—'मैं 500 पौंड के न्यूनतम वेतन पर फ्रेंको-मिडलेंड हार्डवेयर कंपनी लिमिटेड में बिजनेस मैनेजर के तौर पर कार्य करने के लिए पूरी तरह से तैयार हूँ।'

'मैंने जैसा कहा गया था, वैसा ही किया और उसने वह कागज अपनी जेब में रख लिया।'

'बस एक बात और है,' उसने कहा, 'आप मॉसंस के संबंध में क्या करना चाहते हैं?'

'अपनी खुशी के चलते मैं मॉसंस के बारे में सबकुछ भूल ही गया था। 'मैं उन्हें लिखित में अपना इस्तीफा भेज दूँगा।' मैंने कहा।

'ठीक यही काम है, जो मैं चाहता हूँ कि तुम न करो। तुम्हें लेकर मॉसंस के मैनेजर के साथ मेरा झगड़ा हो गया था। तुम्हारे बारे में कुछ पूछने के लिए मैं उसके पास गया था और वह लड़ने पर उतारू हो गया था। उसने मुझ पर तुम्हें फुसलाकर मॉसंस की सेवा से दूर ले जाने का आरोप लगाया तथा उसी तरह की और भी बातें कही थीं। अंत में मुझसे भी रहा न गया और मैंने उसे साफ-साफ कह दिया, 'अगर आप अच्छे आदमी चाहते हैं तो उस मुताबिक कीमत भी चुकानी होगी।'

'वह (पायक्रॉफ्ट) आपसे ज्यादा वेतन लेने के बजाय हमारा कम वेतन लेना पसंद करेंगे।' उसने कहा।

'मैं पाँच पौंड की शर्त लगाता हूँ,' मैंने कहा, 'जब उन्हें मेरा ऑफर मिलेगा, तब वे तुमसे बात तक नहीं करेंगे।'

'मंजूर है!' उसने कहा, 'हमने उसे गटर से उठाया है और वह हमें इतनी आसानी से छोड़ेगा नहीं।' तुमने सुना, ये थे उसके शब्द!'

'गुस्ताख पाजी,' मैं चिल्लाया। 'मैंने उसे जिंदगी में कभी देखा तक नहीं है। मुझे उसकी परवाह क्यों होनी चाहिए? मैं उन्हें पत्र नहीं लिखूँगा, अगर आप चाहते हैं कि मैं न लिखूँ।'

'बहुत अच्छा! तो वादा रहा?' कुरसी से उठते हुए उसने कहा, 'मुझे बेहद खुशी है कि मैं अपने भाई के लिए इतना अच्छा आदमी खोज पाया। ये रहे तुम्हारे एडवांस के सौ पौंड और यह रहा मेरा पत्र। 126-बी, कॉरपोरेशन स्ट्रीट, इस पते को नोट कर लो; और याद रहे कि कल दोपहर एक बजे तुम्हारा अपॉइंटमेंट है। गुड नाइट! ईश्वर तुम्हें वह भविष्य प्रदान करे, जिसके तुम काबिल हो।'

'बहुत अच्छा! तो वादा रहा?' कुरसी से उठते हुए उसने कहा, 'मुझे बेहद खुशी है कि मैं अपने भाई के लिए इतना अच्छा आदमी खोज पाया। ये रहे तुम्हारे एडवांस के सौ पौंड और यह रहा मेरा पत्र। 126-बी, कॉरपोरेशन स्ट्रीट, इस पते को नोट कर लो; और याद रहे कि कल दोपहर एक बजे तुम्हारा अपॉइंटमेंट है। गुड नाइट! ईश्वर तुम्हें वह भविष्य प्रदान करे, जिसके तुम काबिल हो।'

'हम दोनों के बीच, जहाँ तक मुझे याद है, बस इतनी बातचीत हुई। आप कल्पना कर सकते हैं, डॉ. वाटसन कि सौभाग्य के उस असाधरण मोड़ पर पहुँचकर मैं कितना खुश हुआ हूँगा! अपने ही हाथों से खुद को लिपटाए हुए मैं आधी रात तक बैठा रहा और दूसरे दिन एक ऐसी ट्रेन से, जो मुझे मेरे तय समय से पहले ही पहुँचा देती, मैं बर्मिंघम के लिए रवाना हो गया। मैं अपना सामान न्यू स्ट्रीट

स्थित एक होटल में छोड़कर उस पते में बताए स्थान के लिए चल पड़ा, जो मुझे दिया गया था।

'मेरे नियत समय में अभी पंद्रह मिनट बाकी थे। पर मैंने सोचा कि इससे कोई फर्क नहीं पड़ेगा। 126-बी दो विशाल दुकानों के बीच एक गलियारा था, जो घुमावदार पत्थर की सीढ़ियों की ओर ले जाता था तथा जो क्रमशः कई फ्लैट्स की ओर ले जाती थीं। कई कंपनियों या पेशेवरों के कार्यालयों के तौर पर ये फ्लैट्स किराए पर उठा दिए गए थे। कार्यालयों के नाम दीवार के निचले हिस्से में लिखे हुए थे, पर वहाँ 'फ्रेंकों-मिडलेंड हार्डवेयर कंपनी लिमिटेड' जैसा कोई नाम नहीं था। डूबते दिल से यह अचरज करते हुए कि पूरा घटनाक्रम कहीं एक क्रूर मजाक तो नहीं था, अतः कुछ मिनटों तक मैं वहीं खड़ा रहा, तभी एक आदमी ने आकर मुझे संबोधित किया। वह उस बंदे से बहुत मिलता-जुलता था, जिसे मैंने पिछली रात देखा था—वही नाक-नक्श और आवाज, पर इसकी दाढ़ी-मूँछ नदारद थी तथा बाल उतने काले नहीं थे।

मेरे नियत समय में अभी पंद्रह मिनट बाकी थे। पर मैंने सोचा कि इससे कोई फर्क नहीं पड़ेगा। 126-बी दो विशाल दुकानों के बीच एक गलियारा था, जो घुमावदार पत्थर की सीढ़ियों की ओर ले जाता था तथा जो क्रमशः कई फ्लैट्स की ओर ले जाती थीं। कई कंपनियों या पेशेवरों के कार्यालयों के तौर पर ये फ्लैट्स किराए पर उठा दिए गए थे।

'क्या आप मि. हॉल पायक्रॉफ्ट हैं?' उसने पूछा।

'हाँ।' मैंने कहा।

'ओह, मुझे उम्मीद थी कि आप आएँगे, पर आप समय से कुछ पहले आ गए हैं। आज सुबह मुझे अपने भाई का एक नोट मिला है, जिसमें आपकी जमकर तारीफ की गई है।'

'जब आप आए, मैं आपके ऑफिस को ही खोज रहा था।'

'हमने अब तक अपना नाम नहीं लिखवाया है, क्योंकि हमने पिछले हफ्ते ही यह अस्थायी कार्यालय हासिल किए हैं। मेरे साथ ऊपर आइए, हम बैठकर बात कर लेते हैं।'

'सीधी और बहुत ऊँची सीढ़ियों पर मैंने उसका अनुसरण किया। सीढ़ियाँ खत्म होने पर दो धूल भरे खाली कमरे दिखाई दिए, जिनमें न तो कारपेट थी और न परदे। उनमें से एक में वह मुझे ले गया। मैंने इतनी बड़ी कंपनी के एक विशाल कार्यालय की कल्पना की थी, जिनमें शानदार टेबलें और क्लर्कों की कतार होंगी,

जिस तरह के कार्यालयों का मैं आदी था। एक छोटी सी टेबल को दोनों ओर रखी दो बदरंग कुरसियों की ओर घूरकर देखा। टेबल पर एक बड़ा सा लेजर रखा था और नीचे रद्दी कागज फेंकने के लिए एक बास्केट तथा फर्नीचर के नाम पर बस यही सब था।'

'दिल छोटा मत कीजिए, मि. पायक्रॉफ्ट,' मेरा उतरा हुआ चेहरा देखकर मेरे नए परिचित ने कहा। 'रोम एक दिन में बनकर तैयार नहीं हुआ था। हमारी तिजोरियों में बेशुमार पैसा है और हमारा एक शानदार, विशाल कार्यालय-भवन बन रहा है। आप बैठ जाइए प्लीज और अपना पत्र मुझे दिखाइए।'

'मैंने वह पत्र उसे दे दिया और उसने बड़े ध्यान से उसे पढ़ा।

'ऐसा लगता है, आपने मेरे भाई आर्थर को बेहद प्रभावित किया है,' उसने कहा, 'और मैं जानता हूँ कि इनसानों को परखने में वह बहुत माहिर है। आप जानते हैं, वह लंदन का दीवाना है और मैं बर्मिंघम का, पर इस बार मैं उसकी सलाह जरूर मानूँगा। आप स्वयं को निश्चित रूप से हमारी कंपनी का सदस्य समझिए।'

'ऐसा लगता है, आपने मेरे भाई आर्थर को बेहद प्रभावित किया है,' उसने कहा, 'और मैं जानता हूँ कि इनसानों को परखने में वह बहुत माहिर है। आप जानते हैं, वह लंदन का दीवाना है और मैं बर्मिंघम का, पर इस बार मैं उसकी सलाह जरूर मानूँगा। आप स्वयं को निश्चित रूप से हमारी कंपनी का सदस्य समझिए।'

'मेरी ड्यूटीज क्या होंगी?' मैंने पूछा।

'अंततः आप पेरिस के एक विशाल डिपो का प्रबंधन करेंगे, जो फ्रांस के एक सौ चौंतीस एजेटों की दुकानों को इंग्लिश क्रॉकरी से भर देगा। एक हफ्ते में क्रॉकरी की सारी खरीदारी पूरी हो जाएगी। इस बीच आप बर्मिंघम में ही रहकर खुद को उपयोगी बनाएँगे।'

'कैसे?'

'जवाब के लिए उसने एक दराज से एक बड़ी सी लाल किताब निकाली।

उसने कहा, 'यह पेरिस की डायरेक्टरी हैं, जिसमें लोगों के नाम के साथ उनके व्यवसाय दिए गए हैं। मैं चाहता हूँ कि आप इसे घर ले जाएँ और हार्डवेयर बेचनेवाले सभी व्यापारियों की एक सूची बना लें, जिसमें उनके पते भी हों। ऐसी सूची मेरे लिए अनमोल होगी।'

'पर निश्चित रूप से इन व्यापारियों की वर्गीकृत सूचियाँ तो होंगी ही!' मैंने सुझाव दिया।

'वे विश्वसनीय नहीं हैं। उनकी प्रणाली, जो हमसे अलग है, उसी के अनुसार चलिए और सोमवार को बारह बजे तक सूचियाँ मुझे दे दीजिए। गुड डे, मि. पायक्रॉफ्ट। अगर आप लगन और बुद्धिमानी से काम करते रहे तो आप पाएँगे कि यह कंपनी एक अच्छी मालिक है।'

'उस भारी सी पुस्तक को बगल में दबाए और मन में भारी उथल-पुथल लिये मैं वापस अपने होटल चला गया। एक तरफ तो मुझे निश्चित रूप से नौकरी मिल गई थी और सौ पौंड का एक नोट मेरी जेब में था, वहीं दूसरी ओर कंपनी के ऑफिस का हुलिया एवं हालत, दीवार पर उसका नाम न होना तथा कई और पॉइंट्स, जो किसी भी व्यवसायी की आँखों में खटकेंगे, इन सब ने मेरे नियोक्ताओं की स्थिति के बारे में मेरे मन पर एक अरुचिकर छाप छोड़ी थी, फिर भी यह सोचकर कि जो होगा, देखा जाएगा, मुझे तो अपने पैसे मिल ही गए थेद्ध जब मैं मुझे सौंपे गए काम में जुट गया। पूरे रविवार मैं लगातार काम करता रहा, फिर भी सोमवार तक मैं 'एच' तक ही पहुँच पाया था। मैं अपने नियोक्ता के पास गया, उसे इसी खस्ता हाल कमरे में पाया। उसने मुझसे कहा कि मैं बुधवार तक उसी काम में लगा रहूँ और फिर रिपोर्ट करूँ। बुधवार तक भी वह पूरा नहीं हुआ था। इसलिए मैं शुक्रवार अर्थात् कल तक, उसी में लगा रहा। फिर मैं उसे लेकर मि. हेरी पिनर के पास गया।'

'पर निश्चित रूप से इन व्यापारियों की वर्गीकृत सूचियाँ तो होंगी ही!' मैंने सुझाव दिया। 'वे विश्वसनीय नहीं हैं। उनकी प्रणाली, जो हमसे अलग है, उसी के अनुसार चलिए और सोमवार को बारह बजे तक सूचियाँ मुझे दे दीजिए। गुड डे, मि. पायक्रॉफ्ट। अगर आप लगन और बुद्धिमानी से काम करते रहे तो आप पाएँगे कि यह कंपनी एक अच्छी मालिक है।'

'बहुत-बहुत धन्यवाद,' उसने कहा, 'मुझे डर है कि मैंने इस काम की कठिनता को कम करके आँका था। यह सूची मेरे लिए बहुत ही उपयोगी साबित होगी।'

'पर समय ज्यादा लगा।' मैंने कहा।

'और अब,' उसने कहा, 'मैं चाहता हूँ कि आप फर्नीचर शॉप्स की एक सूची बनाएँ, क्योंकि वे सब क्रॉकरी बेचते हैं।'

'ठीक है।'

'और आप कल शाम सात बजे तक यहाँ आकर मुझे बता सकते हैं कि यह काम कैसा चल रहा है। अपने आप पर जुल्म करने की जरूरत नहीं है। दिन भर काम करने के बाद शाम को डेज म्यूजिक हॉल जाकर दो घंटे संगीत का आनंद लेने से कुछ नुकसान नहीं होगा।' बोलते-बोलते वह हँसा और यह देखकर मुझे कुछ रोमांच हो आया कि उसके मुँह की बाईं तरफ के दूसरे दाँत में बेतरतीब ढंग से सोना भरा हुआ था।'

शर्लक होम्स ने खुशी से अपने हाथ रगड़े और मैं हमारे ग्राहक की ओर आश्चर्य से देखता रहा।

'आपको जरूर ताज्जुब हुआ होगा, डॉ. वाटसन, पर यह इस तरह से है,' उसने कहा, 'जब मैं लंदन में उस दूसरे बंदे से बात कर रहा था, वह मेरे मॉसंस न जाने की बात पर हँसा था और संयोग से मेरी नजर उसके उस दाँत पर पड़ गई थी, जिसमें ठीक इसी तरह से सोना भरा हुआ था। आप देख सकते हैं कि दोनों मामलों में मेरी नजर सोने की चमक पर पड़ गई थी। जब मैंने इस तथ्य को उनके नाक-नक्श और आवाज से जोड़कर देखा तो उन दोनों में सिर्फ वही फर्क नजर आए, जो एक रेजर और विग से पैदा किए जा सकते थे! अब तो मुझे संदेह ही नहीं रहा कि वे दोनों एक ही आदमी के दो रूप थे। बेशक आप दो भाइयों में समानता होने की अपेक्षा रखते हैं, परंतु ऐसा नहीं हो सकता कि दोनों का एक ही दाँत, एक ही तरीके से भरा गया हो! वह अभिवादन की मुद्रा में झुका; यह मेरे जाने के लिए इशारा था और मैंने खुद को सड़क पर पाया—मैं नहीं जानता था कि मैं अपने पैरों पर खड़ा था या सिर के बल। मैं वापस अपने होटल गया, वॉश बेसिन को ठंडे पानी से भरकर उसमें सिर डुबोया और फिर इन सारे गोरखधंधे के बारे में सोचने की कोशिश की। उसने मुझे लंदन से बर्मिंघम क्यों भेजा? वह मुझसे पहले वहाँ क्यों पहुँच गया? और उसने खुद को ही संबोधित-पत्र क्यों लिखा था? यह सब मेरे दिमाग पर बहुत भारी पड़ रहा था और मैं उसका कोई मतलब नहीं

'आपको जरूर ताज्जुब हुआ होगा, डॉ. वाटसन, पर यह इस तरह से है,' उसने कहा, 'जब मैं लंदन में उस दूसरे बंदे से बात कर रहा था, वह मेरे मॉसंस न जाने की बात पर हँसा था और संयोग से मेरी नजर उसके उस दाँत पर पड़ गई थी, जिसमें ठीक इसी तरह से सोना भरा हुआ था। आप देख सकते हैं कि दोनों मामलों में मेरी नजर सोने की चमक पर पड़ गई थी।

निकाल पा रहा था और तभी अचानक मेरे मन में विचार आया कि जहाँ मुझे अँधेरा नजर आ रहा था, वहीं मि. शर्लक होम्स रोशनी देख सकेंगे। मेरे पास इतना समय था कि मैं रात की ट्रेन पकड़कर लंदन पहुँचूँ और सुबह उनसे मिल लूँ। ऐसा करने के बाद मैं आप दोनों को अपने साथ बर्मिंघम ले जा रहा हूँ।'

स्टॉक-ब्रोकर के उस क्लर्क द्वारा अपने विचित्र अनुभव का वृत्तांत खत्म होने के बाद कुछ समय के लिए खामोशी छा गई। शर्लक होम्स के चेहरे पर उस पारखी की तरह खुशी और गंभीरता, दोनों तरह के भाव थे, जिसने अभी-अभी पुरानी कॉर्नेट शराब का सिप लिया हो। अपने कुशंस के सहारे पीछे की ओर झुकते हुए उसने तिरछी नजरों से मेरी ओर देखा।

'दिलचस्प केस, क्या कहते हो, वाटसन?' उसने कहा, 'इस वृत्तांत में कुछ बिंदु ऐसे हैं, जिन्हें सुनकर मजा आ गया। मैं समझता हूँ, तुम इससे सहमत होगे कि फ्रेंको-मिडलेंड हार्डवेयर कंपनी लिमिटेड के अस्थायी कार्यालयों में मि. आर्थर हेरी पिनर से साक्षात्कार करना हम दोनों के लिए एक दिलचस्प अनुभव होगा।'

'दिलचस्प केस, क्या कहते हो, वाटसन?' उसने कहा, 'इस वृत्तांत में कुछ बिंदु ऐसे हैं, जिन्हें सुनकर मजा आ गया। मैं समझता हूँ, तुम इससे सहमत होगे कि फ्रेंको-मिडलेंड हार्डवेयर कंपनी लिमिटेड के अस्थायी कार्यालयों में मि. आर्थर हेरी पिनर से साक्षात्कार करना हम दोनों के लिए एक दिलचस्प अनुभव होगा।'

'पर क्या हम ऐसा कर सकते हैं?' मैंने पूछा।

'ओह, आसानी से,' हॉल पायक्रॉफ्ट ने खुश होते हुए कहा, 'आप दोनों मेरे दोस्त हैं, जिन्हें नौकरी की तलाश है तथा इससे ज्यादा स्वाभाविक और क्या होगा कि मैं आप दोनों को उस मैनेजिंग डायरेक्टर के पास ले जाऊँ?'

'बिल्कुल ठीक,' होम्स ने कहा, 'मैं इस सज्जन से मिलकर देखना चाहूँगा कि क्या मैं उसके छोटे से गेम का कोई मतलब निकाल पाता हूँ या नहीं! तुममें ऐसे कौन से गुण हैं मेरे दोस्त, जो तुम्हारी सेवाओं को इतना कीमती बना देते हैं? या यह संभव है कि···' खिड़की से बाहर शून्य में देखते और नाखून कुतरते हुए उसने कहना शुरू किया, पर जब तक हम न्यू स्ट्रीट नहीं पहुँच गए, हम उसके मुँह से आगे का एक शब्द भी नहीं निकलवा पाए।

उस शाम सात बजे हम तीनों कंपनी के ऑफिस पहुँचने के लिए कॉरपोरेशन स्ट्रीट पर चल रहे थे।

'समय से पहले हमारे वहाँ पहुँचने से कोई फायदा नहीं है,' हमारे ग्राहक ने कहा, 'यह स्पष्ट है कि वह केवल मुझसे मिलने के लिए वहाँ आता है, क्योंकि जिस समय वह बुलाता है, उससे कुछ मिनट पहले तक वह जगह वीरान रहती है।'

'यह बहुत कुछ बताता है।' होम्स ने कहा।

'वह देखिए, मैंने कहा था न!' क्लर्क चिल्लाया, 'वही है, जो हमसे पहले वहाँ पहुँच रहा है।'

उसने छोटे कद के, साँवले, अच्छी वेश-भूषावाले आदमी की ओर इशारा किया, जो सड़क के दूसरी ओर तेज कदमों से चल रहा था। हम उसे देख ही रहे थे कि उसने ट्रैफिक सिग्नल पर चिल्लाकर संध्याकालीन अखबार का ताजा संस्करण बेच रहे एक लड़के को आवाज देकर बुलाया और एक अखबार खरीदा। फिर उसे हाथ में पकड़े वह किसी बिल्डिंग में घुस गया।

'वह देखिए, मैंने कहा था न!' क्लर्क चिल्लाया, 'वही है, जो हमसे पहले वहाँ पहुँच रहा है।' उसने छोटे कद के, साँवले, अच्छी वेश-भूषावाले आदमी की ओर इशारा किया, जो सड़क के दूसरी ओर तेज कदमों से चल रहा था। हम उसे देख ही रहे थे कि उसने ट्रैफिक सिग्नल पर चिल्लाकर संध्याकालीन अखबार का ताजा संस्करण बेच रहे एक लड़के को आवाज देकर बुलाया और एक अखबार खरीदा। फिर उसे हाथ में पकड़े वह किसी बिल्डिंग में घुस गया।

'वो देखो, वह जा रहा है,' हॉल पायक्रॉफ्ट चिल्लाया, 'जिस बिल्डिंग में वह गया है, उसी में कंपनी का ऑफिस है। मेरे साथ आइए और मैं उतनी ही आसानी से उससे निपट लूँगा, जितना संभव है।'

हम उसके पीछे-पीछे पाँच मंजिल चढ़े, जब तक कि हमने स्वयं को एक अधखुले दरवाजे के सामने नहीं पाया। हमारे ग्राहक ने उस पर दस्तक दी। भीतर से आई एक आवाज ने हमें अंदर आने के लिए कहा; और हमने वैसे ही एक खाली, फर्नीचर-रहित कमरे में प्रवेश किया, जैसा पायक्रॉफ्ट ने बताया था। एकमात्र टेबल के पास वही आदमी बैठा था, जिसे हमने कुछ देर पहले सड़क पर देखा था; उसका संध्याकालीन अखबार टेबल पर फैला हुआ था और जैसे ही उसने नजर उठाकर हमारी ओर देखा तो मुझे ऐसा लगा कि मैंने इससे पहले ऐसा कोई चेहरा नहीं देखा था, जिस पर दुःख और दुःख के भी परे भय के इतने निशान हों। उसकी भौंहें पसीने से चमक रही थीं, उसके गाल मछली के पेट की तरह डल डेड व्हाइट कलर

के और उसकी आँखें हिंसक और घूरती हुई। उसने अपने क्लर्क को इस तरह से देखा, मानो उसे पहचानता ही न हो और हमारे ग्राहक के चेहरे पर घोर आश्चर्य का भाव देखकर स्पष्ट था कि यह उसके नियोक्ता का सामान्य हुलिया नहीं था।

'आप बीमार लगते हैं, मि. पिनर!' उसने कहा।

'हाँ, मेरी तबीयत कुछ ठीक नहीं है,' खुद को भरसक सामान्य दिखाने का प्रयास करते और बोलने से पहले अपने सूखे होंठों पर जीभ घुमाते हुए उसने कहा, 'जिन सज्जनों को आप यहाँ लाए हैं, वे कौन हैं?'

'एक हैं बर्मंडसे के मि. हेरिस और दूसरे हैं इसी शहर के मि.प्राइस,' हमारे क्लर्क ने बेहिचक कहा, 'ये मेरे मित्र और काफी अनुभवी सज्जन हैं, परंतु कुछ समय से बेरोजगार हैं। इन्हें आशा थी कि शायद इन्हें आपकी कंपनी में नौकरी मिल जाए।'

'बहुत मुमकिन है! बहुत मुमकिन है!' एक डरावनी सी मुसकान के साथ मि. पिनर ने कहा, 'हाँ, मुझे इसमें कोई संदेह नहीं है कि हम आप लोगों के लिए कुछ कर पाएँगे। आप किस खास लाइन में काम करते हैं, मि. हेरिस?'

'एक हैं बर्मंडसे के मि. हेरिस और दूसरे हैं इसी शहर के मि.प्राइस,' हमारे क्लर्क ने बेहिचक कहा, 'ये मेरे मित्र और काफी अनुभवी सज्जन हैं, परंतु कुछ समय से बेरोजगार हैं। इन्हें आशा थी कि शायद इन्हें आपकी कंपनी में नौकरी मिल जाए।'
'बहुत मुमकिन है! बहुत मुमकिन है!' एक डरावनी सी मुसकान के साथ मि. पिनर ने कहा, 'हाँ, मुझे इसमें कोई संदेह नहीं है कि हम आप लोगों के लिए कुछ कर पाएँगे। आप किस खास लाइन में काम करते हैं, मि. हेरिस?'

'मैं एक अकाउंटेंट हूँ।' होम्स ने कहा।

'वाह! हमें इस तरह के लोगों की तो जरूरत पड़ेगी और आप, मि. प्राइस?'

'एक क्लर्क।' मैंने कहा।

'मुझे पूरी आशा है कि कंपनी आप दोनों को नियुक्त कर सकती है। जैसे ही हम किसी निर्णय पर पहुँचते हैं, मैं आपको बता दूँगा और अब मैं आपसे याचना करता हूँ कि आप यहाँ से चले जाएँ। ईश्वर के लिए मुझे मेरे हाल पर छोड़ दीजिए।'

ये शब्द उसके मुँह से फूट पड़े थे, मानो अपने दर्द और भावनाओं, जिन पर उसने स्पष्ट रूप से अंकुश लगा रखा था, अचानक बाँध तोड़कर बह निकले थे। होम्स और मैंने सरसरी नजर से एक-दूसरे की ओर देखा और हॉल पायक्रॉफ्ट

उसकी टेबल की ओर एक कदम बढ़ा।

'आप भूल रहे हैं, की. पिनर कि मैं आपसे कुछ निर्देश लेने के लिए आपसे अपॉइंटमेंट लेकर आया हूँ।' उसने कहा।

'निश्चित रूप से, मि. पायक्रॉफ्ट, निश्चित रूप से,' पिनर ने अब कुछ नरम स्वर में कहा, 'आप एक मिनट मेरा इंतजार करें और इसका कोई कारण नहीं है कि आपके दोस्त आपके साथ इंतजार न करें। मैं बस तीन मिनट में आपकी सेवा में फिर हाजिर होता हूँ।' बहुत ही विनम्रता से अभिवादन करके वह कमरे के दूर वाले छोर पर बने दरवाजे से अंदर चला गया और जाते-जाते सिटकिनी भी लग गया।

'निश्चित रूप से, मि. पायक्रॉफ्ट, निश्चित रूप से,' पिनर ने अब कुछ नरम स्वर में कहा, 'आप एक मिनट मेरा इंतजार करें और इसका कोई कारण नहीं है कि आपके दोस्त आपके साथ इंतजार न करें। मैं बस तीन मिनट में आपकी सेवा में फिर हाजिर होता हूँ।' बहुत ही विनम्रता से अभिवादन करके वह कमरे के दूर वाले छोर पर बने दरवाजे से अंदर चला गया और जाते-जाते सिटकिनी भी लग गया।

'अब क्या?' होम्स फुसफुसाया, 'क्या वह हमें चकमा दे रहा है?'

'यह संभव नहीं है।' पायक्रॉफ्ट ने जवाब दिया।

'क्यों?'

'वह दरवाजा एक अंदरूनी कमरे में ले जाता है।'

'पीछे से रास्ता नहीं है?'

'नहीं।'

'क्या वह कमरा फर्निश्ड है?'

'कल तो वह खाली था।'

'तब वह वहाँ क्या करने गया होगा? इस मामले में कुछ बात है, जो मैं नहीं समझ पा रहा। अगर डर से कोई आदमी पौना पागल था तो वह मि. पिनर ही था। किस बात ने उसे इतना डरा दिया होगा?'

'उसे शक है कि हम लोग जासूस हैं।' मैंने अनुमान लगाया।

'हाँ, यही बात है।' पायक्रॉफ्ट चहका।

होम्स ने असहमति में सिर हिलाया। 'हमें देखकर उसका चेहरा पीला नहीं पड़ा था। जब हम कमरे में दाखिल हुए, वह पहले से ही वहाँ था,' उसने कहा, 'यह संभव है कि…'

भीतरी कमरे की दिशा से आई तीखी खट-खट की आवाज से वह बोलते-बोलते रुक गया।

'वह इडियट अपना ही दरवाजा क्यों खटखटा रहा है?' क्लर्क ने अधीरता से कहा। इस बार कुछ तेज आवाज में एक बार फिर 'ठक-ठक' हुई। हम सभी ने उत्सुकता से बंद दरवाजे की ओर देखा? मैंने देखा कि होम्स का चेहरा सख्त हो रहा था और वह उत्तेजित होकर कुछ आगे बढ़ा। तभी अचानक किसी के कुल्ला करने और लकड़ी की सतह पर किसी के तेजी से तबला बजाने जैसी आवाजें आने लगीं। तभी होम्स उत्तेजित होकर दरवाजे की ओर लपका और उसे जोर से धक्का दिया, पर उसमें भीतर से सिटकिनी लगी हुई थी। होम्स का अनुसरण करते हुए हम दोनों भी अपनी पूरी ताकत से दरवाजे को धकियाने लगे। दरवाजे का एक कब्जा टूटा, फिर दूसरा और अगले ही पल दरवाजा धड़ाम से पीछे की ओर गिरा। उसपर दौड़ते हुए हमने खुद को भीतरी कमरे में पाया। वह खाली था।

बस एक पल हम गफलत में रहे। उस कमरे के एक कोने, वह कोना, जो आगेवाले कमरे के सबसे नजदीक था, में एक दूसरा दरवाजा भी था। होम्स उछलकर वहाँ पहुँचा और उसे खींचकर खोल दिया। एक कोट और वेस्टकोट जमीन पर पड़े थे और दरवाजे के पीछे बने हुक से अपनी ही पैंट के स्ट्रैप से गले में फंदा डाले फ्रेंको-मिडलेंड हार्डवेयर कंपनी का मैनेजिंग डायरेक्टर झूल रहा था। उसके घुटने हवा में थे और उसका सिर उसके शरीर से एक अजीब सा कोण बनाते हुए एक तरफ लटका हुआ था तथा वह दरवाजे से टकराते हुए उसके जूतों की आवाज ही थी, जो बाहर हमारी बातचीत में खलल डाल रही थी। अगले ही पल मैंने उसे कमर से पकड़कर उठाए रखा, जबकि होम्स और पायक्रॉफ्ट ने उस ललीली पट्टी, जो उसकी त्वाचा में घुसकर मुश्किल से दिखाई दे रही थी, को खोल दिया। हम उसे उठाकर दूसरे कमरे में ले आए, जहाँ वह पड़ा हुआ था। मिट्टी के रंग सा उसका चेहरा बिल्कुल मुरझा गया था। उसकी हर साँस के साथ उसके जामुनी होंठ थरथरा रहे थे। अभी पाँच मिनट पहले हमने जिस इनसान को जीता-जागता देखा था, उसी का भयावह ध्वंसावशेष हमारे सामने पड़ा था।

बस एक पल हम गफलत में रहे। उस कमरे के एक कोने, वह कोना, जो आगेवाले कमरे के सबसे नजदीक था, में एक दूसरा दरवाजा भी था। होम्स उछलकर वहाँ पहुँचा और उसे खींचकर खोल दिया। एक कोट और वेस्टकोट जमीन पर पड़े थे और दरवाजे के पीछे बने हुक से अपनी ही पैंट के स्ट्रैप से गले में फंदा डाले फ्रेंको-मिडलेंड हार्डवेयर कंपनी का मैनेजिंग डायरेक्टर झूल रहा था।

'इसके बारे में तुम क्या सोचते हो, वाटसन?' होम्स ने पूछा।

मैंने उस पर झुककर उसकी जाँच की। उसकी नब्ज कमजोर थी और रुक-रुककर चल रही थी, पर उसकी साँसें धीरे-धीरे लंबी हो रही थीं तथा उसकी पलकों में हलका सा कंपन था, जिसके भीतर उसकी पुतली के आस-पास की सफेदी की रेखा दिखाई दे जाती थी।

'इसकी स्थिति बिल्कुल डाँवाँडोल हो रही है,' मैंने कहा, 'पर अब यह जीवित रहेगा। जरा वह खिड़की खोल दो और मुझे वह सुराही पकड़ा दो।' मैंने उसकी शर्ट कॉलर के बटन खोला, ठंडा पानी उसके चेहरे पर डाला और उसकी बाँहें बारी-बारी से धीरे-धीरे ऊपर उठाकर गिराता रहा, जब तक कि उसने एक लंबी सामान्य साँस ली। 'बस अब देखते रहो कि कितनी देर में वह होश में आता है!' मैंने उसके पास से हटते हुए कहा।

अपनी पैंट की जेबों में अपने हाथ डाले हुए होम्स टेबल के पास खड़ा रहा। उसकी ठुड्डी उसे सीने की ओर झुकी हुई थी।

'मैं समझता हूँ, अब हमें पुलिस को बुला लेना चाहिए,' उसने कहा, 'फिर भी मेरी तमन्ना तो यही है कि जब वे लोग आएँ, मैं उन्हें एक सुलझाया हुआ केस दूँ।'

'इसकी स्थिति बिल्कुल डाँवाँडोल हो रही है,' मैंने कहा, 'पर अब यह जीवित रहेगा। जरा वह खिड़की खोल दो और मुझे वह सुराही पकड़ा दो।' मैंने उसकी शर्ट कॉलर के बटन खोला, ठंडा पानी उसके चेहरे पर डाला और उसकी बाँहें बारी-बारी से धीरे-धीरे ऊपर उठाकर गिराता रहा, जब तक कि उसने एक लंबी सामान्य साँस ली।

पायक्रॉफ्ट ने सिर खुजलाते हुए कहा, 'मेरे लिए एक बड़ा रहस्य यह है कि इतनी दूर से मुझे बुलाने के पीछे पता नहीं उनकी मंशा क्या थी? और फिर…'

'उसमें कोई रहस्य नहीं हैं,' होम्स ने अधीरता से कहा, 'यह उनका आखिरी कदम है, जो अचानक उठाया गया है।'

'तो इस कहानी की बाकी सारी बातें आप समझ गए हैं?'

'मैं समझता हूँ, लगभग सबकुछ स्पष्ट है। तुम क्या कहते हो, वाटसन?' मैंने अपने कंधे उचका दिए। 'मुझे स्वीकार करना होगा कि अब तक मेरी समझ में कुछ नहीं आया है।' मैंने कहा।

'ओह, निश्चित रूप से, आप घटनाओं को शुरू से देखें तो वे एक ही निष्कर्ष की ओर इशारा करती हैं।'

'तुम उनका क्या अर्थ लगाते हो?'

'देखो, पूरी कहानी दो बातों पर टिकी हुई है। पहली यह कि पायक्रॉफ्ट से इस आशय की घोषणा लिखवा लेना कि वह स्वेच्छा से इस अजीबो-गरीब कंपनी को जॉइन कर रहा है। तुम नहीं देखते कि यह बात कितना कुछ बयाँ करती है?'

'मुझे डर है कि मैं अब भी इस बात का निहितार्थ नहीं समझ पाया।'

'इसे इस तरह से समझने की कोशिश करो। वे पायक्रॉफ्ट से वह सब क्यों करवाना चाहते थे? यह बिजनेस के एक चलन के तौर पर नहीं था, क्योंकि इस तरह की बातें आमतौर पर मौखिक रूप से तय की जाती हैं और ऐसा कोई व्यावसायिक कारण नहीं था कि इस डील को एक अपवाद बनाया जाता। क्या तुम नहीं देख पाते मेरे युवा दोस्त कि वे लोग तुम्हारी लिखाई का एक नमूना हासिल करने के लिए बहुत बेताब थे और इसके लिए उनके पास कोई और तरीका नहीं था?'

इसे इस तरह से समझने की कोशिश करो। वे पायक्रॉफ्ट से वह सब क्यों करवाना चाहते थे? यह बिजनेस के एक चलन के तौर पर नहीं था, क्योंकि इस तरह की बातें आमतौर पर मौखिक रूप से तय की जाती हैं और ऐसा कोई व्यावसायिक कारण नहीं था कि इस डील को एक अपवाद बनाया जाता।

'और क्यों?'

'बिल्कुल ठीक सवाल, क्यों? जब हम इसका जवाब दे पाएँगे, तभी अपनी छोटी सी समस्या के समाधान में कुछ प्रगति कर पाएँगे। क्यों? केवल एक पर्याप्त कारण हो सकता है। कोई व्यक्ति तुम्हारी लिखाई की नकल करना चाहता था और उसे पहले तो उसका नमूना प्राप्त करना था। अब अगर हम दूसरे बिंदु पर जाएँ तो पाते हैं कि ये दोनों बिंदु एक-दूसरे पर प्रकाश डालते हैं और वह पॉइंट है पिनर का तुमसे यह अनुरोध करना कि तुम मॉसंस के अपने पद से इस्तीफा न दो और उस महत्त्वपूर्ण व्यावसायिक इकाई के मैनेजर को इस उम्मीद में रखना कि कोई मि. हॉल पायक्रॉफ्ट, जिसे उसने कभी नहीं देखा, सोमवार की सुबह उसके ऑफिस आनेवाला है।'

'मेरे ईश्वर!' हमारा ग्राहक चीखा, 'मैं भी कितना अंधा भँवरा बन गया था!'

'अब तुम अपनी लिखाई का पॉइंट देख पा रहे हो। मान लो सोमवार को तुम्हारी जगह कोई और आदमी वहाँ जाता, जिसकी लिखाई उससे बिल्कुल अलग होती, जिसमें तुमने उस जॉब के लिए आवेदन किया था, तो यह तय था कि उसकी

चाल पकड़ ली जाती। परंतु इसी बीच उस बदमाश ने तुम्हारी लिखाई की नकल करना सीख लिया था और इस तरह उसने अपनी स्थिति मजबूत कर ली थी, क्योंकि मैं समझता हूँ, उस ऑफिस में किसी ने भी तुम्हें देखा नहीं था।'

'किसी ने नहीं देखा था!' हॉल पायक्रॉफ्ट ने आहत स्वर में कहा।

'बेशक, उनके लिए यह बेहद महत्त्वपूर्ण था कि तुम उनका खेल समझने में अपना दिमाग इस्तेमाल न करो और साथ ही यह भी कि तुम किसी ऐसे आदमी के संपर्क में न आओ, जो तुम्हें यह बताने की स्थिति में हो कि वहाँ तुम्हारी जगह तुम्हारे नाम से कोई और आदमी काम कर रहा है। इसीलिए उन्होंने तुम्हारे वेतन का एक आकर्षक एडवांस देकर तुम्हें उस तथाकथित कंपनी मिडलंड भेज दिया और तुम्हें लंदन जाने से रोकने के लिए उन्होंने तुम्हें ढेर सारा काम थमा दिया, ताकि वहाँ जाकर उनका खेल खराब करने की कोशिश न कर सको। यह सब तो बिल्कुल साफ है।'

'पर उस आदमी ने अपना ही भाई होने का स्वाँग क्यों किया होगा?'

'यह भी बिल्कुल साफ है। यह साफ है कि इस खेल में दो ही आदमी शामिल हैं। दूसरा आदमी तुम्हारे नाम से मॉसंस में काम कर रहा है। इस आदमी ने तुम्हें खोजनेवाले व्यक्ति की भूमिका निभाई; फिर उसके सामने मुश्किल यह थी कि अपने प्लान में किसी तीसरे आदमी को शामिल किए बिना तुम्हारे औपचारिक नियोक्ता की भूमिका कौन निभाए? ऐसा वह कतई नहीं करना चाहता था। उसने उस हद तक अपना हुलिया बदल लिया, जितना वह बदल सकता था और यह सोचकर बेफिक्र रहा कि तुम्हें दोनों के बीच जो भी समानता नजर आएगी, उसे दो सगे भाइयों के बीच सहज समानता मान लिया जाएगा। उसके दाँत में सोना न भरा गया होता तो संभवतः तुम्हारे मन में संदेह पैदा ही नहीं होता।'

यह भी बिल्कुल साफ है। यह साफ है कि इस खेल में दो ही आदमी शामिल हैं। दूसरा आदमी तुम्हारे नाम से मॉसंस में काम कर रहा है। इस आदमी ने तुम्हें खोजनेवाले व्यक्ति की भूमिका निभाई; फिर उसके सामने मुश्किल यह थी कि अपने प्लान में किसी तीसरे आदमी को शामिल किए बिना तुम्हारे औपचारिक नियोक्ता की भूमिका कौन निभाए? ऐसा वह कतई नहीं करना चाहता था।

हॉल पायक्रॉफ्ट ने अपनी बँधी मुट्ठी हवा में लहराई। 'हे भगवान्, जहाँ मैं इस तरह से बेवकूफ बनाया गया हूँ, पता नहीं वह दूसरा हॉल पायक्रॉफ्ट मॉसंस में

क्या कर रहा होगा? हमें क्या करना चाहिए, मि. होम्स? बताइए, क्या किया जाए।'

'हमें मॉसंस को तार भेजना चाहिए।'

'शनिवार को उनका ऑफिस 12 बजे बंद हो जाता है।'

'कोई बात नहीं, कोई दरबान या चौकीदार तो होगा?'

'अरे हाँ, उनके पास उच्च मूल्य की प्रत्याभूतियाँ होने के कारण उन्होंने एक स्थायी गार्ड रखा है। मैंने शहर में इस आशय की चर्चाएँ सुनी हैं।'

'बहुत अच्छा, हम उसे तार भेजेंगे और देखेंगे कि वहाँ सबकुछ ठीक है या नहीं, और तुम्हारे नाम का कोई क्लर्क काम कर रहा है। यह तो काफी स्पष्ट है, पर जो बात स्पष्ट नहीं है, वह यह कि उनमें से एक बदमाश क्यों हमें देखते ही कमरे से भाग खड़ा हुआ और फंदे से लटक गया।'

'अरे हाँ, उनके पास उच्च मूल्य की प्रत्याभूतियाँ होने के कारण उन्होंने एक स्थायी गार्ड रखा है। मैंने शहर में इस आशय की चर्चाएँ सुनी हैं।'
'बहुत अच्छा, हम उसे तार भेजेंगे और देखेंगे कि वहाँ सबकुछ ठीक है या नहीं, और तुम्हारे नाम का कोई क्लर्क काम कर रहा है। यह तो काफी स्पष्ट है, पर जो बात स्पष्ट नहीं है, वह यह कि उनमें से एक बदमाश क्यों हमें देखते ही कमरे से भाग खड़ा हुआ और फंदे से लटक गया।'

'अखबार!' हमारे पीछे से एक खरखराती सी आवाज आई। वह आदमी अब बैठ गया था और घबराहट में उस लाल फीते पर उँगलियाँ फेर रहा था, जो अब भी उसके गले में लिपटा हुआ था। उसकी आँखों को देखकर लगता था कि वह होश में आ रहा था तथा उसका चेहरा विवर्ण और डरावना लग रहा था।

'बेशक अखबार!' उत्तेजना से लगभग चिल्लाते हुए होम्स ने कहा, 'मैं भी कितना मूर्ख था! उसके कमरा छोड़कर भाग जाने के पीछे मैं हमारी मुलाकात पर ही इतना केंद्रित था कि एक पल के लिए भी मुझे अखबार का तो ध्यान आया ही नहीं। हो न हो इसका रहस्य उसी अखबार में छिपा हुआ है! उसने उसे टेबल पर बिछा दिया और उसपर नजर डालते ही उसके चेहरे पर विजय का उल्लास छा गया। 'इसे देखो, वाटसन,' वह चहकते हुए बोला, 'यह लंदन के एक अखबार 'दि ईवनिंग स्टैंडर्ड' का पहला संस्करण है। हम जो चाहते हैं, वह यहाँ है। इसकी सुर्खियों को देखो—'शहर में अपराध,' 'मॉसंस ऐंड विलियम्स में हत्या', 'भारी लूट का प्रयास', 'अपराधी पकड़ा गया'। वाटसन, चूँकि इसमें हम सबको एक

जैसी दिलचस्पी है, इसे जरा जोर से पढ़कर सुना दो, प्लीज!'

इस खबर को अखबार ने जिस प्रमुखता से छापा था, इससे पता चलता था कि यह शहर की एक महत्त्वपूर्ण घटना थी और इसका विवरण इस प्रकार था—

'शहर में इस दोपहर एक दुस्साहसिक डकैती का प्रयास हुआ, जिसकी परिणति एक आदमी की मौत और अपराधी के पकड़े जाने में हुई। पिछले कुछ समय से प्रसिद्ध वित्तीय कंपनी 'मॉसन ऐंड विलियम्स' उन प्रतिभूतियों की संरक्षक रही है, जिनका कुल मूल्य दस लाख स्टर्लिंग से काफी ज्यादा होगा। इतनी बड़ी जिम्मेदारी उठाने के प्रति मैनेजर इतना सचेत था कि उसने अद्यतन टेक्नोलॉजी की तिजोरियाँ स्थापित करवाई थीं और उस बिल्डिंग की रखवाली के लिए एक सशस्त्र गार्ड चौबीसों घंटे ड्यूटी पर मुस्तैद रहता था। ऐसा लगता है कि पिछले हफ्ते कंपनी द्वारा हॉल पायक्रॉफ्ट नाम का एक नया क्लर्क नियुक्त किया गया था। ऐसा प्रतीत होता है कि यह शख्स कोई और नहीं, बल्कि मशहूर जालसाज व लुटेरा बेडिंगटन है, जो अपने भाई के साथ पाँच साल जेल की सजा काटकर हाल ही में छूटा है। किसी तिकड़म, जो अभी तक स्पष्ट नहीं है, से वह एक छद्म नाम से इस ऑफिस में यह पद पाने में कामयाब रहा और जिसका उसने विभिन्न तालों की मोल्डिंग्स बनवाने तथा स्ट्रॉन्गरूम एवं तिजोरियों की स्थिति का बारीकी से पता लगाने के लिए इस्तेमाल किया।'

शहर में इस दोपहर एक दुस्साहसिक डकैती का प्रयास हुआ, जिसकी परिणति एक आदमी की मौत और अपराधी के पकड़े जाने में हुई। पिछले कुछ समय से प्रसिद्ध वित्तीय कंपनी 'मॉसन ऐंड विलियम्स' उन प्रतिभूतियों की संरक्षक रही है, जिनका कुल मूल्य दस लाख स्टर्लिंग से काफी ज्यादा होगा। इतनी बड़ी जिम्मेदारी उठाने के प्रति मैनेजर इतना सचेत था कि उसने अद्यतन टेक्नोलॉजी की तिजोरियाँ स्थापित करवाई थीं और उस बिल्डिंग की रखवाली के लिए एक सशस्त्र गार्ड चौबीसों घंटे ड्यूटी पर मुस्तैद रहता था।

'मॉसंस में चलन यह है कि शनिवार को सभी क्लर्क दोपहर बारह बजे ऑफिस से चले जाते हैं, इसीलिए जब सिटी पुलिस के सार्जेंट ट्यूजन ने दिन के एक बज कर बीस मिनट पर एक आदमी को एक बड़ा सा बैग लिये सीढ़ियों से उतरते देखा तो उन्हें कुछ अचरज हुआ। उनके मन में संदेह जागने के बाद उन्होंने

उस आदमी का पीछा किया और कॉन्स्टेबल पॉलोक के साथ मिलकर बेडिंगटन के भारी हिंसक प्रतिरोध का मुकाबला करने के बाद उसे गिरफ्तार करने में सफल रहे। जल्द ही यह स्पष्ट हो गया कि वह एक दुस्साहसिक और भारी डकैती को अंजाम दे चुका था। बैग से बड़ी मात्रा में माइनिंग और अन्य कंपनियों के शेयरों के साथ-साथ लगभग एक लाख पौंड मूल्य के अमेरिकी रेलवे बॉण्ड्स बरामद किए गए। कार्यालय परिसार की जाँच करने पर उस अभागे चौकीदार के शव को मोड़कर वहाँ की सबसे बड़ी तिजोरी में ठूँसा गया था, जिसका सोमवार तक किसी को पता नहीं चलता, अगर सार्जेंट ट्यूजन द्वारा तुरंत काररवाई न की गई होती। चौकीदार का पीछे से एक फावड़े के वार से सिर फोड़ दिया गया था। इसमें कोई संदेह नहीं हो सकता कि बेडिंगटन ने यह बहाना करके परिसर में दोबारा प्रवेश किया होगा कि वह कोई चीज भूल गया था और चौकीदार की हत्या के बाद उसने राइफल की मदद से बड़ी तिजोरी तोड़ दी और प्रतिभूतियों को लेकर भागने लगा। अब तक की छानबीन से पता चला है कि उसका भाई, जो आमतौर पर उसके साथ काम करता है, इस वारदात में नजर नहीं आया है, हालाँकि पुलिस पूरी लगन से उसका पता लगाने की कोशिश कर रही है।'

'चलो, उस दिशा में हम पुलिस की कुछ मेहनत बचा सकते हैं,' खिड़की के पास गठरी बनी बैठी आकृति की ओर नजर डालते हुए होम्स ने कहा, 'मानव प्रकृति एक अजीब सा मिक्सचर है, वाटसन! तुम देख सकते हो कि एक खलनायक और हत्यारा भी अपने भाई के मन में इतना स्नेह जगा सकता है कि उसके आगे फाँसी का फंदा झूलते देखकर उसका भाई खुद अपने गले में फंदा डाल ले। फिर भी हमें क्या करना है, इस संबंध में हमारे पास कोई विकल्प नहीं है। जब तक डॉक्टर और मैं यहाँ पहरा दे रहे हैं, मि. पायक्रॉफ्ट, पुलिस स्टेशन जाने के लिए क्या आप यहाँ से रवाना होंगे?'

❑

एक टेढ़े-मेढ़े आदमी का रहस्य

अपनी शादी के कुछ महीने बाद गरमियों की एक रात मैं अँगीठी के पास बैठकर अपने पाइप से आखिरी कश लेते हुए एक उपन्यास के घटनाक्रम पर सहमति में सिर हिला रहा था, क्योंकि उस दिन का काम बहुत थका देने वाला था। मेरी पत्नी पहले ही ऊपरी तल पर जा चुकी थी और कुछ देर पहले हॉल के दरवाजे का ताला लगने की आवाज ने मुझे बता दिया था कि नौकर भी सोने चले गए थे। मैं अपनी सीट से उठकर पाइप की राख निकाल ही रहा था कि दरवाजे की घंटी बज उठी।

मैंने घड़ी की ओर नजर डाली। रात के पौने बारह बजे थे। इतनी रात गए कोई मुलाकाती तो नहीं हो सकता था! स्पष्ट था कि कोई मरीज था और संभवत: सारी रात का काम! कुछ कुढ़ते हुए मैं हॉल में गया और दरवाजा खोला। यह देखकर मेरे आश्चर्य की सीमा न रही कि वह शर्लक होम्स था, जो सीढ़ियों पर खड़ा था।

'अरे वाटसन,' उसने कहा, 'मैं डर रहा था कि तुम्हें पकड़ने में कहीं देर न हो गई हो।'

'मेरे प्यारे दोस्त, बस अंदर चले आओ।'

'तुम चकित लग रहे हो और क्यों न हो! मैं समझता हूँ, कुछ राहत भी महसूस कर रहे होगे कि कोई मरीज नहीं है। अच्छा, तो तुम अब भी अपने कुँवारेपन की देहाती मिश्रणवाली तंबाकू स्मोक करते हो! तुम्हारे कोट पर लगी रोएँदार राख तुम्हारा भेद खोल देती है। यह बात आसानी से कही जा सकती है कि तुम्हें वरदी पहनने की आदत पड़ चुकी है। तुम तब तक एक पक्का सिविलियन नहीं कहलाओगे, जब तक तुम अपनी आस्तीन में रूमाल रखना नहीं छोड़ोगे। क्या तुम मुझे आज रात अपने घर में ठहरा सकते हो?'

'बड़ी खुशी से।'

'तुमने मुझे बताया था कि तुम्हारे यहाँ एक बैचलर यूनिट है और मैं देख रहा हूँ कि इस समय उसमें कोई मेहमान नहीं है। खाली हैट-स्टैंड इस बात की घोषणा कर रहा है।'

'मुझे बेहद खुशी होगी, अगर तुम वहाँ ठहरोगे।'

'धन्यवाद! तब तो उस खाली कमरे को मैं आबाद करूँगा। यह देखकर मुझे दु:ख होता है कि तुमने इस घर में किसी ब्रिटिश कारीगर से काम कराया है।' उसने बड़ा घटिया काम किया है। देखो, उसने तुम्हारे लिनोलियम पर ठीक उस जगह, जहाँ रोशनी सबसे ज्यादा पड़ती है, अपने बूट के दो निशान छोड़ दिए हैं।'' नहीं, धन्यवाद! मैंने वाटरलू में कुछ खा लिया था, पर मैं खुशी से तुम्हारे साथ एक पाइप जरूर पिऊँगा।'

'धन्यवाद! तब तो उस खाली कमरे को मैं आबाद करूँगा। यह देखकर मुझे दु:ख होता है कि तुमने इस घर में किसी ब्रिटिश कारीगर से काम कराया है।' उसने बड़ा घटिया काम किया है। देखो, उसने तुम्हारे लिनोलियम पर ठीक उस जगह, जहाँ रोशनी सबसे ज्यादा पड़ती है, अपने बूट के दो निशान छोड़ दिए हैं।'' नहीं, धन्यवाद! मैंने वाटरलू में कुछ खा लिया था, पर मैं खुशी से तुम्हारे साथ एक पाइप जरूर पिऊँगा।'

मैंने अपना पाउच उसे पकड़ा दिया और वह मेरे सामनेवाली सीट पर बैठकर कुछ समय तक खामोशी से कश लेता रहा। मैं अच्छी तरह जानता था कि जो बात उसे इतनी देर रात मेरे घर लाई थी, वह किसी महत्त्वपूर्ण केस के सिवाय कुछ और नहीं हो सकती थी, इसलिए मैं धैर्यपूर्वक इंतजार करता रहा कि वह खुद असली बात पर आए।

'मैं देख रहा हूँ कि इस समय तुम अपने काम में बहुत व्यस्त हो।' मेरी तरफ बहुत ध्यान से देखते हुए उसने कहा।

'हाँ, आज दिन भर मैं व्यस्त रहा,' मैंने जवाब दिया। 'तुम्हारी नजरों में यह बड़ी मूर्खता की बात होगी,' मैंने कहा, 'पर मैं सचमुच नहीं जानता कि तुमने कैसे अनुमान लगाया ?'

होम्स मंद-मंद मुसकराया।

'मुझे तुम्हारी आदतों के बारे में जानने का लाभ प्राप्त है, मेरे प्रिय वाटसन,' उसने कहा, 'जब तुम्हें किसी मरीज को देखने आस-पास जाना होता है तो तुम पैदल जाते हो और जब कहीं दूर जाना होता है तो तुम ताँगे से जाते हो। मैंने देखा

कि इस्तेमाल किए जाने के बावजूद तुम्हारे जूते गंदे नहीं हैं, इसलिए मुझे इसमें कोई संदेह नहीं रहा कि तुम जहाँ भी गए होगे, ताँगे से गए होगे!'

'वाह!'

'इसमें कोई खास बात नहीं है,' उसने कहा, 'यह उनमें से एक अवसर है, जब तर्कशास्त्री एक ऐसा प्रभाव पैदा कर देता है, जो सामनेवाले व्यक्ति को बहुत महत्त्वपूर्ण लगेगा, क्योंकि उस व्यक्ति ने एक छोटे से पॉइंट की ओर ध्यान नहीं दिया है, जो निगमन (डिडक्शन) का आधार है। मेरे प्यारे दोस्त, यही बात तुम्हारे इन लघु स्क्रेचेज के प्रभाव के बारे में कही जा सकती है, जोकि बहुत ही उथले हैं, क्योंकि तुम्हारी कहानियों में निहित मूल समस्या के कुछ सूत्र तुमने अपने हाथों में रखे हैं, जो पाठक को कभी बताए नहीं गए हैं। पर इस समय मैं खुद ऐसे ही पाठक की स्थिति में हूँ, क्योंकि मेरे हाथों में सबसे अनोखे केसेज, जिन्होंने मानव मस्तिष्क को उलझा रखा है, में से एक के कई सूत्र अपने पास रखे हैं और फिर भी मेरे पास उन एक या दो सूत्रों का अभाव है, जो मेरी थ्योरी को पूर्ण बनाने के लिए जरूरी हैं। मगर एक दिन वे मेरे हाथ लगेंगे, वाटसन, जरूर लगेंगे!' उसकी आँखों में चमक थी और उसकी पतली ठुड्डी में एक गुलाबी रंगत तैर गई। एक पल के लिए उसके अनुशासित लक्ष्योन्मुख चेहरे पर से परदा उठ गया, परंतु बस एक पल के लिए ही। जब मैंने दोबारा उसकी ओर देखा तो उसके चेहरे पर वही चिरपरिचित आत्मसंयम और एकाग्रता लौट आई थी, जिसके कारण कई लोग उसे आदमी नहीं, मशीन की संज्ञा देते थे।

यह उनमें से एक अवसर है, जब तर्कशास्त्री एक ऐसा प्रभाव पैदा कर देता है, जो सामनेवाले व्यक्ति को बहुत महत्त्वपूर्ण लगेगा, क्योंकि उस व्यक्ति ने एक छोटे से पॉइंट की ओर ध्यान नहीं दिया है, जो निगमन (डिडक्शन) का आधार है। मेरे प्यारे दोस्त, यही बात तुम्हारे इन लघु स्क्रेचेज के प्रभाव के बारे में कही जा सकती है, जोकि बहुत ही उथले हैं, क्योंकि तुम्हारी कहानियों में निहित मूल समस्या के कुछ सूत्र तुमने अपने हाथों में रखे हैं, जो पाठक को कभी बताए नहीं गए हैं।

'यह समस्या दिलचस्पी के तत्त्व पेश करती है,' उसने कहा, 'बल्कि मैं तो कहूँगा दिलचस्पी के विरले तत्त्व! मैं पहले ही इस मामले पर ग़ौर कर चुका हूँ और जैसा मैं समझता हूँ कि समाधान के नजदीक ही हूँ। मेरे इस आखिरी कदम

में अगर तुम मेरे साथ चलो तो मेरे बहुत काम आ सकते हो।'

'ओह, खुशी से।'

'क्या तुम कल एल्डरशॉट जैसी सुदूर जगह जा सकते हो?'

'मुझे कोई संदेह नहीं है कि जेक्सन मेरा काम देख लेगा।'

'बहुत अच्छा। मैं वाटरलू से 11.10 की गाड़ी से निकलना चाहता हूँ।'

'तब तो मुझे काफी समय मिल जाएगा।'

'तुम्हारे आने से पहले मुझे नींद आ रही थी। पर अब वह बिल्कुल उड़ चुकी है।'

'इस मामले से जुड़ी किसी महत्त्वपूर्ण बात को छोड़े बिना जहाँ तक हो सकेगा, मैं कहानी संक्षेप में कहूँगा।' हो सकता है, इस मामले का कुछ विवरण तुमने कहीं पढ़ा हो। यह एल्डरशॉट में रॉयल मंस्टर्स के कर्नल बर्कले की तथाकथित हत्या का मामला है, जिसकी जाँच मैं कर रहा हूँ।'

'मैंने इसके बारे में कुछ नहीं सुना है।'

'अगर तुम्हें ज्यादा नींद न आ रही हो तो मैं तुम्हें जो कुछ हुआ है और जो कुछ किया जाना है, उसके बारे में संक्षेप में बता दूँ।'

'तुम्हारे आने से पहले मुझे नींद आ रही थी। पर अब वह बिल्कुल उड़ चुकी है।'

'इस मामले से जुड़ी किसी महत्त्वपूर्ण बात को छोड़े बिना जहाँ तक हो सकेगा, मैं कहानी संक्षेप में कहूँगा।' हो सकता है, इस मामले का कुछ विवरण तुमने कहीं पढ़ा हो। यह एल्डरशॉट में रॉयल मंस्टर्स के कर्नल बर्कले की तथाकथित हत्या का मामला है, जिसकी जाँच मैं कर रहा हूँ।'

'मैंने इसके बारे में कुछ नहीं सुना है।'

'इस घटना ने स्थानीय स्तर को छोड़कर अब तक ज्यादा खलबली नहीं मचाई है। इससे जुड़े तथ्य सिर्फ दो दिन पुराने हैं, जो संक्षेप में इस प्रकार हैं—

'दि रॉयल मंस्टर्स', जैसा तुम जानते हो, ब्रिटिश आर्मी की सबसे प्रसिद्ध आयरिश रेजिमेंट है। इसने क्रिमियन वॉर और गदर, दोनों में अद्‌भुत प्रदर्शन किया था और तभी से उसने दिए गए हर अवसर पर अपनी छाप छोड़ी है। उसकी कमान सोमवार तक एक बहादुर अनुभवी सैनिक जेम्स बर्कले के हाथों में थी। जिसने अपना कॅरियर एक फुल प्राइवेट से शुरू किया था और गदर के समय बहादुरी दिखाने के लिए उसे कमीशंड रैंक दिया गया था तथा कालांतर में वह इस रेजिमेंट,

जिसमें उसने एक बार मस्किट कैरी की थी, का कमांडर बन गया था।'

'कर्नल बर्कले ने तब शादी कर ली थी, जब वह एक सार्जेंट था और उसकी पत्नी, जिसका नाम शादी से पहले नैंसी डेवॉय था, उसी कोर में एक पूर्व अश्वेत सार्जेंट की बेटी थी, इसलिए जैसी कल्पना की जा सकती है, जब वह युवा जोड़ा (क्योंकि वे तब भी युवा थे) नए माहौल में रहने आया तो कुछ सामाजिक समस्या पैदा हुई थी। परंतु ऐसा लगता है कि उन्होंने जल्द ही खुद को नए माहौल के मुताबिक ढाल लिया था और मैं समझता हूँ कि रेजिमेंट की अन्य महिलाओं के बीच श्रीमती बर्कले उतनी ही लोकप्रिय थीं, जितना उसका पति पुरुष अफसरों के बीच था। मैं यह भी बता दूँ कि वह एक अत्यंत सुंदर महिला थी, बल्कि अब भी, जब उसके विवाह को तीस बरस से ज्यादा गुजर चुके हैं। वह असाधारण रूपवती और राजसी व्यक्तित्व की लगती है।

'कर्नल बर्कले का पारिवारिक जीवन एक जैसा सुखी रहा प्रतीत होता है। मेजर मर्फी, जिनसे मुझे अधिकांश तथ्यों की जानकारी मिली है, दृढ़ता से कहते हैं कि उन्होंने इस जोड़े के बीच कभी किसी गलतफहमी की बात नहीं सुनी है। कुल मिलाकर उनका विचार है कि कर्नल का अपनी पत्नी के प्रति समर्पण भाव उसके प्रति पत्नी के समर्पण भाव से ज्यादा था। एक दिन के लिए भी पत्नी से दूर रहकर वह परेशान हो जाता था। यद्यपि दूसरी ओर पत्नी समर्पित और वफादार थी, लेकिन उतनी अधिक प्रकट रूप से स्नेह नहीं दरशाती थी। परंतु पूरे रेजिमेंट में वह एक आदर्श अधेड़ जोड़ा माना जाता था। उनके आपसी संबंधों में ऐसा कुछ नहीं था कि लोग उस त्रासदी की अपेक्षा करते, जो बाद में घटित हुई।'

कर्नल बर्कले का पारिवारिक जीवन एक जैसा सुखी रहा प्रतीत होता है। मेजर मर्फी, जिनसे मुझे अधिकांश तथ्यों की जानकारी मिली है, दृढ़ता से कहते हैं कि उन्होंने इस जोड़े के बीच कभी किसी गलतफहमी की बात नहीं सुनी है। कुल मिलाकर उनका विचार है कि कर्नल का अपनी पत्नी के प्रति समर्पण भाव उसके प्रति पत्नी के समर्पण भाव से ज्यादा था। एक दिन के लिए भी पत्नी से दूर रहकर वह परेशान हो जाता था। यद्यपि दूसरी ओर पत्नी समर्पित और वफादार थी, लेकिन उतनी अधिक प्रकट रूप से स्नेह नहीं दरशाती थी।

'कर्नल बर्कले की कुछ अपनी चारित्रिक विशेषताएँ थीं। अपने सामान्य मूड में वह एक तेज-तर्रार, खुशमिजाज वरिष्ठ सैनिक था, परंतु कभी-कभी वह प्रचुर

मात्रा में हिंसक प्रवृत्ति और बदले की भावना का प्रदर्शन करने में भी सक्षम प्रतीत होता था। परंतु उसके स्वभाव का यह पहलू कभी पत्नी की ओर निर्देशित नहीं होता था। एक और तथ्य, जिसके बारे में मेजर मर्फी और उन पाँच अफसरों, जिनसे मैंने बात की थी, में से तीन का ध्यान गया था, वह यह था कि कभी-कभी कर्नल को एक अजीब सा अवसाद घेर लेता था। जैसा मेजर ने व्यक्त किया, क्लब या मेस-टेबल पर चल रहे आमोद-प्रमोद और हास-परिहास के बीच अकसर कर्नल के चेहरे से अचानक, जैसे किसी अदृश्य शक्ति से, मुसकान गायब हो जाती थी; और जब तक उसका यह मूड बना रहता, कई-कई दिनों तक वह गहरी उदासी में डूबा रहता। उसके चरित्र में यह और हलका सा अंधविश्वास, ये दो प्रवृत्तियाँ थीं, जिनके बारे में उसके साथी अफसर बता पाए थे। उसे अकेला छोड़ दिया जाना, विशेष रूप से अँधेरा होने के बाद, पसंद नहीं था। उसके अलावा पुरुषत्व भरे स्वभाव का यह बचकाना पहलू अकसर टिप्पणियों और गॉसिप को जन्म देता था।

दि रॉयल मंस्टर्स की पहली बटालियन (पूर्व एक सौ सत्रहवीं)' कुछ वर्षों से एल्डरशॉट से संचालित हो रही है। विवाहित अफसर बैरक्स से बाहर रहते हैं और इस पूरी अवधि में कर्नल 'लेचिन' नामक विला में निवास करता आया है, जो नॉर्थ कैंप से आधा मील दूर है। घर अपनी ही जमीन पर बना हुआ है, परंतु उसका पश्चिमी हिस्सा मुख्य मार्ग से तीस गज से ज्यादा दूर नहीं होगा। काम-काज में मदद के लिए एक कोचवान और दो नौकरानियाँ थीं।

'दि रॉयल मंस्टर्स की पहली बटालियन (पूर्व एक सौ सत्रहवीं)' कुछ वर्षों से एल्डरशॉट से संचालित हो रही है। विवाहित अफसर बैरक्स से बाहर रहते हैं और इस पूरी अवधि में कर्नल 'लेचिन' नामक विला में निवास करता आया है, जो नॉर्थ कैंप से आधा मील दूर है। घर अपनी ही जमीन पर बना हुआ है, परंतु उसका पश्चिमी हिस्सा मुख्य मार्ग से तीस गज से ज्यादा दूर नहीं होगा। काम-काज में मदद के लिए एक कोचवान और दो नौकरानियाँ थीं। ये और उनके मालिक-मालकिन, बस ये ही 'लेचिन' के रहवासी थे, क्योंकि बर्कले दंपती की कोई संतान नहीं थी और वहाँ विरले ही रात को रुकनेवाले मेहमान आते थे।

'अब उन घटनाओं के बारे में सुनो, जो पिछले सोमवार की रात नौ और दस बजे के बीच घटित हुई थीं।

'ऐसा लगता है कि श्रीमती बर्कले रोमन कैथोलिक चर्च की एक सदस्य थी और उसने गिल्ड ऑफ सेंट जॉर्ज स्थापित करने में अत्यधिक दिलचस्पी ली थी। यह गिल्ड वाट स्ट्रीट चेपल के सहयोग से स्थापित किया गया था और उसका उद्देश्य था—खाते-पीते घरों के लोगों के पुराने कपड़े गरीबों में बाँटना। उस रात आठ बजे गिल्ड की एक मीटिंग रखी गई थी और उसमें उपस्थित रहने के लिए श्रीमती बर्कले ने डिनर जल्दी तैयार कर लिया था। उसके घर से निकलते हुए कोचवान ने उसे अपने पति से बातचीत करते और जल्द घर लौटने का वादा करते सुना था। फिर श्रीमती बर्कले ने पड़ोस के विला में रहनेवाली एक युवती मिस मॉरिसन को आवाज दी और मीटिंग में जाने के लिए वे दोनों निकल पड़ीं। मीटिंग चालीस मिनट चली और पड़ोसन मिस मॉरिसन को उसके दरवाजे तक छोड़ती हुई श्रीमती बर्कले सवा नौ बजे घर लौट आई।

'लेचिन' में एक कमरा ऐसा है, जिसे सिर्फ सुबह के समय इस्तेमाल किया जाता है। वह सड़क के ठीक सामने है और लॉन में खुलनेवाले शीशे के एक बड़े फोल्डिंग दरवाजे से उसमें प्रवेश किया जा सकता है। लॉन की चौड़ाई लभ तीस गज होगी और एक नीची दीवार, जिस पर लोहे की रेलिंग है, उसे मुख्य सड़क से अलग करती है। यही वह कमरा था। जिसमें श्रीमती बर्कले मीटिंग से लौटने के बाद गई थीं। कमरे की दीवार के शीशों पर ब्लाइंड्स गिरे हुए नहीं थे, क्योंकि वह कमरा शाम के समय विरले ही इस्तेमाल किया जाता था, परंतु श्रीमती बर्कले ने स्वयं लैंप जलाया और घंटी बजाकर, नौकरानी जेन स्टुअर्ट को बुलाकर उसे चाय लाने के लिए कहा। यह सब उसकी सामान्य आदतों में शामिल नहीं था। कर्नल डाइनिंग रूप में बैठा था, परंतु पत्नी के लौटने की आवाज सुनकर वह भी मॉर्निंग-रूम में चला गया। कोचवान ने उसे हॉल पार करके कमरे में जाते देखा। उसके बाद उसे कभी जीवित नहीं देखा गया।

'लेचिन' में एक कमरा ऐसा है, जिसे सिर्फ सुबह के समय इस्तेमाल किया जाता है। वह सड़क के ठीक सामने है और लॉन में खुलनेवाले शीशे के एक बड़े फोल्डिंग दरवाजे से उसमें प्रवेश किया जा सकता है। लॉन की चौड़ाई लभ तीस गज होगी और एक नीची दीवार, जिस पर लोहे की रेलिंग है, उसे मुख्य सड़क से अलग करती है। यही वह कमरा था। जिसमें श्रीमती बर्कले मीटिंग से लौटने के बाद गई थीं।

'चाय के जिस कप का ऑर्डर दिया गया था, वह दस मिनट बाद लाया गया

था, परंतु दरवाजे तक पहुँचकर नौकरानी कमरे के अंदर से उसके मालिक और मालकिन के आपस में जोर-जोर से लड़ने की आवाज सुनकर चकित रह गई थी। उसने दरवाजे पर दस्तक दी, पर उसे कोई जवाब नहीं मिला; फिर उसने हैंडल को घुमाया, पर उसने पाया कि दरवाजा अंदर से लॉक किया हुआ था। स्वाभाविक रूप से वह दौड़कर महिला कुक को झगड़े के बारे में बताने गई तथा कोचवान के साथ दोनों महिलाएँ हॉल में आ गईं और अब भी भड़क रहे झगड़े को सुनने लगीं। वे तीनों इस पर एकमत थे कि केवल दो व्यक्तियों, बर्कले और उसकी पत्नी की आवाजें आ रही थीं। बर्कले के मुँह से निकले शब्द धीमी आवाज में और अंतराल से आते थे, इसीलिए वे तीनों श्रोताओं को समझ नहीं आए थे। दूसरी ओर श्रीमती बर्कले की आवाज में ज्यादा कड़वाहट थी और जब उसका स्वर ऊँचा होता था तो शब्द साफ-साफ सुनाई देते थे—'कमीने, कायर!' वह बार-बार कह रही थी—'अब क्या किया जा सकता है? अब क्या किया जा सकता है? तू मेरी जिंदगी वापस कर सकता है? अब तो तू जहाँ होगा, वहाँ मैं साँस भी नहीं ले पाऊँगी। कमीने, कायर!' ये उन दोनों की लड़ाई के बीच पकड़ में आए उनके कुछ शब्द थे, जिसका अंत पुरुष की आवाज में एक भयंकर चीख, किसी के धड़ामा से गिरने तथा स्त्री के मुख से निकली एक और चीख से हुआ था। यह निश्चित जानकर कि अंदर कोई त्रासदी घटित हुई है, कोचवान दौड़कर दरवाजे तक गया और उसे धक्का देकर खोलने की कोशिश करने लगा, जबकि कमरे से लगातार चीखने की आवाज आ रही थी। परंतु वह कमरे में दाखिल होने में सफल नहीं हुआ और नौकरानियाँ इतनी ज्यादा डर गई थीं कि वे उसकी कोई मदद नहीं कर सकीं। तभी अचानक उसे एक विचार सूझा और वह हॉल के रास्ते दौड़कर लॉन में पहुँचा, जहाँ उस मॉर्निंग-रूम की लंबी फ्रेंच विंडोज खुलती थी। खिड़की की एक साइड खुली थी, जो मैं समझता हूँ, गरमियों में बिल्कुल सामान्य बात थी और वह आसानी से कमरे में दाखिल हो गया। उसकी मालकिन ने चीखना बंद कर दिया था और वह एक सोफे पर बेहोश पड़ी थी, जबकि फायरप्लेस के जंगले के पास वह अभागा फौजी अपने ही खून में

उसने दरवाजे पर दस्तक दी, पर उसे कोई जवाब नहीं मिला; फिर उसने हैंडल को घुमाया, पर उसने पाया कि दरवाजा अंदर से लॉक किया हुआ था। स्वाभाविक रूप से वह दौड़कर महिला कुक को झगड़े के बारे में बताने गई तथा कोचवान के साथ दोनों महिलाएँ हॉल में आ गईं और अब भी भड़क रहे झगड़े को सुनने लगीं।

लथपथ मरा पड़ा था तथा उसके पैर आरामकुरसी के पाए की तरफ झुके हुए थे।

'यह देखते हुए कि वह अपने मालिक के लिए कुछ नहीं कर सकता था, स्वाभाविक रूप से कोचवान को यही सूझा कि सबसे पहले तो वह दरवाजा खोले, पर यहाँ एक अनापेक्षित कठिनाई सामने आ गई। दरवाजे के अंदरूनी हिस्से में चाबी नहीं थी और न वह उसे कमरे में कहीं मिली। इसलिए वह एक बार फिर खिड़की के रास्ते बाहर निकला तथा एक पुलिसकर्मी और एक डॉक्टर को साथ लेकर वापस लौटा। स्वाभाविक रूप से कर्नल की पत्नी सबसे ज्यादा संदेह के घेरे में थी, जो अब तक बेहोश थी। उसे उसके कमरे में ले जाया गया। कर्नल के शव को एक सोफे पर रख दिया गया और वारदात की जगह की सावधानी से जाँच की गई।

'उस पुराने फौजी के सिर के पिछले भाग में कोई दो इंच लंबा-गहरा घाव था, जो स्पष्ट रूप से किसी धारदार हथियार के वार से किया गया लगता था पर यह अनुमान लगाना कठिन था कि वह हथियार क्या रहा होगा! फर्श पर, जहाँ पहले शव था, उसके पास नक्काशीदार लकड़ी का एक भारी डंडा पड़ा था। कर्नल के पास तरह-तरह के हथियारों का संग्रह था, जो उन देशों से लाए गए थे, जहाँ वह लड़ा था; और पुलिस का अनुमान था कि वह डंडा उसके पदकों में से एक था। नौकरों ने इस बात से इनकार किया कि उन्होंने उस डंडे को पहले कभी देखा था, परंतु यह संभव है कि अजीब चीजों से भरे उस घर में उनका ध्यान उस तरफ न गया हो। इस अव्याख्येय तथ्य कि वह गुमशुदा चाबी न तो श्रीमती बर्कले, न कर्नल के शव के पास और न कमरे में कहीं और पाई गई, के सिवाय पुलिस को उस कमरे से कोई महत्त्वपूर्ण सुराग नहीं मिला। कमरे के दरवाजों को अंततः एल्डरशॉट से बुलवाए गए एक तालासाज द्वारा खोलना पड़ा था।

उस पुराने फौजी के सिर के पिछले भाग में कोई दो इंच लंबा-गहरा घाव था, जो स्पष्ट रूप से किसी धारदार हथियार के वार से किया गया लगता था पर यह अनुमान लगाना कठिन था कि वह हथियार क्या रहा होगा! फर्श पर, जहाँ पहले शव था, उसके पास नक्काशीदार लकड़ी का एक भारी डंडा पड़ा था।

'यह स्थिति उस समय थी, वाटसन, जब मेजर मर्फी के अनुरोध पर मैं मंगलवार की सुबह पुलिस के काम में मदद के लिए एल्डरशॉट गया था। मैं समझता हूँ, तुम यह मानोगे कि समस्या पहले ही काफी दिलचस्प थी, परंतु मैंने जो बातें नोट की थीं, उनसे मैं समझ गया था कि यह मामला उतना साधारण नहीं था, जितना वह प्रथम दृष्टि में लगता था।

'कमरे की जाँच करने से पहले मैंने नौकरों से गहराई से पूछताछ की; मगर इससे मेरे हाथ नया कुछ नहीं लगा। हाँ, घरेलू नौकरानी जेन स्टुअर्ट ने याद करके एक दिलचस्प बात जरूर बताई। तुम्हें याद होगा कि जब वह अपनी मालकिन के आदेशानुसार चाय लेकर गई थी तो कमरे के भीतर से झगड़े की आवाजें सुनकर वापस लौट आई थी और दूसरे नौकरों को साथ लेकर दोबारा वहाँ गई थी। उस पहले अवसर, जब वह अकेली थी, के बारे में वह कहती है कि उसके मालिक और मालकिन की आवाजें इतनी दबी हुई थीं कि वह मुश्किल से ही उनके शब्द सुन पाई थी तथा उनके स्वर से ही उसने अनुमान लगाया था कि वे दोनों आपस में लड़ रहे थे। परंतु मेरे जोर देने पर उसे याद आया कि उसने अपनी मालकिन को दो बार 'डेविड' शब्द कहते सुना था। यह पॉइंट अत्यधिक महत्त्व का है, क्योंकि वह हमें अचानक हुए उस झगड़े के कारण की ओर ले जा सकता है। तुम्हें याद होगा कि कर्नल का नाम जेम्स था।

'इस मामले में एक बात ऐसी थी, जिसने नौकरों और पुलिस, दोनों के मन पर सबसे गहरा प्रभाव छोड़ा था, वह थी—कर्नल का चेहरा विकृत हो जाना। उनके विवरण के अनुसार उस पर डर और आतंक की ऐसी भयावह अभिव्यक्ति अंकित हो गई थी, जितनी एक मानव मुखाकृति के लिए संभव है। उसका चेहरा इतना विकृत हो गया था कि एक से अधिक व्यक्ति उसे देखते ही बेहोश हो गए थे। यह बिल्कुल निश्चित है कि उसने अपनी मौत को पहले ही देख लिया था और वही भय उसके चेहरे पर अंकित हो गया था। निश्चित रूप से यह पुलिस की उस थ्योरी के साथ फिट बैठता था, जिसके अनुसार कर्नल ने अपनी पत्नी को उस पर खूनी हमला करने के इरादे से आते देख लिया होगा और न ही यह तथ्य इस थ्योरी को नकारता था कि घाव उसके सिर के पिछले हिस्से में लगा था, क्योंकि संभवत: उसने वार से बचने के लिए अपना मुँह फेर लिया था। चूँकि उसकी पत्नी अब तक मस्तिष्क ज्वर के हमले से अस्थायी रूप से बेहोश थी, खुद उससे कोई जानकारी नहीं मिल सकती थी।

इस मामले में एक बात ऐसी थी, जिसने नौकरों और पुलिस, दोनों के मन पर सबसे गहरा प्रभाव छोड़ा था, वह थी—कर्नल का चेहरा विकृत हो जाना। उनके विवरण के अनुसार उस पर डर और आतंक की ऐसी भयावह अभिव्यक्ति अंकित हो गई थी, जितनी एक मानव मुखाकृति के लिए संभव है। उसका चेहरा इतना विकृत हो गया था कि एक से अधिक व्यक्ति उसे देखते ही बेहोश हो गए थे।

'मुझे पुलिस से पता चला कि मिस मॉरिसन, पड़ोस की वही लड़की, जो उस शाम श्रीमती बर्कले के साथ मीटिंग में गई थी, ने ऐसी किसी भी जानकारी होने से इनकार किया था कि मीटिंग से वापस लौटने पर उसकी वरिष्ठ साथिन का मूड इतना उखड़ा हुआ क्यों था।

'इतने तथ्य इकट्ठा करने के बाद, वाटसन, मैंने महत्त्वूर्ण तथ्यों को उनसे अलग करने के प्रयास में कई पाइप फूँक डाले, जो महज आनुषंगिक थे। यह निर्विवाद है कि इस मामले में सबसे महत्त्वपूर्ण और अर्थपूर्ण पॉइंट था—दरवाजे की चाबी का गायब हो जाना। बहुत बारीक़ी से की गई जाँच के बावजूद यह कमरे में नहीं मिली थी, इसलिए यह स्पष्ट था कि वह बाहर ले जाई गई थी। परंतु न तो कर्नल और न उसकी पत्नी यह काम कर सकते थे, यह बिल्कुल स्पष्ट था। इसलिए कोई तीसरा व्यक्ति जरूर कमरे में आया था और वह तीसरा व्यक्ति केवल खिड़की के रास्ते कमरे में आ सकता था। मुझे ऐसा लगा कि कमरे और लॉन की सघन जाँच संभवत: इस रहस्यमय व्यक्ति का कुछ सुराग दे सकेगी। तुम तो मेरे तरीके जानते ही हो वाटसन! उनमें से कोई एक भी ऐसा नहीं था, जो मैंने इस जाँच में न लगाया हों। उससे मुझे कुछ सुराग जरूर मिले, पर वे उनसे बहुत अलग थे, जिनकी मैंने अपेक्षा की थी। एक आदमी कमरे में मौजूद था और वह सड़क की ओर से लॉन पार करके आया था। मैं उसके पैरों के कम-से-कम पाँच स्पष्ट निशान खोजने में सफल रहा था—एक सड़क के किनारे उस पॉइंट पर, जहाँ से वह नीचे बाउंड्री वॉल पर चढ़ा था, दो लॉन में और खिड़की के नीचे पड़े लकड़ी के दागदार तख्तों पर दो हलके निशान। यह स्पष्ट था कि उसने दौड़कर लॉन पार किया था, क्योंकि उसके जूतों में पंजों के निशान एड़ियों के निशानों से ज्यादा गहरे थे। परंतु वह आदमी नहीं था, जिसने मुझे हैरत में डाल दिया था। ऐसा करनेवाला उसका साथी था।'

इतने तथ्य इकट्ठा करने के बाद, वाटसन, मैंने महत्त्वूर्ण तथ्यों को उनसे अलग करने के प्रयास में कई पाइप फूँक डाले, जो महज आनुषंगिक थे। यह निर्विवाद है कि इस मामले में सबसे महत्त्वपूर्ण और अर्थपूर्ण पॉइंट था—दरवाजे की चाबी का गायब हो जाना। बहुत बारीकी से की गई जाँच के बावजूद यह कमरे में नहीं मिली थी, इसलिए यह स्पष्ट था कि वह बाहर ले जाई गई थी। परंतु न तो कर्नल और न उसकी पत्नी यह काम कर सकते थे, यह बिल्कुल स्पष्ट था।

'उसका साथी ?'

होम्स ने अपनी जेब से एक बड़ा सा टिश्यू-पेपर निकाला और उसे अपने घुटने पर सावधानी से खोलने लगा।

'इसका तुम क्या मतलब निकालते हो ?' उसने पूछा।

उस पेपर पर किसी छोटे जानवर के पैरों के निशान दिखाई दे रहे थे। उसमें लंबे नाखूनों के साथ पंजे की पाँच गद्दियों के स्पष्ट निशान थे और पूरा निशान लगभग एक टेबलस्पून जितना बड़ा था।

'यह तो कुत्ते का पंजा···।' मैंने कहा।

'इसका तुम क्या मतलब निकालते हो ?' उसने पूछा। उस पेपर पर किसी छोटे जानवर के पैरों के निशान दिखाई दे रहे थे। उसमें लंबे नाखूनों के साथ पंजे की पाँच गद्दियों के स्पष्ट निशान थे और पूरा निशान लगभग एक टेबलस्पून जितना बड़ा था।

'यह तो कुत्ते का पंजा···।' मैंने कहा।

'तुमने कभी ऐसे कुत्ते के बारे में सुना है, जो परदे पर चढ़ सकता हो ? मेरे पास यह मानने के कारण हैं कि यह प्राणी परदे पर चढ़ा था।'

'फिर तो वह बंदर होगा ?'

'पर ये बंदर के पंजों के निशान नहीं हैं।'

'तो फिर वह कौन सा जानवर हो सकता है ?'

'न कुत्ता, न बिल्ली, न बंदर और न ही कोई ऐसा जानवर, जिससे हम परिचित हैं। इन पंजों के नाप के आधार पर मैंने अनुमान लगाने का प्रयास किया है। यह देखो, यहाँ पंजों के चार निशान हैं, जिनमें यह जानवर स्थिर खड़ा है। गौर से देखो, उसके अगले और पिछले पैरों के बीच की दूरी पंद्रह इंच से कम नहीं होगी! इस लंबाई में उसकी गरदन और सिर की काल्पनिक लंबाई भी जोड़ दो तो एक ऐसा जानवर बन जाएगा, जो दो फीट से कम लंबा नहीं होगा और अगर उसकी पूँछ हुई तो और ज्यादा लंबा। पर अब उसकी दूसरी मापतौल पर गौर करो। यह जानवर भी सड़क के कमरे की ओर आया था और हमारे पास उसके कदमों की लंबाई है। हर बार वह बस तीन इंच लंबी है। यह इस बात का सूचक है कि उसका शरीर लंबा और पैर छोटे हैं। उसके बाल कहीं गिरे हुए नहीं पाए गए हैं, पर अमूमन उसका आकार वही होगा, जैसा मैंने बताया है। वह परदे पर चढ़ सकता है और मांसाहारी है।'

'यह तुमने कैसे जाना ?'

'क्योंकि वह परदे पर चढ़ा था। खिड़की पर एक चिड़िया का पिंजरा टँगा था और ऐसा लगता है कि वह ऊपर चढ़कर उसपर झपटना चाहता था।'

'तो फिर वह कौन सा जानवर होगा?'

'हाय, अगर मैं यह सोच पाता तो इस केस को सुलझाने में बड़ी मदद मिलती! कुल मिलाकर वह वीजल और स्टोर जैसा कोई जानवर होना चाहिए, पर मैंने जितने वीजल और स्टोर देखे हैं, यह उनसे भी बड़ा होगा!'

'पर उसका इस अपराध से क्या संबंध है?'

'वह भी अब तक तो स्पष्ट नहीं है, पर हमने बहुत कुछ जान लिया है। हम जानते हैं कि एक आदमी सड़क पर खड़ा बर्कले दंपती के बीच हो रहे झगड़े को देख रहा था—ब्लाइंड्स अप थे और कमरे में रोशनी थी। हम यह भी जानते हैं कि उसने दौड़कर लॉन पार किया, एक विचित्र जानवर के साथ कमरे में प्रवेश किया और यह कि या तो उसने कर्नल पर वार किया या यह भी उतना ही संभव है कि उसे देखते ही कर्नल घबराकर गिर गया हो और गिरते हुए उसने फायरप्लेस की उभरी हुई ताक से टकराकर अपना सिर फोड़ लिया हो। अंत में हमारे पास यह विचित्र तथ्य है कि वह आदमी जाते हुए दरवाजे की चाबी अपने साथ ले गया।'

वह भी अब तक तो स्पष्ट नहीं है, पर हमने बहुत कुछ जान लिया है। हम जानते हैं कि एक आदमी सड़क पर खड़ा बर्कले दंपती के बीच हो रहे झगड़े को देख रहा था—ब्लाइंड्स अप थे और कमरे में रोशनी थी। हम यह भी जानते हैं कि उसने दौड़कर लॉन पार किया, एक विचित्र जानवर के साथ कमरे में प्रवेश किया और यह कि या तो उसने कर्नल पर वार किया या यह भी उतना ही संभव है कि उसे देखते ही कर्नल घबराकर गिर गया हो और गिरते हुए उसने फायरप्लेस की उभरी हुई ताक से टकराकर अपना सिर फोड़ लिया हो।

'तुम्हें जो बातें पता चली हैं, उनसे तो यह मामला पहले से भी ज्यादा उलझ गया लगता है।' मैंने कहा।

'बिल्कुल सही। बेशक वे दरशाती हैं कि मामला उससे कहीं ज्यादा गहरा है, जितना पहले अनुमान लगाया गया था। मैंने पूरे मामले पर विचार किया और इस नतीजे पर पहुँचा कि मुझे किसी दूसरे पहलू को ध्यान में रखकर आगे बढ़ना चाहिए। पर मैं देख रहा हूँ वाटसन कि तुम मेरी वजह से सो नहीं पा रहे हो। यह सब तो मैं तुम्हें एल्डरशॉट जाते हुए कल भी बता सकता हूँ।'

'धन्यवाद! पर मैं समझता हूँ कि तुमने इतना कुछ बता दिया है कि अगर अब यहाँ रोक दोगे तो भी मुझे नींद नहीं आएगी।'

'यह बिल्कुल तय है कि श्रीमती बर्कले जब साढ़े सात बजे घर से निकली थीं, अपने पति से सामान्य बातें कर रही थीं। जैसा मैं पहले बता चुका हूँ कि वह कभी अपने प्यार का खुलकर इजहार नहीं करती थीं, पर कोचवान ने उसे अपने पति से दोस्ताना तरीके से बात करते सुना था। अब यह भी उतना ही निश्चित है कि घर लौटने के तुरंत बाद वह उस कमरे में गई थीं, जहाँ उनके पति के होने की संभावना सबसे कम थी और फिर उन्होंने तुरंत चाय लाने का आदेश दिया था, जो उनके मन की अशांति को दरशाता था और अंत में जब उनका पति उस कमरे में आया तो वे भभक पड़ी थीं। इसलिए साढ़े सात और नौ बजे के बीच कुछ ऐसा घटित हुआ था, जिसने पति के प्रति उनकी भावनाओं को पूरी तरह से बदल दिया था। परंतु उस डेढ़ घंटे की उस पूरी अवधि में मिस मॉरिसन उसके साथ थीं। इसलिए इस बात में कोई संदेह नहीं है कि उसके इनकार के बावजूद वह इस बारे में जरूर कुछ जानती होगी।

'मेरा पहला अनुमान यह था कि संभव है कि इस युवती और अधेड़ कर्नल के बीच कभी कोई टाँका रहा हो, जिसके बारे में युवती ने कर्नल की पत्नी को अब बताया हो। यह कर्नल की पत्नी के गुस्से से उबलते हुए घर लौटने और लड़की के इस बात से इनकार करने कि उस दौरान कुछ हुआ था, की व्याख्या भी करता था, न ही वह झगड़े के दौरान सुने गए अधिकांश शब्दों से बेमेल होता है। परंतु झगड़े के दौरान किसी 'डेविड' का जिक्र तथा कर्नल का पत्नी के प्रति प्यार जगजाहिर होना, इस थ्योरी के खिलाफ जाता था और फिर वारदात के समय इस तीसरे आदमी का कमरे में मौजूद होना, जो बेशक उससे पहले की घटनाओं से पूरी तरह पृथक भी हो सकता था, कुछ और ही कहानी कहता था। अपने अगले कदम का चुनाव करना आसान नहीं था, परंतु कुल मिलाकर मेरी सहज बुद्धि इस विचार को खारिज करने को कह रही थी कि

मेरा पहला अनुमान यह था कि संभव है कि इस युवती और अधेड़ कर्नल के बीच कभी कोई टाँका रहा हो, जिसके बारे में युवती ने कर्नल की पत्नी को अब बताया हो। यह कर्नल की पत्नी के गुस्से से उबलते हुए घर लौटने और लड़की के इस बात से इनकार करने कि उस दौरान कुछ हुआ था, की व्याख्या भी करता था, न ही वह झगड़े के दौरान सुने गए अधिकांश शब्दों से बेमेल होता है।

कर्नल और मिस मॉरिसन के बीच कुछ था। मैं इस बात पर भी पूरी तरह आश्वस्त था कि यह युवती वह बात जानती थी, जिसने कर्नल की पत्नी के मन में अपने पति के प्रति इतनी नफरत पैदा कर दी थी। इसलिए मैंने मिस मॉरिसन से मिलाकर उसे यह समझाने कि मुझे इस बारे में कोई संदेह नहीं था कि वह इस मामले की सच्चाई जानती थी और यह भी कि अगर वह सच नहीं बताती है तो उसकी मित्र श्रीमती बर्कले पर खून का इलजाम लगाना तय है, का सीधा रास्ता अपनाया।'

'मिस मॉरिसन डरी हुई सी आँखों और भूरे बालोंवाली एक नाजुक सी लड़की है पर चतुराई और सामान्य बुद्धि में वह मुझे किसी तरह से कम नजर नहीं आई। मेरी बात सुनने के बाद वह विचार-मग्न मुद्रा में कुछ देर बैठी रही और फिर मन में सबकुछ तय करके उसने एक महत्त्वपूर्ण बयान दिया, जिसे मैं तुम्हारी सुविधा के लिए संक्षेप में बता रहा हूँ—

'मैंने अपनी मित्र से वादा किया था कि मैं इस बारे में किसी से कुछ नहीं कहूँगी और वादा तो वादा ही होता है,' उसने कहा, 'पर जब उसके खिलाफ इतना गंभीर आरोप लगा है और मैं सचमुच उसकी मदद कर सकती हूँ। साथ ही जब बीमारी के कारण उस बेचारी की अपनी जुबान बंद है तो मैं समझती हूँ कि मैं अपने वचन से मुक्त हो गई हूँ। अब मैं आपको सही-सही बताऊँगी कि सोमवार की शाम क्या-क्या हुआ था।

'मैंने अपनी मित्र से वादा किया था कि मैं इस बारे में किसी से कुछ नहीं कहूँगी और वादा तो वादा ही होता है,' उसने कहा, 'पर जब उसके खिलाफ इतना गंभीर आरोप लगा है और मैं सचमुच उसकी मदद कर सकती हूँ। साथ ही जब बीमारी के कारण उस बेचारी की अपनी जुबान बंद है तो मैं समझती हूँ कि मैं अपने वचन से मुक्त हो गई हूँ। अब मैं आपको सही-सही बताऊँगी कि सोमवार की शाम क्या-क्या हुआ था।

'हम रात के करीब पौने नौ बजे वाट स्ट्रीट मिशन से लौट रहे थे। रास्ते में हमें हडसन स्ट्रीट से गुजरना था, जो एक बहुत ही शांत सड़क है। सड़क के बाईं तरफ उसमें केवल एक लैंप है और जब हम उस लैंप तक पहुँचे ही थे कि मैंने एक आदमी को अपनी ओर आते देखा, जिसकी पीठ ज्यादा झुकी हुई थी और उसके एक कंधे पर बॉक्स जैसी कोई चीज रखी हुई थी। वह विकलांग लगता था, क्योंकि उसका सिर झुका हुआ था और जब वह चलता था तो उसके घुटने मुड़े होते थे। हम उसके पास से गुजर रहे थे, तभी उसने लैंप की रोशनी में हमें देखने के लिए

अपना सिर उठाया, जैसे ही उसने ऐसा किया, वह रुका और कर्कश आवाज में चीखा, 'ओ माय गॉड! यह तो नेंसी हैं।' श्रीमती बर्कले मौत की तरह सफेद पड़ गईं और वे गिर ही जातीं। अगर उस भयंकर प्राणी ने उसे थाम न लिया होता। मैं तो पुलिस को बुलाने ही वाली थी, पर यह देखकर ताज्जुब में पड़ गई कि वे उस शख्स से बहुत शालीनता से बात कर रही थीं।

'इन तीस वर्षों में मैं तो समझ रही थी तुम मर चुके हो, हेनरी!' काँपती आवाज में उन्होंने कहा।

'लगभग मर ही चुका था।' उसने कहा। जिस टोन में उसने यह कहा था, वह बड़ी अप्रिय लगती थी। उसका चेहरा बहुत काला व डरावना था और उसकी आँखों की चमक अब तक मेरे सपनों में आकर मुझे परेशान करती है। उसके सिर के बाल एवं गलमुच्छे सफेद हो गए थे और उसका चेहरा एक सड़े हुए सेब की तरह झुर्रीदार व पिलपिला हो गया था।

'तुम जरा आगे निकल जाओ बेटी,' श्रीमती बर्कले ने कहा, 'मैं इस आदमी से कुछ बात करना चाहती हूँ। डरने की कोई बात नहीं है।' उन्होंने यह सब सामान्य रूप से बोलने का प्रयास किया, पर अब भी उनका चेहरा पीला पड़ा था और उनके काँपते होंठों से शब्द मुश्किल से ही निकल पा रहे थे।

मैंने वही किया, जैसा मुझसे कहा गया था और उन दोनों ने कुछ मिनटों तक बात की। जब वे मुझ तक पहुँचीं तो उनकी आँखें आग उगल रही थीं और मैंने लैंप-पोस्ट के पास खड़े उस अभागे विकलांग आदमी को देखा, जो अपनी मुट्ठी हवा में लहरा रहा था, मानो गुस्से से पागल हो रहा हो! जब तक हम इस घर के दरवाजे तक नहीं पहुँच गए, उन्होंने एक शब्द भी नहीं बोला।

'मैंने वही किया, जैसा मुझसे कहा गया था और उन दोनों ने कुछ मिनटों तक बात की। जब वे मुझ तक पहुँचीं तो उनकी आँखें आग उगल रही थीं और मैंने लैंप-पोस्ट के पास खड़े उस अभागे विकलांग आदमी को देखा, जो अपनी मुट्ठी हवा में लहरा रहा था, मानो गुस्से से पागल हो रहा हो! जब तक हम इस घर के दरवाजे तक नहीं पहुँच गए, उन्होंने एक शब्द भी नहीं बोला। फिर उन्होंने मेरा हाथ अपने हाथों में लिया और मुझसे याचना की कि जो कुछ हुआ था, उसके बारे में किसी को न बताऊँ।

'वे मेरे एक पुराने परिचित थे, जो मेरी दुनिया में दोबारा आ गए हैं।,' उन्होंने कहा। जब मैंने उनसे वादा किया कि मैं इस बारे में कुछ नहीं कहूँगी, उन्होंने मुझे

'चूम' लिया और उसके बाद से मैंने उन्हें नहीं देखा है। मैंने अब आपको पूरा सच बता दिया है और अगर मैंने पुलिस से उसे छिपाया था तो इसलिए कि तब मैं जानती नहीं थी कि मेरी प्रिय मित्र कितने खतरे में थी! मैं जानती हूँ कि अगर बातें समने आ जाएँ तो उन्हीं के लिए हितकारी होगा।'

'यह उसका बयान था, वाटसन और मेरे लिए, जैसी तुम कल्पना कर सकते हो, वह अँधेरी रात में एक रोशनी के समान था। उससे पहले तक जो कुछ भी असंबद्ध था, तुरंत ही एक तार्किक रूपरेखा में फिट बैठने लगा और मुझे उस पूरी कहानी के घटनाक्रम या धुँधला सा आभास होने लगा। स्पष्ट रूप से मेरा अगला कदम उस आदमी को खोजना था, जिसने श्रीमती बर्कले पर इतना गहरा प्रभाव छोड़ा था। अगर वह अब भी एल्डरशॉट में ही था तो यह काम बहुत मुश्किल नहीं होना चाहिए था। वहाँ गैर-फौजियों की संख्या बहुत ज्यादा नहीं थी; फिर भी एक अटपटी चालवाला बेढब आदमी जरूर आपका ध्यान आकर्षित करता। उसे खोजने में मैंने पूरा दिन लगाया और शाम तक, वाटसन, मैंने उसे ढूँढ़ लिया। उसका नाम है—हेनरी वुड; और वह उसी सड़क पर स्थित एक लॉज में रहता है, जहाँ ये महिलाएँ उसे मिली थीं। वहाँ रहते हुए उसे पाँच ही दिन हुए हैं। खुद को हॉटेल-कॉटेज के लिए ग्राहक जुटानेवाला एक एजेंट बताते हुए मेरी उस लॉज की मालकिन के साथ एक बड़ी दिलचस्प गप-शप हुई। रात होने पर फौजियों के कैंटींस में जाकर वहाँ जादूगरी और मनोरंजन के शो करना उस आदमी का पेशा था। एक बॉक्स की तरफ इशारा करते हुए उसने बताया कि उसमें वह एक अजीब से जानवर, जिससे उसे बहुत डर लगता था, क्योंकि उसने इससे पहले ऐसा प्राणी देखा नहीं था, को लेकर घूमता है। उसके विवरण के अनुसार वह उस जानवर को अपनी कुछ ट्रिक्स में इस्तेमाल करता है। वह औरत उसके बारे में इतना ही बता पाई थी और उसने यह भी कहा कि यह देखते हुए कि वह कितना मुड़ा-तुड़ा सा आदमी था, उसे अचरज

यह उसका बयान था, वाटसन और मेरे लिए, जैसी तुम कल्पना कर सकते हो, वह अँधेरी रात में एक रोशनी के समान था। उससे पहले तक जो कुछ भी असंबद्ध था, तुरंत ही एक तार्किक रूपरेखा में फिट बैठने लगा और मुझे उस पूरी कहानी के घटनाक्रम या धुँधला सा आभास होने लगा। स्पष्ट रूप से मेरा अगला कदम उस आदमी को खोजना था, जिसने श्रीमती बर्कले पर इतना गहरा प्रभाव छोड़ा था।

था कि वह जिंदा कैसे था तथा यह भी कि वह कभी-कभी कोई अजीब सी भाषा बोलता था और यह कि पिछली दो रातों से उसने उसे अपने बेडरूम में कराहते एवं फूट-फूटकर रोते सुना था। जहाँ तक पैसों का सवाल है, वह ठीक था। मगर अपने डिपॉजिट में उसने एक अजीब सी मुद्रा पकड़ा दी थी। उसने वह मुद्रा मुझे दिखाई थी, वाटसन और वह एक भारतीय रुपया था।

'तो अब मेरे प्यारे साथी, तुम देख रहे हो कि हम ठीक-ठीक किस मुकाम पर हैं और क्यों मैं तुम्हारा साथ चाहता हूँ! यह बिल्कुल साफ है कि जब वे दोनों महिलाएँ इस आदमी से जुदा हुईं उसने, कुछ दूरी बनाकर उनका पीछा किया और यह कि उसने खिड़की से पति-पत्नी को झगड़ते देखा। वह दौड़कर कमरे में गया और वह जानवर, जिसे वह बॉक्स में लेकर घूमता था, बॉक्स से निकाल आया। यह सब तो बिल्कुल निश्चित है। पर दुनिया में वही एकमात्र आदमी है, जो हमें ठीक-ठीक बता सकता है कि उस कमरे में क्या हुआ था!'

तो अब मेरे प्यारे साथी, तुम देख रहे हो कि हम ठीक-ठीक किस मुकाम पर हैं और क्यों मैं तुम्हारा साथ चाहता हूँ! यह बिल्कुल साफ है कि जब वे दोनों महिलाएँ इस आदमी से जुदा हुईं उसने, कुछ दूरी बनाकर उनका पीछा किया और यह कि उसने खिड़की से पति-पत्नी को झगड़ते देखा। वह दौड़कर कमरे में गया और वह जानवर, जिसे वह बॉक्स में लेकर घूमता था, बॉक्स से निकाल आया।

'और तुम्हारा उससे पूछने का इरादा है?'

'निश्चित रूप से, पर किसी गवाह की मौजूदगी में।'

'और वह गवाह मैं हूँ?'

'हाँ, अगर तुम चाहो। अगर वह रहस्य पर से परदा उठा सके तो ठीक है। अगर वह मुँह नहीं खोलता है तो हमारे पास उसके खिलाफ वारंट जारी करने के लिए आवेदन करने के सिवाय कोई विकल्प नहीं बचेगा।'

'पर तुम कैसे जानते हो कि जब हम वहाँ पहुँचेंगे, वह वहीं होगा?'

'इस बारे में तुम निश्चित रह सकते हो; मैंने कुछ सावधानी बरती है। मैंने बेकर स्ट्रीट के अपने एक लड़के को उसपर नजर रखने के काम पर लगा रखा है, जो मधुमक्खी की तरह उससे चिपका रहेगा, चाहे वह कहीं भी जाए। कल हडसन स्ट्रीट में वह हमारे सामने होगा, वाटसन! इसी बीच अगर मैंने तुम्हें बिस्तर पर जाने से और ज्यादा रोका तो मैं खुद एक अपराधी हूँगा।'

वह मध्याह्न का समय था, जब हमने खुद को उस त्रासदी के स्थल पर पाया और मेरे साथी के मार्गदर्शन में हम तत्काल हडसन स्ट्रीट के लिए रवाना हो गए। मैं आसानी से देख सकता था कि अपनी भावनाओं को छिपाने की क्षमता के बावजूद होम्स एक दबाई हुई उत्तेजना की मनोदशा में था और मैं खुद आधे स्पोर्टिंग एवं आधे बौद्धिक आनंद, जिसका मैं हर बार अनुभव करता था, जब- जब मैं उसकी तहकीकात से जुड़ा होता था, की अनुभूति से रोमांचित था।

'यह है वह सड़क।' जैसे ही हम कम लंबाई की एक सड़क, जिसके दोनों ओर ईंटों से बने दोमंजिला मकान कतार में खड़े थे, पर मुड़े, उसने कहा।

'वाह सिंपसन, तो यही है, जो हमें उसके बारे में बताएगा?'

'आपका बंदा अंदर ही है और ठीक-ठाक है, मि. होम्स।' एक अरबी लड़का दौड़कर आते हुए जोर से बोला।

'गुड, सिंपसन!' उसका सिर थपथपाते हुए होम्स ने कहा, 'चलो वाटसन, यही वह लॉज है।' उसने इस संदेश के साथ अपना कार्ड अंदर भेजा कि वह एक महत्त्वपूर्ण काम से आया है और कुछ क्षणों के बाद ही वह आदमी हमारे सामने था, जिससे मिलने के लिए हम आए थे। ठंड न होने के बावजूद वह फायरप्लेस के पास उकड़ूँ होकर बैठा था और वह कमरा भट्ठी की तरह तप रहा था। जिस तरह से वह अपनी कुरसी में धँसा हुआ थावह , अपनी शारीरिक विकृति का स्पष्ट आभास देता था, परंतु जब उसने अपना चेहरा हमारी ओर घुमाया तो मैंने महसूस किया कि मुरझाया और साँवला होने के बावजूद वह कभी काफी सुदर्शन रहा होगा। उसने संदेहपूर्ण दृष्टि से हमारी ओर देखा और बिना उठे, बिना बोले, दो कुरसियों की ओर इशारा किया।

'गुड, सिंपसन!' उसका सिर थपथपाते हुए होम्स ने कहा, 'चलो वाटसन, यही वह लॉज है।' उसने इस संदेश के साथ अपना कार्ड अंदर भेजा कि वह एक महत्त्वपूर्ण काम से आया है और कुछ क्षणों के बाद ही वह आदमी हमारे सामने था, जिससे मिलने के लिए हम आए थे। ठंड न होने के बावजूद वह फायरप्लेस के पास उकड़ूँ होकर बैठा था और वह कमरा भट्ठी की तरह तप रहा था।

'मैं समझता हूँ, पूर्व भारत-निवासी मि. हेनरी वुड!' होम्स ने मधुर स्वर में कहा, 'मैं कर्नल बर्कले की मृत्यु के छोटे से मामले में आया हूँ।'

'उसके बारे में मुझे क्या मालूम होगा?'

'यही तो मैं जानना चाहता हूँ। मैं समझता हूँ, आप जानते होंगे कि जब तक

सच्चाई सामने नहीं आ जाती, इस बात की पूरी संभावना है कि आपकी पुरानी मित्र श्रीमती बर्कले पर हत्या का मुकदमा चलाया जाएगा।'

उस आदमी ने तमककर उठने का प्रयास किया।

'मैं नहीं जानता, आप कौन है?' ऊँची आवाज में उसने कहा, 'न यह जानता हूँ कि जो कुछ भी आप जानते हैं, कैसे जानते हैं, पर क्या आप कसम खाएँगे कि जो कुछ आप कह रहे हैं, वह सही है?'

'वेबस इंतजार कर रहे हैं कि वह होश में आ जाए और उसे गिरफ्तार कर ले।'

'हे भगवान्! तो क्या आप पुलिस से हैं?'

'नहीं।'

ईश्वर के विधान ने उसे मारा है। पर इस बात का ध्यान रखिएगा कि अगर मैंने उसे मार-मारकर उसका भेजा निकाल लिया होता, जैसी मेरी हसरत थी तो उसे उससे ज्यादा न मिला होता, जितने का वह अधिकारी था। अगर उसके अपने अपराध-बोध ने उसे धराशायी न कर दिया होता तो काफी हद तक यह संभव था कि मेरे हाथ उसके खून में रँगे होते।

'तो फिर आपको इससे क्या मतलब है?'

'न्याय की जीत हो, यह देखना हर आदमी का काम है।'

'मैं दावे से कहता हूँ कि वह निर्दोष है।'

'तो फिर दोषी आप हैं?'

'नहीं, मैं भी नहीं हूँ।'

'तो फिर कर्नल जेम्स बर्कले को किसने मारा?'

'ईश्वर के विधान ने उसे मारा है। पर इस बात का ध्यान रखिएगा कि अगर मैंने उसे मार-मारकर उसका भेजा निकाल लिया होता, जैसी मेरी हसरत थी तो उसे उससे ज्यादा न मिला होता, जितने का वह अधिकारी था। अगर उसके अपने अपराध-बोध ने उसे धराशायी न कर दिया होता तो काफी हद तक यह संभव था कि मेरे हाथ उसके खून में रँगे होते। आप चाहते हैं कि मैं पूरी कहानी सुनाऊँ? मैं नहीं जानता कि मुझे ऐसा क्यों नहीं करना चाहिए, क्योंकि मेरे लिए शर्मिंदा होने का कोई कारण नहीं है।

'सारा किस्सा कुछ इस तरह का था, सर। आप आज मुझे देख रहे हैं कि मेरी पीठ ऊँट जैसी और पसलियाँ मुड़ी-तुड़ी हैं, पर एक समय था, जब कॉर्पोरल हेनरी वुड एक सौ सत्रहवीं पैदल रेजिमेंट का सबसे स्मार्ट आदमी था। उस समय हम भारत में 'भरती' नामक जगह पर स्थित छावनी में थे। बर्कले, जिसकी उस

दिन मृत्यु हो गई है, उसी कंपनी में सार्जेंट था और रेजिमेंट की सबसे सुंदर युवती, जिसकी मुसकान गजब ढाती थी, कर्नल सार्जेंट की बेटी नेंसी डेवॉय थी। दो युवक थे, जो उससे प्यार करते थे, पर वह उनमें से एक से प्यार करती थी और जब आप आग के सामने गठरी बने बैठे इस नाचीज को देख रहे हैं, यह सुनकर हँसेंगे कि चूँकि मैं ज्यादा सुंदर था, वह मुझसे प्यार करती थी।

'उसका दिल जरूर मेरे पास था, पर उसके पिता उसकी शादी बर्कले से कराने पर तुले हुए थे। मैं एक मस्तमौला, लापरवाह किस्म का लड़का था, जबकि बर्कले सुशिक्षित और स्वॉर्ड-बेल्ट से सज्जित था। परंतु लड़की मेरे प्रति समर्पित थी और ऐसा लगता था कि वह मेरी ही होगी, तभी गदर शुरू हो गया और हम पर कहर टूट पड़ा।

'तोपचियों की आधी टुकड़ी, सिखों की एक कंपनी, बहुत से गैर-फौजियों और स्त्रियों के साथ हमारी रेजिमेंट 'भरती' में फँस गई थी। कोई दस हजार बागी हमें घेरे हुए थे और वे उसी तरह हमारे खून के प्यासे थे, जैसे खूँखार कुत्तों का झुंड चूहों के पिंजरे के आस-पास घूमता है। गदर के दूसरे हफ्ते में रेजिमेंट में पानी खत्म हो गया और हमारे सामने सवाल यह था कि क्या हम जनरल नील के दस्ते से संपर्क कर पाएँगे, जो देश के भीतरी भागों में आगे बढ़ रहा था? वही हमारी एकमात्र आशा था, क्योंकि इतनी सारी स्त्रियों और बच्चों के साथ हम बागियों का मुकाबला नहीं कर सकते थे। इसलिए मैंने बाहर जाकर जनरल नील को हमारे ऊपर मँडरा रहे खतरे के बारे में बताने की पेशकश की। मेरी पेशकश मंजूर कर ली गई और मैंने सार्जेंट बर्कले, यह समझा जाता था कि जिसे किसी और की अपेक्षा जमीनी स्थिति की बेहतर जानकारी थी, से अपने प्रस्ताव पर चर्चा की। उसने मेरे लिए एक मार्ग तय किया, जिससे गुजरकर मैं बागियों के घेरे से बचकर निकल सकता था। उसी रात दस बजे मैं अपनी यात्रा पर निकल

तोपचियों की आधी टुकड़ी, सिखों की एक कंपनी, बहुत से गैर-फौजियों और स्त्रियों के साथ हमारी रेजिमेंट 'भरती' में फँस गई थी। कोई दस हजार बागी हमें घेरे हुए थे और वे उसी तरह हमारे खून के प्यासे थे, जैसे खूँखार कुत्तों का झुंड चूहों के पिंजरे के आस-पास घूमता है। गदर के दूसरे हफ्ते में रेजिमेंट में पानी खत्म हो गया और हमारे सामने सवाल यह था कि क्या हम जनरल नील के दस्ते से संपर्क कर पाएँगे, जो देश के भीतरी भागों में आगे बढ़ रहा था?

पड़ा। जब मैं छावनी की बाहरी दीवार पर से कूदा, मुझ पर एक हजार जिंदगियों की जिम्मेदारी थी, पर मैं उनमें से केवल एक ही जिंदगी के बारे में सोच रहा था।

'मेरे लिए तय किया गया मार्ग एक सूखे नाले, जो हमें आशा थी कि मुझे दुश्मनों के पहरेदारों की नजरों से बचाएगा, के साथ-साथ चलना था, पर जैसे ही मैं चुपके-चुपके उस मोड़ पर पहुँचा, जहाँ से मैं नाले का रास्ता पकड़ सकता था, मैं सीधे छह बागी पहरेदारों की गिरफ्त में आ गया, जो मेरे इंतजार में अँधेरे में घात लगाकर बैठे थे। एक पल में ही एक जबरदस्त प्रहार से मुझे लगभग अचेत कर दिया गया और मेरे हाथ-पैर बाँध दिए गए। परंतु असली आघात मेरे सिर पर नहीं, मेरे दिल पर लगा था, क्योंकि जब अपने प्रताड़कों की आपसी बातचीत को जितना मैं समझ पाया, उससे मुझे पता चला कि वही आदमी, जिसने मेरा मार्ग तय किया था, ने अपने एक देशी नौकर के जरिए मुझे धोखे से दुश्मनों की गिरफ्त में पहुँचा दिया था।

मेरे लिए तय किया गया मार्ग एक सूखे नाले, जो हमें आशा थी कि मुझे दुश्मनों के पहरेदारों की नजरों से बचाएगा, के साथ-साथ चलना था, पर जैसे ही मैं चुपके-चुपके उस मोड़ पर पहुँचा, जहाँ से मैं नाले का रास्ता पकड़ सकता था, मैं सीधे छह बागी पहरेदारों की गिरफ्त में आ गया, जो मेरे इंतजार में अँधेरे में घात लगाकर बैठे थे। एक पल में ही एक जबरदस्त प्रहार से मुझे लगभग अचेत कर दिया गया और मेरे हाथ-पैर बाँध दिए गए।

'खैर, इस कहानी के इस भाग में विस्तार से जाने की जरूरत नहीं है। अब आप जान गए होंगे कि जेम्स बर्कले किस हद तक गिर सकता था! अगले दिन जनरल नील द्वारा 'भरती' छावनी को बचा लिया गया, परंतु बागी भागते हुए मुझे अपने साथ ले गए और फिर कई लंबे यातनापूर्ण वर्षों तक मैंने कोई गोरा चेहरा नहीं देखा। मुझे घोर यातनाएँ दी गईं। मैंने भागने का प्रयास किया, पर दोबारा पकड़ लिया गया, फिर और ज्यादा यातनाएँ दी गईं। आप खुद देख सकते हैं कि उन्होंने मुझे किस हाल में छोड़ा था! कुछ बागी भागकर नेपाल चले गए थे, वे मुझे अपने साथ ले गए, फिर मुझे दार्जिलिंग ले जाया गया, जहाँ पहाड़ियों ने उन बागियों को मार डाला, जिनके कब्जे में मैं था और जब तक मैं छूट न गया, उनका गुलाम बनकर रहा। मगर उनसे छूटकर मुझे दक्षिण के बजाय उत्तर-पश्चिम की ओर जाना पड़ा और मैंने खुद को अफगानों के बीच पाया। वहाँ मैं कई वर्षों तक

घूमता रहा और अंत में मैं पंजाब लौट आया, जहाँ मैं अधिकांशत: स्थानीय लोगों के साथ रहा; जीवन-यापन के लिए मैं उन्हें जादूगरी के कुछ करतब दिखाता था, जिन्हें मैंने सीख लिया था। मेरे जैसे अभागे विकलांग आदमी के लिए इंग्लैंड वापस जाकर अपने पुराने साथियों से मिलने का फायदा क्या था! यहाँ तक कि बदला लेने की मेरी इच्छा भी मुझे इसके लिए प्रेरित न कर सकी। नेंसी और मेरे पुराने साथी मुझे, हाथ में छड़ी लिये एक चिंपानजी की तरह चलता, मगर जीवित देखें, इसके बजाय मैं यही पसंद करता कि वे यह समझते रहें कि एक सीधी पीठवाला हेनरी वुड मर चुका है। उन्हें इसमें कभी संदेह नहीं था कि मैं मर चुका हूँ और मैं चाहता भी नहीं था कि उनका यह संदेह दूर हो। मैंने सुना था कि बर्कले ने नेंसी से शादी कर ली थी और यह कि वह रेजिमेंट में तेजी से तरक्की कर रहा था, मगर इस बात ने भी मेरी जुबान नहीं खोली।

*'आपका वृत्तांत बहुत ही दिलचस्प है,' होम्स ने कहा, 'मैं श्रीमती बर्कले से आपकी मुलाकात और एक-दूसरे को पहचान लेने के बारे में पहले ही सुन चुका हूँ, फिर, जैसा मैं समझता हूँ, आपने घर तक उसका पीछा किया और खिड़की के भीतर देखा कि उसका अपने पति से उग्र विवाद हो रहा था, जिसमें निस्संदेह आपके प्रति कर्नल की बेईमानी के लिए उसे कठघरे में खड़ा किया गया था।***

'परंतु जब एक आदमी बूढ़ा होता है, उसे अपने घर की बहुत याद आने लगती है। वर्षों से मैं इंग्लैंड के हरे-भरे खेतों और घने वृक्षों को देखने के लिए व्याकुल रहा हूँ। अंत में मैंने मरने से पहले उन्हें देखने का निश्चय कर लिया। मैंने इतने पैसे बचाए कि मैं इंग्लैंड आ सकूँ और फिर मैं यहाँ आ गया, जहाँ फौजी रहते हैं, क्योंकि मैं उनके तौर-तरीके जानता हूँ और यह भी कि उनका मनोरंजन कैसे किया जा सकता है, ताकि मेरा गुजारा हो सके।'

'आपका वृत्तांत बहुत ही दिलचस्प है,' होम्स ने कहा, 'मैं श्रीमती बर्कले से आपकी मुलाकात और एक-दूसरे को पहचान लेने के बारे में पहले ही सुन चुका हूँ, फिर, जैसा मैं समझता हूँ, आपने घर तक उसका पीछा किया और खिड़की के भीतर देखा कि उसका अपने पति से उग्र विवाद हो रहा था, जिसमें निस्संदेह आपके प्रति कर्नल की बेईमानी के लिए उसे कठघरे में खड़ा किया गया था। आप अपनी भावनाओं पर नियंत्रण नहीं रख सके और दौड़कर लॉन पार करके वहाँ उपस्थित हो गए।'

'मैंने यही किया, सर और मुझे देखते ही उसके चेहरे पर ऐसा भाव आया, जैसा मैंने उससे पहले किसी आदमी के चेहरे पर नहीं देखा था तथा उस आघात से गिरते हुए अपना संतुलन न कर पाने के कारण उसका सिर फायरप्लेस की उभरी हुई ताक से टकरा गया, पर असल में वह गिरने से पहले ही मर चुका था। मैंने उसके चेहरे पर मौत उतनी ही साफ-साफ पढ़ ली थी, जितना मैं इस फायरप्लेस के अंदर टँगे पोस्टर पर छपे शब्दों को पढ़ सकता हूँ। मेरे दर्शन मात्र ने उसके अपराधी मन पर पिस्तौल की गोली का काम किया था।'

'और फिर?'

'फिर नेंसी बेहोश हो गई और मैंने इस इरादे से उसके हाथ से दरवाजे की चाबी ले ली कि मैं उसे खोलकर किसी से मदद ले सकूँ। परंतु तभी मुझे ध्यान आया कि बेहतर यह होगा कि मैं खुद को इन घटनाओं से अलग रखूँ, क्योंकि सारी बातें मेरे ही खिलाफ जाएँगी और फिर पकड़े जाने पर मेरी पहचान उजागर हो जाएगी, जो मैं नहीं चाहता था। जल्दबाजी में मैंने वह चाबी अपनी जेब में डाल ली और अपने टेडी, जो अब तक परदे पर चढ़ चुका था, का पीछा करते हुए मेरी छड़ी भी कहीं गिर गई। उसे उसके बॉक्स में बंद करके मैं जितनी तेजी से संभव था, वहाँ से निकल गया।'

फिर नेंसी बेहोश हो गई और मैंने इस इरादे से उसके हाथ से दरवाजे की चाबी ले ली कि मैं उसे खोलकर किसी से मदद ले सकूँ। परंतु तभी मुझे ध्यान आया कि बेहतर यह होगा कि मैं खुद को इन घटनाओं से अलग रखूँ, क्योंकि सारी बातें मेरे ही खिलाफ जाएँगी और फिर पकड़े जाने पर मेरी पहचान उजागर हो जाएगी, जो मैं नहीं चाहता था।

'यह टेडी कौन है?' होम्स ने पूछा।

वह आदमी आगे की ओर झुका और कोने में रखे एक तरह के बॉक्स को खींचकर अपने पास लाया। एक पल में उसमें से एक खूबसूरत रक्तिम भूरा जानवर, पतला और मुलायम, जिसके पैर स्टोर जैसे थे, एक लंबी-पतली नाक और इतनी सुंदर लाल आँखें, जैसी मैंने बहुत कम जानवरों के सिर पर देखी थीं, निकल आया।

'अरे, यह तो 'नेवला' है!' मैंने कहा।

'हाँ, कुछ लोग इसे 'मंगूज़' और कुछ 'इचन्यूमॉन' कहते हैं,' उस आदमी ने कहा, 'मैं इसे स्नेक कैचर कहता हूँ और कोबराज को पकड़ने में टेडी गजब का फुरतीला है। मेरे पास एक नाग है, जिसके जहरीले दाँत निकाल दिए गए हैं और

कैंटीन में दर्शकों के मनोरंजन के लिए टेडी उसे हर रात पकड़ता है।'

'कोई और पॉइंट, सर?' उसने पूछा।

'नहीं, पर अगर श्रीमती बर्कले किसी गंभीर संकट में फँस जाती हैं तो हमें फिर आपके पास आना पड़ेगा।'

'उस सूरत में मैं जरूर आऊँगा।'

'पर अगर ऐसा न हुआ तो एक दिवंगत आदमी, हालाँकि उसने भारी बेईमानी की थी, का काला इतिहास उखाड़ने से कुछ हासिल न होगा। आपको कम-से-कम यह जानकर संतोष होगा कि उसकी इस नीच हरकत के लिए पूरे तीस वर्षों तक उसकी अंतरात्मा उसे बुरी तरह कचोटती रही। अरे, सड़क के दूसरी ओर, ये तो मेजर मर्फी जा रहे हैं। गुडबाय, वुड! मुझे यह जानना है कि कल से अब तक कोई खास बात तो नहीं हुई!'

पर अगर ऐसा न हुआ तो एक दिवंगत आदमी, हालाँकि उसने भारी बेईमानी की थी, का काला इतिहास उखाड़ने से कुछ हासिल न होगा। आपको कम-से-कम यह जानकर संतोष होगा कि उसकी इस नीच हरकत के लिए पूरे तीस वर्षों तक उसकी अंतरात्मा उसे बुरी तरह कचोटती रही। अरे, सड़क के दूसरी ओर, ये तो मेजर मर्फी जा रहे हैं। गुडबाय, वुड!

जब तक मेजर सड़क के छोर तक पहुँचते, हम उन तक पहुँच चुके थे।

'अरे होम्स,' उन्होंने कहा, 'मैं समझता हूँ, तुमने सुन लिया होगा कि इस केस में सारा बखेड़ा शून्य पर खत्म हुआ।'

'क्यों, क्या हुआ?'

'जाँच-पड़ताल अभी-अभी पूरी हुई है। मेडिकल साक्ष्य ने निर्णयात्मक रूप से दरशाया है कि कर्नल की मृत्यु दिमाग की नसें फटने से हुई। आप देख रहे हैं, अंत में यह एक बड़ा ही साधारण केस निकला।'

'ओह, असाधारण रूप से साधारण,' मुसकराते हुए होम्स ने कहा, 'चलो वाटसन, मैं नहीं समझता कि एल्डरशॉट में अब हमारी कोई जरूरत होगी।'

'एक बात है,' स्टेशन की ओर पैदल जाते हुए मैंने पूछा, 'अगर पति का नाम जेम्स था और दूसरे आदमी का हेनरी, तो 'डेविड' की क्या बात थी?'

'अगर मैं एक आदर्श तर्कशास्त्री होता, जैसा दरशाना तुम्हें अच्छा लगता है, तो इस एक शब्द ने मुझे पूरी कहानी बता दी होती! स्पष्ट रूप से वह शब्द धिक्कार व्यक्त करता था।'

‘धिक्कार ?’

‘जैसा कि तुम जानते हो, डेविड कभी-कभी रास्ते से भटक जाता था और एक बार तो उसी दिशा में, जिसमें सार्जेंट जेम्स बर्कले भटका था। तुम्हें डरिया और बाथशीबा का छोटा सा अफेयर याद होगा। मुझे डर है कि बाइबिल से संबंधित मेरे ज्ञान पर कुछ जंग लग चुकी है, पर यह कहानी तुम्हें सेम्युअल के पहले या दूसरे भाग में मिल जाएगी।’

❑

'ग्लोरिया स्कॉट' पर खूनी खेल

सर्दियों की एक रात जब हम आग के दोनों तरफ बैठते थे, मेरे मित्र शर्लक होम्स ने कहा, 'मेरे पास यहाँ कुछ कागजात हैं, जिन्हें मैं सचमुच समझता हूँ, देखना तुम्हारे लिए लाभकारी होगा, वाटसन। ये 'ग्लोरिया स्कॉट' के असाधारण केस के दस्तावेज हैं, जिन्हें पढ़कर डर से जस्टिस ऑफ दि पीस ट्रेवर की मृत्यु हो गई थी।'

उसने दराज से कुछ दागदार सिलिंडरनुमा एक बॉक्स निकाला, फिर उस पर लगा टेप हटाते हुए स्लेटी रंग के कागज के आधे पन्ने पर जल्दी में लिखा गया एक छोटा सा नोट मेरे हवाले कर दिया—

'The Supply of game for London is going steadily up. Head-keeper Hudson, We believe, has been now told to receive all orders for fly-paper and fro preservation of your hen pheasant's life.' (लंदन के उपभोग के लिए मारे गए पक्षियों की आपूर्ति लगातार बढ़ रही है। हम समझते हैं कि प्रधान स्टोरकीपर हडसन से अब फ्लाय-पेपर के सभी आदेशित माल को प्राप्त करने और आपकी मादा-चेड़ों (हेन-फेजेंट्स) के परिरक्षण के लिए कह दिया गया है।)

इस रहस्यमय संदेश को पढ़कर जब मैंने नजरें उठाईं तो देखा कि मेरे चेहरे पर आए भाव पर होम्स मुँह बंद करके हँस रहा था।

'तुम कुछ चकराए-से लग रहे हो ?' उसने कहा।

'मैं यह नहीं देख पा रहा हूँ कि इस तरह का संदेश कैसे इतनी दहशत पैदा कर सकता है ? मेरी नजर में वह अरुचिकर से ज्यादा कुछ नहीं है।'

'बहुत हद तक संभव है। फिर भी यह तथ्य अपनी जगह है कि इसे पढ़नेवाला, जो एक सुसभ्य, तंदुरुस्त बूढ़ा आदमी था, पढ़कर ढेर हो गया था, जैसे

उस पर पिस्तौल के कुंदे से वार किया गया हो।'

'तुम मेरी उत्सुकता बढ़ा रहे हो,' मैंने कहा, 'परंतु अभी-अभी तुमने यह क्यों कहा कि कुछ खास कारणों से मेरे लिए इस केस का अध्ययन जरूरी है?'

'क्योंकि यह मेरा पहला केस था।'

मैंने अकसर अपने साथी से यह जानकारी लेने का प्रयास किया था कि अपराध अनुसंधान की दिशा में जाने के लिए उसे पहली बार किस व्यक्ति या चीज ने प्रेरित किया था? परंतु इस बारे में वह कभी मुखर नहीं होता था। अब वह मेरे सामने रखी आरामकुरसी पर बैठ गया और कुछ दस्तावेज अपने घुटनों पर फैला लिये, फिर उसने अपना पाइप जलाया तथा उससे कश लेते हुए कुछ समय तक पन्ने पलटता रहा।

मैंने अकसर अपने साथी से यह जानकारी लेने का प्रयास किया था कि अपराध अनुसंधान की दिशा में जाने के लिए उसे पहली बार किस व्यक्ति या चीज ने प्रेरित किया था? परंतु इस बारे में वह कभी मुखर नहीं होता था। अब वह मेरे सामने रखी आरामकुरसी पर बैठ गया और कुछ दस्तावेज अपने घुटनों पर फैला लिये, फिर उसने अपना पाइप जलाया तथा उससे कश लेते हुए कुछ समय तक पन्ने पलटता रहा।

'तुमने मुझे कभी विक्टर ट्रेवर के बारे में बात करते नहीं सुना?' उसने पूछा। कॉलेज में अपनी दो साल की पढ़ाई के दौरान वह मेरा एकमात्र दोस्त था। मैं कभी भी बहुत सामाजिक व्यक्ति नहीं रहा था, वाटसन। मैं हर वक्त अपने कमरे में घुसा अपनी छोटी सी विचार-प्रणाली पर काम करता रहता था, इसीलिए अपनी उम्र के लोगों के साथ ज्यादा मिक्स नहीं होता था। लाठी घुमाने तथा बॉक्सिंग जैसे खेलों में मेरी रुचि थी और फिर अध्ययन की मेरी धारा दूसरों से बिल्कुल अलग थी, इसीलिए मेरा उनसे संपर्क बहुत कम हो पाता था। ट्रेवर अकेला आदमी था, जिसे मैं जानता था, वह भी उस घटना के कारण, जो उस सुबह हुई थी, जब मैं चर्च गया था और उसके कुत्ते ने मेरे टखने में काट लिया था।

'दोस्ती करने का वह एक नीरस तरीका था, परंतु प्रभावशाली था। कुत्ता काटने से इलाज के दौरान दस दिनों तक मैं घर से नहीं निकला था और मेरा हाल-चाल पूछने के लिए ट्रेवर आ जाया करता था। शुरुआत में तो हमारे बीच एक-दो मिनट ही बात होती थी, पर जल्द ही उसकी मुलाकातें लंबी होने लगीं और उस शिक्षण-सत्र के समाप्त होते-होते हम घनिष्ठ मित्र बन गए थे। वह जोश व ऊर्जा

से भरा एक सच्चा, तेजस्वी युवक था। वह अधिकांश बातों में मुझसे उलटा, परंतु कुछ बातें हममें मिलती थीं और जब मुझे पता चला कि मेरी तरह उसका भी कोई दोस्त नहीं था, हम दोनों और करीब आ गए। अंतत: उसने मुझे नॉरफॉक स्थित डोनिथोर्पे में अपने पिता के घर आमंत्रित किया और मैंने अपनी लंबी छुट्टियों में से एक महीने के लिए उसका आतिथ्य स्वीकार कर लिया।

'सीनियर ट्रेवर स्पष्ट रूप से एक धनी व प्रतिष्ठित व्यक्ति थे, एक जस्टिस ऑफ पीस और जमींदार। डोनिथोर्पे दि ब्रॉड्स प्रदेश में लोंगमेरे के उत्तर में एक छोटी सी बस्ती थी। वह एक विशाल मैदान में स्थित पुराने जमाने की हवेली थी, जो ओक की लकड़ी के स्तंभों पर टिकी, ईंटों से बनी थी और उस तक पहुँचने के रास्ते के दोनों ओर चूने से खींची गई रेखाएँ थीं। घर के पीछे कुछ मील दूर दलदल में जंगली बतखों के शिकार और मछली पकड़ने की अच्छी व्यवस्था थी, साथ ही एक छोटी किंतु चुनिंदा पुस्तकों की लाइब्रेरी, जो मैं समझता हूँ, हवेली के पूर्व स्वामी से प्राप्त की गई थी और एक ठीक-ठाक रसोइया भी था, इसलिए वह कोई रूखा व्यक्ति ही होगा, जो ऐसी जगह पर एक महीना खुशी से न गुजार सके।

मैंने सुना था कि उनकी एक बेटी भी थी, जिसकी बर्मिंघम में अपने प्रवास के दौरान गले की सूजन के कारण मृत्यु हो गई थी। मेरे दोस्त के पिता मुझे बहुत ही दिलचस्प व्यक्ति लगे। वे ज्यादा परिष्कृत नहीं थे, परंतु शारीरिक और मानसिक, दोनों तरह की शक्तियों से भरपूर लगते थे। उन्होंने शायद ही कोई पुस्तक पढ़ी हो, मगर दूर-दूर तक यात्राएँ की थीं तथा बहुत दुनिया देखी थी और सबसे बड़ी बात, जो कुछ सीखा था, उसे याद रखा था।

'वरिष्ठ ट्रेवर एक विधुर था और मेरा दोस्त उसकी एकमात्र संतान।

'मैंने सुना था कि उनकी एक बेटी भी थी, जिसकी बर्मिंघम में अपने प्रवास के दौरान गले की सूजन के कारण मृत्यु हो गई थी। मेरे दोस्त के पिता मुझे बहुत ही दिलचस्प व्यक्ति लगे। वे ज्यादा परिष्कृत नहीं थे, परंतु शारीरिक और मानसिक, दोनों तरह की शक्तियों से भरपूर लगते थे। उन्होंने शायद ही कोई पुस्तक पढ़ी हो, मगर दूर-दूर तक यात्राएँ की थीं तथा बहुत दुनिया देखी थी और सबसे बड़ी बात, जो कुछ सीखा था, उसे याद रखा था। देखने में वह एक ऊँचा, पूरा हट्टा-कट्टा व्यक्ति था, जिसके बाल भूरे, चेहरा एक ऐसे आदमी जैसा, जिसने जिंदगी में भारी

कठिनाइयों का सामना किया हो और उसकी नीली आँखें कठोरता की हद तक तीक्ष्ण थीं, फिर भी उसके जिले में उसकी ख्याति एक दयावान एवं दानी पुरुष की थी और अपने न्यायिक फैसलों में वह नरमी बरतनेवाला जज के रूप में जाना जाता था।

'एक शाम, मेरे आने के कुछ समय बाद ही, जब हम डिनर के बाद वाइन के ग्लास हाथ में लिये गप-शप कर रहे थे, तभी युवा ट्रेवर चीजों का बारीकी से अवलोकन करने और फिर उनसे निष्कर्ष निकालने की मेरी आदतें, जो मेरे जीवन का हिस्सा बन चुकी थीं, हालाँकि तब मेरे मन में स्पष्ट नहीं था कि वे मेरे जीवन में क्या भूमिका निभाने वाली हैं, के बारे में बताने लगा। बूढ़े आदमी के चेहरे से स्पष्ट था कि वह सोच रहा था कि उसका बेटा मेरी उन दो-चार बातों के आधार पर बढ़ा-चढ़ाकर बता रहा था, जो तुक्के में सही बैठ गई होंगी।

एक शाम, मेरे आने के कुछ समय बाद ही, जब हम डिनर के बाद वाइन के ग्लास हाथ में लिये गप-शप कर रहे थे, तभी युवा ट्रेवर चीजों का बारीकी से अवलोकन करने और फिर उनसे निष्कर्ष निकालने की मेरी आदतें, जो मेरे जीवन का हिस्सा बन चुकी थीं, हालाँकि तब मेरे मन में स्पष्ट नहीं था कि वे मेरे जीवन में क्या भूमिका निभाने वाली हैं, के बारे में बताने लगा।

'चलो, देखते हैं, मि. होम्स,' उसने हँसते हुए कहा, 'मैं खुद ही एक बढ़िया सब्जेक्ट हूँ। देखें, मेरे बारे में तुम क्या निष्कर्ष निकालते हो!'

'बहुत ज्यादा तो नहीं बता सकता,' मैंने जवाब दिया, 'फिर भी इतना कहूँगा कि पिछले बारह महीनों से आप खुद पर किसी हमले के डर के साए में जी रहे हैं।'

'उनके होंठों पर से हँसी गायब हो रही थी और उन्होंने बड़े आश्चर्य से मुझे घूरकर देखा।'

'वेल, काफी हद तक यह सही है,' उसने दबे स्वर में कहा, 'तुम तो जानते हो विक्टर,' अपने बेटे की ओर मुड़ते हुए उसने कहा, 'जब हमने उन अवैध शिकारियों के गैंग को तोड़ा था, उन्होंने हमें चीर देने की कसम खाई थी और सर एडवर्ड हॉली पर तो सचमुच हमला हुआ था, तब से मैं हमेशा सावधान रहता हूँ, हालाँकि मैं यह नहीं समझ पाया कि तुम यह बात कैसे जानते हो?'

'आपकी छड़ी बहुत ही खूबसूरत है,' मैंने जवाब दिया, 'उस पर अंकित सूचना से मैंने नोट किया कि उसे हासिल किए आपको एक साल से ज्यादा नहीं हुआ है, पर आपने बड़ी मेहनत से उसके सिरे पर एक छेद किया और उसमें पिघला

हुआ सीसा भरके उसे एक प्रभावी हथियार बना लिया है। मैंने अनुमान लगाया कि अगर आपको किसी का डर न होता तो आप इतनी सावधानी बरतते।'

'कोई और बात?' मुसकराते हुए उसने पूछा।

'आपने अपनी जवानी में बॉक्सिंग का अच्छा-खासा अभ्यास किया है।'

'यह भी सही है। तुम्हें कैसे पता चला? क्या मेरी नाक किसी के मुक्के से टेढ़ी हो गई है?'

'आपकी नाक नहीं, कान,' मैंने कहा, 'वे चपटे और मोटे हैं, जो एक बॉक्सर होने की निशानी है।'

'और कुछ?'

'आपकी खुरदरी त्वचा को देखते हुए लगता है कि आपने काफी खुदाई की है।'

'मैंने अपनी सारी दौलत सोने की खदानों से कमाई है।'

'आप न्यूजीलैंड गए हैं?'

'वाह, फिर सही?'

'आप जापान भी गए हैं?'

'बिल्कुल सही।'

'और आप किसी ऐसे व्यक्ति से बहुत घनिष्ठता से जुड़े रहे हैं, जिसके नाम और उपनाम के पहले अक्षर 'जे' व 'ए' थे' तथा जिसे बाद में आप पूरी तरह से भुला देना चाहते थे।'

'वह धीरे-धीरे अपनी कुरसी से उठा। मूँगफली खाते हुए कुछ छिलके उसके कपड़ों पर गिर गए थे। उसका चेहरा सफेद पड़ गया था तथा वह मुझे अजीब सी हिंस्र नजरों से घूरते हुए आगे बढ़ा और धड़ाम से गिर पड़ा।'

'और आप किसी ऐसे व्यक्ति से बहुत घनिष्ठता से जुड़े रहे हैं, जिसके नाम और उपनाम के पहले अक्षर 'जे' व 'ए' थे' तथा जिसे बाद में आप पूरी तरह से भुला देना चाहते थे।'

'वह धीरे-धीरे अपनी कुरसी से उठा। मूँगफली खाते हुए कुछ छिलके उसके कपड़ों पर गिर गए थे। उसका चेहरा सफेद पड़ गया था तथा वह मुझे अजीब सी हिंस्र नजरों से घूरते हुए आगे बढ़ा और धड़ाम से गिर पड़ा।'

'तुम कल्पना कर सकते हो वाटसन कि उसकी यह हालत देखकर उसका बेटा और मैं कितने स्तंभित रह गए होंगे! परंतु उसकी यह हालत ज्यादा देर तक नहीं रही, क्योंकि जब हमने उसकी कॉलर ढीली की और एक ग्लास से पानी लेकर उसके मुँह पर छिड़का तो वह हाँफते हुए उठ बैठा।'

'प्यारे बच्चो,' चेहरे पर जबरन मुसकान लाते हुए उसने कहा, 'मुझे उम्मीद है कि मैंने तुम्हें डराया नहीं होगा। मैं ऊपर से जरूर तगड़ा लगता हूँ, मगर मेरे

हृदय में एक कमजोर स्थल है और मुझे धराशायी कर देना, इतना मुश्किल नहीं है। मैं नहीं जानता कि तुम यह कैसे कर लेते हो, मि. होम्स, पर मुझे ऐसा लगता है कि दुनिया के सभी वास्तविक या काल्पनिक जासूस तुम्हारे सामने बच्चे लगेंगे। जिंदगी में यही तुम्हारी राह है और एक ऐसे व्यक्ति की बात याद रखना, जिसने दुनिया देखी है।'

'अगर तुम मेरा विश्वास करो, वाटसन तो मेरी योग्यता के बारे में उस अतिशयोक्तिपूर्ण प्रस्तावना के साथ की गई वह सिफारिश पहली चीज थी, जिसने मुझे वह चीज एहसास कराया जो तब तक मेरी एक हॉबी के सिवाय कुछ न थी, उसे एक पेशा बनाया जा सकता है। परंतु ठीक उस समय मैं अपने मेजबान की अस्वस्थता को लेकर इतना चिंतित था कि किसी और चीज के बारे में नहीं सोच रहा था।

अगर तुम मेरा विश्वास करो, वाटसन तो मेरी योग्यता के बारे में उस अतिशयोक्तिपूर्ण प्रस्तावना के साथ की गई वह सिफारिश पहली चीज थी, जिसने मुझे वह चीज एहसास कराया जो तब तक मेरी एक हॉबी के सिवाय कुछ न थी, उसे एक पेशा बनाया जा सकता है। परंतु ठीक उस समय मैं अपने मेजबान की अस्वस्थता को लेकर इतना चिंतित था कि किसी और चीज के बारे में नहीं सोच रहा था।

'मुझे उम्मीद है कि मैंने ऐसा कुछ नहीं कहा है, जिससे आपको चोट पहुँचे,' मैंने कहा।

'वैसे निश्चित रूप से तुमने मेरे एक संवेदनशील बिंदु को स्पर्श किया है। क्या मैं पूछ सकता हूँ, तुम यह सब कैसे और कितना जानते हो?' अब वह आधे मजाकिया अंदाज में बोल रहा था, परंतु उसकी आँखों के पीछे अब भी एक डर झाँक रहा था।

'यह बहुत ही साधारण है, सर,' मैंने कहा, 'जब आपने एक मछली पकड़ कर बोर में डालने के लिए अपने भाई की आस्तीन ऊपर चढ़ाई तो मैंने देखा कि आपकी कोहनी के मोड़ पर 'जे.ए.' अक्षर टैटू किए हुए थे। ये अक्षर अब भी पढ़े जा रहे थे, परंतु उनके धुँधलेपन और उनके आस-पास की त्वचा पर पड़े दागों से यह बिल्कुल स्पष्ट था कि उन्हें मिटाने की कोशिश की गई है। इसलिए यह स्पष्ट था कि नाम, उपनाम के ये शुरुआती अक्षर आपको बहुत प्रिय थे, जिन्हें आप बाद में भूलना चाहते थे।'

'तुम्हारी नजरें कमाल की हैं!' राहत की साँस लेते हुए उसने कहा, 'वह

ठीक वैसा ही है, जैसा तुमने कहा, पर हम उसके बारे में बात नहीं करेंगे। हमारी पुरानी मोहब्बतों के भूत सबसे खतरनाक होते हैं। चलो, बिलियर्ड-रूम में चलें, वहाँ हम खामोशी से सिगार के कश लेंगे।'

'उस दिन के बाद अपनी सारी सौजन्यता के बावजूद मैंने कभी-कभी मि. ट्रेवर को कनखियों से मुझे शक की नजरों से देखते पकड़ा था। यहाँ तक कि उनके बेटे ने भी टिप्पणी की थी, 'तुमने गवर्नर को कुछ इस कदर घुमा दिया है कि वह इस बारे में कभी निश्चित नहीं हो सकेंगे कि उनके भूतकाल के बारे में क्या तुम जानते हो और क्या नहीं।' मुझे विश्वास है कि वे जान-बूझकर ऐसा नहीं करते होंगे, पर मेरी कारगुजारी कुछ इस तरह उनके दिमाग पर छाई हुई थी कि वे मेरी हर हलचल पर नजर रखते थे। अंततः मैं इस बात का कायल हो गया कि मेरी वजह से उन्हें परेशानी हो रही थी अतः मैंने अपने प्रवास का अंत करने का फैसला कर लिया। परंतु मेरे निकलने से एक दिन पहले एक घटना घटी, जो बाद में महत्त्वपूर्ण साबित हुई।

उस दिन के बाद अपनी सारी सौजन्यता के बावजूद मैंने कभी-कभी मि. ट्रेवर को कनखियों से मुझे शक की नजरों से देखते पकड़ा था। यहाँ तक कि उनके बेटे ने भी टिप्पणी की थी, 'तुमने गवर्नर को कुछ इस कदर घुमा दिया है कि वह इस बारे में कभी निश्चित नहीं हो सकेंगे कि उनके भूतकाल के बारे में क्या तुम जानते हो और क्या नहीं।' मुझे विश्वास है कि वे जान-बूझकर ऐसा नहीं करते होंगे, पर मेरी कारगुजारी कुछ इस तरह उनके दिमाग पर छाई हुई थी कि वे मेरी हर हलचल पर नजर रखते थे।

'हम तीनों लॉन में गार्डन चेयर्स पर बैठे पानी से भरपूर विशाल नदी और उसके पार हरियाली पर मुग्ध होते हुए धूप का आनंद ले रहे थे, तभी यह कहने के लिए एक नौकरानी वहाँ आई कि दरवाजे पर एक आदमी खड़ा है, जो मि. ट्रेवर से मिलना चाहता है।

'उसका नाम क्या है?' मेरे मेजबान ने पूछा।

'उसने नाम नहीं बताया।'

'वह कहता है कि आप उसे जानते हैं और वह केवल कुछ पलों के लिए आपसे बात करना चाहता है।'

'उसे यहाँ ले आओ।' दो मिनट बाद ही मुरझाए चेहरेवाला एक दुबला-सा आदमी, जो पैर घसीटकर चलता था, वहाँ मौजूद था। वह खुली जैकेट के नीचे

लाल व काले रंग की चौकड़ी की शर्ट, जिसकी आस्तीन पर डामर का धब्बा लगा हुआ था, जींस और अटपटे ढंग से बूट्स पहने हुआ था। उसका चेहरा पतला, भूरा और काइयाँ किस्म का था। वह हमेशा खीस निपोरे रहता था, जिससे उसके टेढ़े-मेढ़े पीले दाँत नजर आते थे और वह अपने दोनों हाथ आधे बाँधे रहता था, जो उसके एक नाविक होने की निशानी थी। जैसे ही वह अपनी भद्दी चाल से लॉन में आया, मैंने मि. ट्रेवर के मुँह से लगातार हिचकियाँ आने की आवाज सुनी, जिसके साथ ही वे मुँह दबाकर घर के अंदर की ओर भागे। कुछ ही पलों में वे वापस आए और मेरे पास से गुजरे। मैंने उनके मुँह से ब्रांडी की तेज गंध महसूस की।

'यह सुनकर मुझे दुःख हुआ, पर तुम देखोगे कि मैं अपने पुराने वक्त को भूला नहीं हूँ,' मि. ट्रेवर ने कुछ उतावलेपन से कहा, फिर नाविक की ओर कदम बढ़ाते हुए उन्होंने धीमे स्वर में कुछ कहा। 'तुम किचन में जाओ,' अपनी बात को आगे बढ़ाते हुए उन्होंने जोर से कहा, 'और खाने-पीने में तुम्हें यहाँ कोई कमी नहीं होगी। मुझे इसमें कोई संदेह नहीं है कि मैं तुम्हें किसी मुकाम तक पहुँचाऊँगा।'

'हाँ, तो महाशय,' उन्होंने कहा, 'मैं आपके लिए क्या कर सकता हूँ?'

'वह नाविक अपनी सिकुड़ी हुई आँखों से उनकी ओर देखता रहा; उसने अब भी अपनी खीस निपोरे हुए थी।'

'आप मुझे जानते नहीं हैं?' उसने पूछा।

'पहचानूँगा क्यों नहीं? तुम मेरे पुराने मित्र हडसन ही तो हो,' आश्चर्य व्यक्त करते हुए मि. ट्रेवर ने कहा।

'मैं हडसन ही हूँ, सर,' नाविक ने कहा, 'तीस साल से ज्यादा हो गए हैं, जब मैंने पिछली बार आपको देखा था। यहाँ आप अपने मकान में बैठे हैं और मैं दर-दर की ठोकरें खा रहा हूँ।'

'यह सुनकर मुझे दुःख हुआ, पर तुम देखोगे कि मैं अपने पुराने वक्त को भूला नहीं हूँ,' मि. ट्रेवर ने कुछ उतावलेपन से कहा, फिर नाविक की ओर कदम बढ़ाते हुए उन्होंने धीमे स्वर में कुछ कहा। 'तुम किचन में जाओ,' अपनी बात को आगे बढ़ाते हुए उन्होंने जोर से कहा, 'और खाने-पीने में तुम्हें यहाँ कोई कमी नहीं होगी। मुझे इसमें कोई संदेह नहीं है कि मैं तुम्हें किसी मुकाम तक पहुँचाऊँगा।'

'थैंक यू, सर!' अपने माथे पर आई बालों की एक लट को छूते हुए नाविक ने कहा, 'मैं अभी-अभी दो साल की कठोर समुद्र-यात्रा से लौटा हूँ और मुझे

विश्राम की जरूरत है। मैंने सोचा कि वह मुझे मि. बेडोज या आपके घर मिल सकता है।'

'ओह!' मि. ट्रेवर ने बेसब्री से कहा, 'तो तुम जानते हो कि मि. बेडोज कहाँ रहते हैं ?'

'ईश्वर की कृपा है, सर, मैं अपने सभी मित्रों के बारे में जानता हूँ।' कुटिलता से मुसकराते हुए उसने कहा और अपनी बेढब चाल से नौकरानी के पीछे किचन में चला गया। मि. ट्रेवर ने बुदबुदाते हुए उस शख्स के बारे में बताया कि जब वे खदानों पर जा रहे थे, शिप पर उससे मुलाकात हुई थी और दोस्ती हो गई थी; फिर हमें लॉन में छोड़कर वे भीतर चले गए।

'एक घंटे बाद, जब हमने घर में प्रवेश किया, उन्हें डाइनिंग-रूम के सोफे पर शराब के नशे में धुत्त पड़े देखा। उस पूरी घटना ने मेरे मन पर एक बहुत ही अप्रिय छाप छोड़ी और अगले दिन मुझे डोनीथोर्पे छोड़ने का जरा भी अफसोस नहीं था, क्योंकि मैंने महसूस किया कि मेरी उपस्थिति से मेरे दोस्त को शर्मिंदगी झेलनी पड़ेगी।

'यह सब हमारी लंबी छुट्टियों के पहले महीने में घटित हुआ था। मैं लंदन स्थित अपने कमरे में चला गया, जहाँ मैंने ऑर्गेनिक केमिस्ट्री में कुछ प्रयोग करते हुए सात हफ्ते बिताए, पर एक दिन, जब सर्दियों के कई महीने बीत चुके थे और हमारी छुट्टियाँ खत्म होने ही वाली थीं। मुझे एक टेलीग्राम मिला, जिसमें यह कहते हुए कि उसे मेरी सलाह और मदद की बेहद जरूरत थी, मेरे दोस्त ने मुझसे डोनीथोर्पे आने की याचना की थी। बेशक मैंने अपना सारा काम छोड़ दिया और एक बार फिर उत्तरी इंग्लैंड के लिए निकल पड़ा।

यह सब हमारी लंबी छुट्टियों के पहले महीने में घटित हुआ था। मैं लंदन स्थित अपने कमरे में चला गया, जहाँ मैंने ऑर्गेनिक केमिस्ट्री में कुछ प्रयोग करते हुए सात हफ्ते बिताए, पर एक दिन, जब सर्दियों के कई महीने बीत चुके थे और हमारी छुट्टियाँ खत्म होने ही वाली थीं। मुझे एक टेलीग्राम मिला, जिसमें यह कहते हुए कि उसे मेरी सलाह और मदद की बेहद जरूरत थी, मेरे दोस्त ने मुझसे डोनीथोर्पे आने की याचना की थी।

'अपनी डॉग-कार्ट के साथ वह स्टेशन पर मुझसे मिला और उसपर नजर डालते ही मैं समझ गया कि पिछले दो महीने उसके लिए बहुत मुश्किल-भरे रहे होंगे। वह बहुत चिंताग्रस्त और दुबला लग रहा था तथा उसके हँसते-खेलते चेहरे,

जिसके लिए वह जाना जाता था, पर से हँसी गायब हो चुकी थी।'

'गवर्नर मर रहे हैं,' ये उसके पहले शब्द थे।

'नामुमकिन,' मैंने आश्चर्य से कहा, 'उन्हें हुआ क्या है?'

'पक्षाघात, नर्वस शॉक। दिनभर से उनकी साँस अटकी हुई है। मुझे संदेह है कि हम उन्हें जीवित देख पाएँगे।'

'जैसा तुम सोच रहे हो, वाटसन, इस अप्रत्याशित समाचार से मैं हक्का-बक्का रह गया था।'

'यह हुआ कैसे?' मैंने पूछा।

'यही तो तुम्हें बताना है। कूदकर इस घोड़ागाड़ी में चढ़ जाओ। हम रास्ते में बात कर सकते हैं। तुम्हें वह शख्स याद है, जो तुम्हारे जाने से एक दिन पहले घर आया था?'

'बिल्कुल।'

'क्या तुम जानते हो कि हमने उस दिन किस आदमी को अंदर आने दिया था?'

'नहीं।'

'वह शैतान था, होम्स,' वह आँसा हो गया।

मैंने आश्चर्य से उसकी ओर देखा।

'यही तो तुम्हें बताना है। कूदकर इस घोड़ागाड़ी में चढ़ जाओ। हम रास्ते में बात कर सकते हैं। तुम्हें वह शख्स याद है, जो तुम्हारे जाने से एक दिन पहले घर आया था?'
'बिल्कुल।'
'क्या तुम जानते हो कि हमने उस दिन किस आदमी को अंदर आने दिया था?'
'नहीं।'
'वह शैतान था, होम्स,' वह आँसा हो गया।
मैंने आश्चर्य से उसकी ओर देखा।

'हाँ, वह साक्षात् शैतान ही था। उसके आने के बाद हमारा एक घंटा भी शांति से नहीं गुजरा। उसी शाम से गवर्नर ने अपना सिर नहीं उठाया है और उनमें से जीवन निचोड़ लिया गया है, उनका दिल टूट गया है और यह सब उस कमीने हडसन के कारण हुआ।'

'उसके पास ऐसी क्या शक्ति है?'

'यही तो मैं तुम्हें बताना चाहता हूँ। दयालु, दानी, सज्जन, बुजुर्ग गवर्नर कैसे उस सड़कछाप गुंडे के चंगुल में फँस सकते थे? पर मुझे इस बात की खुशी है कि तुम आ गए हो, होम्स। मुझे तुम्हारी बुद्धि-विवेक पर पूरा भरोसा है और मैं जानता

हूँ कि तुम मुझे सबसे अच्छी सलाह दोगे।'

'हम चौड़ी नदी के समानांतर बनी सफेद समतल देहाती सड़क पर सरपट चले जा रहे थे; ढलते सूरज के प्रकाश में नदी का जल चमक रहा था। मैंने हमारी बाईं ओर स्थित बाग के पेड़ों के बीच से ऊँची चिमनियाँ और झंडेवाला खंभा, जो उस रईस के बँगले की निशानियाँ थीं, पहले ही देख लिये थे।

'मेरे डैड ने उस शख्स को माली बना दिया,' मेरे साथी ने कहा, 'और फिर, चूँकि वह इससे संतुष्ट नहीं था, उसका रुतबा बढ़ाकर उसे खानसामा बना दिया गया। पूरा घर उसकी मरजी से चल रहा लगता था; वह सारा दिन इधर-उधर घूमता रहता और वही करता, जो उसके मन में आता। नौकरानियों ने उसके हर वक्त नशे में होने और गालियाँ बकने की शिकायत भी की। उनकी इस असुविधा की भरपाई करने के लिए डैड ने उनकी तनख्वाहें बढ़ा दीं। वह बंदा डैड की सबसे अच्छी बंदूक लेकर घर से दूर निकल जाता और शिकार का आनंद लेता और वह यह सब इतनी गुस्ताखी, बेहयाई और मजाक उड़ाने वाले अंदाज में करता कि अगर वह मेरी उम्र का होता तो मैंने कब का उसका मुँह तोड़ दिया होता! तुम्हें क्या बताऊँ, होम्स, इस पूरे समय मुझे अपने आपको कितना नियंत्रित करना पड़ा और अब मैं खुद से पूछ रहा हूँ कि अगर मैंने कुछ देर और सब्र रखा होता तो क्या वह ज्यादा अक्लमंदी नहीं होती?

मेरे डैड ने उस शख्स को माली बना दिया,' मेरे साथी ने कहा, 'और फिर, चूँकि वह इससे संतुष्ट नहीं था, उसका रुतबा बढ़ाकर उसे खानसामा बना दिया गया। पूरा घर उसकी मरजी से चल रहा लगता था; वह सारा दिन इधर-उधर घूमता रहता और वही करता, जो उसके मन में आता। नौकरानियों ने उसके हर वक्त नशे में होने और गालियाँ बकने की शिकायत भी की। उनकी इस असुविधा की भरपाई करने के लिए डैड ने उनकी तनख्वाहें बढ़ा दीं।

'बहरहाल, हमारे लिए हालात बद से बदतर होते गए और वह जानवर हडसन हर बात में अपनी टाँग अड़ाने लगा, जबकि अंत में एक दिन जब उसने डैड को मेरे सामने गुस्ताखी से जवाब दिया तो मुझसे रहा नहीं गया और मैं उसे कॉलर से पकड़कर खींचता हुआ कमरे से बाहर ले गया। गुस्से से तिलमिलाया और दो जहरीली आँखों, जो उसकी जुबान से भी ज्यादा धमकी दे रही थीं, से मुझे घूरता हुआ वह वहाँ से खिसक गया। मैं नहीं जानता कि उसके बाद बेचारे डैड और उसके बीच क्या बातें हुईं, पर दूसरे ही दिन डैड मेरे पास

आए और पूछने लगे कि हडसन से माफी माँगने में मुझे कोई ऐतराज तो न होगा? जैसे तुम कल्पना कर सकते हो, मैंने इनकार कर दिया और डैड से पूछा कि वे कैसे ऐसे घटिया आदमी को उनसे और घरेलू मामलों में इतनी छूट लेने की इजाजत देते हैं?'

'मेरे बेटे,' उन्होंने कहा, 'यह कहना बहुत आसान है, पर तुम नहीं जानते कि मैं कितना बुरी तरह से फँसा हुआ हूँ! पर तुम जानोगे विक्टर और मैं देखूँगा कि चाहे जो हो, एक दिन तुम सबकुछ जान लोगे। क्या तुम अपने इस बदनसीब बाप को नुकसान पहुँचाना चाहोगे?' वे बहुत भावुक हो गए थे। फिर उन्होंने खुद को दिन भर के लिए अध्ययन-कक्ष में बंद कर लिया। मैंने एक-दो बार खिड़की से झाँका तो देखा कि वे बड़े मनोयोग से कुछ लिख रहे थे।

'मेरे बेटे,' उन्होंने कहा, 'यह कहना बहुत आसान है, पर तुम नहीं जानते कि मैं कितना बुरी तरह से फँसा हुआ हूँ! पर तुम जानोगे विक्टर और मैं देखूँगा कि चाहे जो हो, एक दिन तुम सबकुछ जान लोगे। क्या तुम अपने इस बदनसीब बाप को नुकसान पहुँचाना चाहोगे?' वे बहुत भावुक हो गए थे। फिर उन्होंने खुद को दिन भर के लिए अध्ययन-कक्ष में बंद कर लिया। मैंने एक-दो बार खिड़की से झाँका तो देखा कि वे बड़े मनोयोग से कुछ लिख रहे थे।

'उसी शाम एक ऐसी बात हुई, जिसने मुझे भारी राहत पहुँचाई, जब हडसन ने हमसे कहा कि वह हमें छोड़कर चला जाएगा। डिनर के बाद जब हम डाइनिंग-रूम में बैठे थे, वह वहाँ आया और नशे की हालत में ही उसने अपने फैसले की घोषणा कर दी।

'मैं नॉरफॉक में रहते-रहते तंग आ गया हूँ,' उसने कहा, 'अब मैं हेंपशायर में मि. बेडोस के घर जाऊँगा। वे मुझे देखकर उतना ही खुश होंगे, जितना आप लोग थे।'

'मुझे आशा है कि तुम नाराज होकर नहीं जा रहे हो, हडसन,' इतनी भीरुता से मेरे पिता ने कहा कि मेरा खून खौलने लगा।

'मुझसे अब तक माफी नहीं माँगी गई है,' कनखियों से मेरी ओर देखते हुए उसने रूठे हुए अंदाज में कहा।

'यह तो तुम मानोगे, विक्टर कि तुमने इस आदरणीय व्यक्ति से बुरा बरताव किया है!' मेरी ओर मुड़ते हुए डैड ने कहा।

'इसके विपरीत, मैं समझता हूँ, इस बदतमीज आदमी के साथ हम कुछ

ज्यादा ही सज्जनता से पेश आए हैं।' मैंने जवाब दिया।

'अच्छा, तो यह बात है!' वह चीखा। फिर डैड की ओर देखते हुए बोला, 'बहुत अच्छे, मेरे पुराने साथी? इस बारे में हम देखेंगे!'

'अपनी अटपटी चाल से वह कमरे से बाहर चला गया और आधे घंटे बाद मेरे पिता को उस दयनीय हालत में छोड़कर वह घर से भी चला गया। उसके बाद मैंने हर रात डैड को अपने कमरे में बेचैनी से चहलकदमी करते देखा और जब धीरे-धीरे उनका आत्मविश्वास लौट ही रहा था कि आखिरकार वह वज्रपात हो ही गया।'

'और कैसे?' मैंने अधीरता से पूछा।

'एक बड़े ही असाधारण तरीके से। कल शाम मेरे पिता के लिए एक पत्र आया, जिस पर फोर्डिंघम पोस्ट ऑफिस की मुहर थी। डैड ने उसे पढ़ा, दोनों हाथों से अपना माथा पकड़ा और पागलों की तरह कमरे में चक्कर लगाने लगे। अंततः मैंने उन्हें जैसे-तैसे सोफे पर लिटाया तो देखा कि उनकी आँखें व मुँह एक तरफ लटक गए थे और उन्हें पक्षाघात हो गया था। डॉ. फोर्धम तुरंत आ गए। हमने उन्हें बिस्तर पर लिटाया, परंतु लकवा फैल गया था और उनके होश में आने के कोई लक्षण नहीं दिख रहे थे। मैं नहीं समझता कि हम उन्हें जीवित देख पाएँगे!'

एक बड़े ही असाधारण तरीके से। कल शाम मेरे पिता के लिए एक पत्र आया, जिस पर फोर्डिंघम पोस्ट ऑफिस की मुहर थी। डैड ने उसे पढ़ा, दोनों हाथों से अपना माथा पकड़ा और पागलों की तरह कमरे में चक्कर लगाने लगे। अंततः मैंने उन्हें जैसे-तैसे सोफे पर लिटाया तो देखा कि उनकी आँखें व मुँह एक तरफ लटक गए थे और उन्हें पक्षाघात हो गया था।

'यह तो एक बड़ी ही भयंकर घटना है, ट्रेवर,' मैंने आकुलता से कहा, 'उस पत्र में ऐसा क्या लिखा था, जिसका ऐसा भयंकर परिणाम हुआ?'

'कुछ नहीं, यह रहा उसका मजमून। संदेश बेमतलब और महत्त्वहीन था। हे भगवान्, यह तो वही है जिसका मुझे डर था!'

'वह बोल ही रहा था, जब घोड़ागाड़ी ने गेट पार किया और ढलते प्रकाश में मैंने देखा कि पूरे घर के 'ब्लाइंड्स' गिरे हुए थे। जैसे ही हम दरवाजे की तरफ भागे, मेरे दोस्त का चेहरा दु:ख से कातर हो आया। काले कपड़े पहने एक सज्जन घर से निकले।'

'यह कब हुआ, डॉक्टर?' ट्रेवर ने पूछा।

'लगभग तुम्हारे जाते ही।'

'क्या वे होश में आए थे?'

'हाँ, उनके अंत से एक क्षण पहले।'

'मेरे लिए कोई संदेश?'

'यही कि कागजात जापानी अलमारी के पीछे वाली ड्रॉअर में है।'

'मेरा दोस्त डॉक्टर के साथ ऊपर उस कमरे में चला गया, जहाँ उसके पिता की मृत्यु हुई थी, जबकि मैं पूरे घटनाक्रम को अपने दिमाग में उलटता-पलटता अध्ययन-कक्ष में ही बना रहा। मैं जीवन में इतना दुःखी कभी नहीं रहा था। इस मुक्केबाजी, घुमक्कड़ और स्वर्ण-खनिक ट्रेवर का भूतकाल क्या था और क्यों उसने अपने आप को उस नाचीज नाविक की दया पर छोड़ दिया था? यह भी कि उसकी बाँह पर बने किसी के नाम के अधमिटे आद्याक्षरों की ओर संकेत करने पर वह बेहोश क्यों हो रहा था, और क्यों फोर्डिंघम से आए एक पत्र को पढ़कर डर से उसकी मृत्यु हो गई थी? फिर मुझे याद आया कि फोर्डिंघम हेंपशायर में था और ये मि. बेडोज, जिनसे मिलने और संभवत: ब्लैकमेल करने वह नाविक गया था, भी हेंपशायर के ही निवासी बताए गए थे। तो फिर वह पत्र नाविक हडसन की ओर से आया होगा, जिसमें कहा गया हो कि उसने वह राज खोल दिया है, जो इस पूरे मामले की तह में है या वह मि. बेडोज की ओर से आया हो सकता है, जिसमें उसनें अपने पुराने व्यवसायी मित्र को आगाह किया हो कि अब उस राज का खुलना तय है। यहाँ तक तो तसवीर काफी साफ थी, परंतु फिर वह पत्र महत्त्वहीन और बेसिर-पैर का कैसे हो सकता है, जैसा उसके बेटे ने बताया था? उससे जरूर पढ़ने में गलती हुई होगी! अगर ऐसा है, तो उसे जरूर किसी अक्लमंद द्वारा पेचीदा कोड में लिखा गया होगा, जिसका असली अर्थ कुछ और हो, जबकि ऊपर से देखने पर वह कोई दूसरा अर्थ व्यक्त कर रहा हो। मुझे वह पत्र देखना होगा, अगर उसमें कोई गूढ़ार्थ छिपा होगा तो

मेरा दोस्त डॉक्टर के साथ ऊपर उस कमरे में चला गया, जहाँ उसके पिता की मृत्यु हुई थी, जबकि मैं पूरे घटनाक्रम को अपने दिमाग में उलटता-पलटता अध्ययन-कक्ष में ही बना रहा। मैं जीवन में इतना दुःखी कभी नहीं रहा था। इस मुक्केबाजी, घुमक्कड़ और स्वर्ण-खनिक ट्रेवर का भूतकाल क्या था और क्यों उसने अपने आप को उस नाचीज नाविक की दया पर छोड़ दिया था?

मुझे विश्वास था कि मैं उसे खोज निकालूँगा। उस मंद रोशनी में मैं एक घंटे तक उस पर दिमाग लड़ाता बैठा रहा, जब तक कि अंत में एक रोती हुई नौकरानी एक लैंप लेकर नहीं आ गई और उसके पीछे-पीछे मेरा दोस्त ट्रेवर, जो उदास किंतु शांत लग रहा था, उन्हीं कागजात को लेकर आया, जो अभी मेरे घुटनों पर फैले हैं। मेरे सामने बैठकर उसने लैंप को टेबल के किनारे तक खिसकाया और मुझे एक संक्षिप्त नोट, जिसे तुम देख रहे हो, पकड़ा दिया, जो ग्रे पेपर की एक सिंगल शीट पर घसीटी में लिखा गया था।

'The supply of game for London is going steadily up. Head keeper Hudson we believe, has been now told to receive all orders for fly-paper and for preservation of your hen-pheasant's life.' (लंदन के उपभोग के लिए मारे गए पक्षियों की आपूर्ति लगातार बढ़ रही है। हम समझते हैं कि प्रधान स्टोर-कीपर हडसन से अब फ्लाय-पेपर के सभी आदेशित माल को प्राप्त करने और आपकी मादा-चेड़ों (हेन-फेजेट्स) के परिरक्षण के लिए कह दिया गया है।')

'मुझे कहना होगा कि जब मैंने यह संदेश पहली बार पढ़ा था तो मेरा चेहरा भी उतना ही चकराया लग रहा था, जितना अभी-अभी तुम्हारा लगा था। फिर मैंने उसे पूरी सावधानी से दोबारा पढ़ा। स्पष्ट रूप से वह वैसा ही था, जैसा मैंने सोचा था और शब्दों के उस विचित्र संयोजन के पीछे जरूर कोई गूढ़ार्थ छिपा हुआ था। या 'फ्लाय-पेपर' और 'हेन-फेजेट्स' जैसी अभिव्यक्तियाँ कुछ ऐसा महत्त्व रखती थीं, जो पहले से तय था! उस तरह का अर्थ मनमाने किस्म का होता है, जिसे किसी भी तरह से डिसाइफर नहीं किया जा सकता था। फिर भी इस पर

मुझे कहना होगा कि जब मैंने यह संदेश पहली बार पढ़ा था तो मेरा चेहरा भी उतना ही चकराया लग रहा था, जितना अभी-अभी तुम्हारा लगा था। फिर मैंने उसे पूरी सावधानी से दोबारा पढ़ा। स्पष्ट रूप से वह वैसा ही था, जैसा मैंने सोचा था और शब्दों के उस विचित्र संयोजन के पीछे जरूर कोई गूढ़ार्थ छिपा हुआ था। या 'फ्लाय-पेपर' और 'हेन-फेजेट्स' जैसी अभिव्यक्तियाँ कुछ ऐसा महत्त्व रखती थीं, जो पहले से तय था! उस तरह का अर्थ मनमाने किस्म का होता है, जिसे किसी भी तरह से डिसाइफर नहीं किया जा सकता था।

विश्वास करने को मेरा जी नहीं चाहता था कि मामला यह था और 'हडसन' शब्द की उपस्थिति यह दरशाती थी कि उस संदेश का विषय वही था, जैसा मैंने अनुमान लगाया था और यह कि वह संदेश नाविक की ओर से नहीं, मि. बेडोज की तरफ से आया था। मैंने उसे पीछे से पढ़ने की कोशिश की, परंतु जो क्रम बना, अर्थात् 'फेजेट्स-हेन' उसने मुझे हतोत्साहित किया। फिर मैंने एक शब्द पढ़ने और एक छोड़कर अगला पढ़ने की कोशिश की, पर न तो 'दि ऑफ फॉर' और न 'सप्लाय गेम लंदन' कोई प्रकाश डालते थे।

'और फिर एक पल में ही उस पहेली की कुंजी मेरे हाथ में थी। मैंने देखा कि पहले शब्द से शुरू करते हुए हर तीसरा शब्द पढ़ने से वह संदेश निकल आता है, जिसने वरिष्ठ ट्रेवर को निराशा के गर्त में धकेल दिया होगा।'

'स्वयं संदेश के लिए वे कोई अर्थ नहीं रखते, पर हमारे लिए वे बहुत अर्थपूर्ण हो सकते हैं, अगर संदेश भेजनेवाले व्यक्ति का पता लगाने का हमारे पास और कोई जरिया न हो। तुमने देखा कि उसने अपने संदेश की शुरुआत 'दि''गेम''इज से की और इसी तर्ज पर आगे बढ़ता गया। बाद में, अपने संदेश के प्रत्येक प्रासंगिक शब्द के बाद उसे कोई भी दो शब्द डालने थे।

'उसमें दी गई चेतावनी, जो मैंने अपने साथी को अब पढ़कर सुनाई, संक्षिप्त और अर्थपूर्ण थी—'

'The game is up. Hudson has told all. Fly for your life.' (खेल खत्म हो गया है। हडसन ने सबकुछ बता दिया है। जान बचानी है तो भागो।)

'विक्टर ट्रेवर ने अपने काँपते हाथों में चेहरा छिपा लिया। 'मैं समझता हूँ यही बात होगी,' उसने कहा, 'यह मौत से भी बदतर है, क्योंकि यहाँ मौत के साथ-साथ बदनामी का भी सवाल था। पर 'हेडकीपर' और 'हेन-फेजेट्स' जैसे शब्दों का क्या अर्थ है?'

'स्वयं संदेश के लिए वे कोई अर्थ नहीं रखते, पर हमारे लिए वे बहुत अर्थपूर्ण हो सकते हैं, अगर संदेश भेजनेवाले व्यक्ति का पता लगाने का हमारे पास और कोई जरिया न हो। तुमने देखा कि उसने अपने संदेश की शुरुआत 'दि''गेम''इज' से की और इसी तर्ज पर आगे बढ़ता गया। बाद में, अपने संदेश के प्रत्येक प्रासंगिक शब्द के बाद उसे कोई भी दो शब्द डालने थे। शुरुआत में उसने वे शब्द उपयोग किए, जो सहज रूप से उसके मन में आए और बाद में हम शिकार से संबंधित इतने सारे शब्द पाते हैं तो पक्के तौर पर कहा जा सकता है कि प्रेषक या तो एक

उत्साही शिकारी है या उसे भक्ष्य पक्षी-पालन में दिलचस्पी है। क्या तुम इस बेड़ोज के बारे में कुछ जानते हो?'

'ओह, अब तुमने इस बात का जिक्र किया है तो,' उसने कहा, 'मुझे याद आया कि सर्दियों के हर मौसम में मेरे डैड को उनकी तरफ से उनके इलाके में शिकार के लिए आमंत्रित किया जाता था।'

'तब तो इसमें कोई संदेह नहीं है कि यह नोट उन्हीं की तरफ से आया है,' मैंने कहा, 'अब हमें सिर्फ यह पता लगाना है कि वह राज क्या था, जिसकी तलवार उस नाविक ने इन दोनों धनवान् और प्रतिष्ठित लोगों के सिरों पर लटका रखी थी?'

'क्या कहूँ, होम्स, मुझे डर है कि वह पाप और शर्म से जुड़ी हुई बात हैं,' नजरें झुकाते हुए मेरे दोस्त ने कहा, 'पर मैं तुमसे कुछ नहीं छिपाऊँगा। ये रहा डैड का वह बयान, जो उन्होंने तब लिखा था, जब उन्हें पता चल गया था कि हडसन वह राज खेलने ही वाला है। मुझे यह जापानी अलमारी में मिला है, जैसा उन्होंने डॉक्टर को बताया था। तुम इसे अपने पास रखो और मुझे भी पढ़कर सुनाओ, क्योंकि इसे खुद पढ़ने की न तो मुझमें शक्ति है और न साहस।'

'ये वही कागजात हैं, वाटसन, जो विक्टर ने उस दिन मुझे दिए थे और मैं उन्हें तुम्हें पढ़कर सुनाऊँगा, जैसे मैंने उस रात उस पुराने अध्ययन-कक्ष में विक्टर को सुनाए थे। कवर पर लिखा है—'बोट ग्लोरिया स्कॉट की यात्रा, जो 8 अक्तूबर, 1855 को फालमाउथ से शुरू हुई थी, तब से लेकर 6 नवंबर, 1855 तक, जब वह उत्तरी अक्षांश 15 डिग्री और पश्चिमी देशांतर 25 डिग्री पर नष्ट हो गया था, से संबंधित कुछ विवरण।' वह एक पत्र के रूप में है, जो इस प्रकार है—

ये वही कागजात हैं, वाटसन, जो विक्टर ने उस दिन मुझे दिए थे और मैं उन्हें तुम्हें पढ़कर सुनाऊँगा, जैसे मैंने उस रात उस पुराने अध्ययन-कक्ष में विक्टर को सुनाए थे। कवर पर लिखा है—'बोट ग्लोरिया स्कॉट की यात्रा, जो 8 अक्तूबर, 1855 को फालमाउथ से शुरू हुई थी, तब से लेकर 6 नवंबर, 1855 तक, जब वह उत्तरी अक्षांश 15 डिग्री और पश्चिमी देशांतर 25 डिग्री पर नष्ट हो गया था, से संबंधित कुछ विवरण।'

'मेरे प्यारे-प्यारे बेटे, अब, जबकि मेरे जीवन का एक कलंक, जो उजागर होकर मेरे जीवन के अंतिम वर्षों को कलंकित करने ही वाला है, मैं पूरी सच्चाई और ईमानदारी से वह बात लिख सकता हूँ, जिसके बारे में अगर मैंने तुम्हें पहले

नहीं बताया था तो उसके पीछे यह डर नहीं था कि मैं कानूनी शिकंजे में फँस जाऊँगा या मैं समाज में अपनी प्रतिष्ठा खो दूँगा या अपने परिचितों की नजर में गिर जाऊँगा, बल्कि यह था कि उससे तुम्हें, जिसने मुझसे प्यार किया है और मुझे आशा है, जिसके पास विरले ही ऐसा कोई कारण होगा कि वह मेरा आदर न करे, नीचा न देखना पड़े। परंतु अगर वह तलवार, जो बहुत समय से मेरे सिर पर लटकी है, मुझ पर चलती है तो मेरी इच्छा है कि तुम इसे पढ़ो, ताकि तुम्हें सीधे मुझसे पता चले कि इस पूरे किस्से में मेरा दोष कितना है! दूसरी ओर, अगर सबकुछ ठीक चलता है (और सर्वशक्तिमान ईश्वर ऐसा ही करे!) और संयोगवश अगर यह कागज तब भी अस्तित्व में रहता है और तुम्हारे हाथ लग जाता है तो मैं उस सब, जिसे तुम पवित्र समझते हो तथा तुम्हारी प्यारी माँ की स्मृति एवं हम दोनों के बीच जितना प्यार रहा है, उन सब का वास्ता देकर तुमसे अपील करता हूँ कि तुम इसे आग के हवाले कर दोगे और उसके बारे में कभी सोचोगे तक नहीं।

और अगर तुम यह पंक्ति पढ़ रहे हो तो मैं जानता हूँ कि तब तक मेरा सारा भेद खुल चुका होगा और मुझे अपने घर से बेइज्जती से बाहर निकाल दिया गया होगा; पर ज्यादा संभावना इस बात की है, जैसा तुम जानते हो कि मेरा हृदय कमजोर है, मैं अपनी बंद जुबान के साथ मौत के मुँह में समा गया हूँगा। दोनों ही स्थितियों में छिपाने का वक्त गुजर चुका है तथा इस पत्र का एक-एक शब्द एक नंगा सच है और उसकी मैं कसम खा सकता हूँ, क्योंकि मुझे रहम की उम्मीद है।

'और अगर तुम यह पंक्ति पढ़ रहे हो तो मैं जानता हूँ कि तब तक मेरा सारा भेद खुल चुका होगा और मुझे अपने घर से बेइज्जती से बाहर निकाल दिया गया होगा; पर ज्यादा संभावना इस बात की है, जैसा तुम जानते हो कि मेरा हृदय कमजोर है, मैं अपनी बंद जुबान के साथ मौत के मुँह में समा गया हूँगा। दोनों ही स्थितियों में छिपाने का वक्त गुजर चुका है तथा इस पत्र का एक-एक शब्द एक नंगा सच है और उसकी मैं कसम खा सकता हूँ, क्योंकि मुझे रहम की उम्मीद है।

'प्यारे बेटे, मेरा नाम ट्रेवर नहीं है। अपने अपेक्षाकृत युवा वर्षों में मैं जेम्स आर्मिटेज था और अब तुम समझ सकते हो कि जब तुम्हारे कॉलेज के मित्र ने मेरे बारे में कुछ ऐसे शब्द कहे, जिनका अर्थ यह निकलता प्रतीत होता था कि उसे किसी तरह मेरे राज की भनक लग गई थी, तो मुझे क्यों इतना सदमा लगा था। आर्मिटेज के रूप में ही मैंने लंदन की एक बैंकिंग कंपनी में काम किया था और

आर्मिटॅज के रूप में ही मुझे अपने देश का कानून तोड़ने के जुर्म में कालेपानी की सजा हुई थी। मेरे बारे में बहुत कठोरता से न सोचना, बेटे! मुझे किसी का कर्ज चुकाना था और उसके लिए मैंने जिस धन का उपयोग किया था, वह मेरा नहीं था, इस दृढ़ विश्वास के आधार पर कि इससे पहले कि तिजोरी में उतनी रकम कम होने का पता चलने की किसी संभावना से पहले ही मैं उतनी राशि वापस वहीं रख दूँगा। परंतु एक भयानक दुर्भाग्य ने मेरा पीछा किया। जिस भुगतान की उम्मीद में मैंने वैसा किया था, वह कभी नहीं आया और समय से पहले हुई खातों की जाँच से वह कमी पकड़ी गई। मेरे मामले का निपटारा कुछ नरमाई से किया जा सकता था, परंतु अब की अपेक्षा तीस वर्ष पहले कानून बहुत सख्ती से लागू किए जाते थे और अपने तेईसवें जन्मदिन पर मैंने अपने आप को ऑस्ट्रेलिया जा रही एक बड़ी सी नौका 'ग्लोरिया स्कॉट' के नियमित डेक्स के बीच बनी केबिंस में सैंतीस अन्य सजायाफ्ता मुजरिमों के साथ एक महापराधी की तरह जंजीरों में जकड़ा पाया।

वह 1855 का वर्ष था, जब क्रीमियाई युद्ध अपने चरम पर था और सजायाफ्ता कैदियों को जेल ले जानेवाले जहाजों को काला सागर में अधिकांशतः परिवहन जहाजों के रूप में इस्तेमाल किया जाता था। इसलिए सरकार को अपने कैदियों को भेजने के लिए छोटे और उपयुक्त जहाजों का उपयोग करने के लिए बाध्य होना पड़ा था।

'वह 1855 का वर्ष था, जब क्रीमियाई युद्ध अपने चरम पर था और सजायाफ्ता कैदियों को जेल ले जानेवाले जहाजों को काला सागर में अधिकांशतः परिवहन जहाजों के रूप में इस्तेमाल किया जाता था। इसलिए सरकार को अपने कैदियों को भेजने के लिए छोटे और उपयुक्त जहाजों का उपयोग करने के लिए बाध्य होना पड़ा था। 'ग्लोरिया स्कॉट' चीनी चाय के व्यापार में संलग्न था, पर वह भारी अग्र-भाग एवं चौड़े तख्तोंवाला एक पुराने टाइप का जहाज था और नए बड़े जहाजों की तुलना में बहुत छोटा लगता था। वह पाँच सौ टन वजनी एक नौका थी, जिस पर 38 कैदियों के अतिरिक्त चालक-दल के 26 सदस्य, 18 सैनिक, एक कैप्टन, 3 सेवक, एक डॉक्टर, एक पुरोहित और 4 जेल कर्मचारी सवार थे। इस तरह जब हम फॉल्टमाउथ से रवाना हुए थे तो उसमें कुल मिलाकर लगभग सौ यात्री थे।

'कैदियों की कोठरियों के बीच पार्टिशंस ओक की मोटी लकड़ी के, जैसा चलन है, न होकर बहुत पतले और कमजोर थे। मेरे सिर की तरफ की कोठरी में

बँधा आदमी यही था, जिस पर मैंने जहाजी-घाट (की) से हमें ले जाते समय विशेष रूप से ध्यान दिया था। वह सफाचट चेहरे, लंबी-पतली नाक और सरोते जैसी ठुड्डीवाला एक युवक था। वह हवा में गरदन ऐंठकर हेकड़ी-भरी चाल से चलता था, पर उसकी सबसे प्रमुख बात उसकी असाधारण ऊँचाई थी। मैं नहीं समझता कि हममें से किसी का भी सिर उसके कंधे तक पहुँचता होगा और मुझे विश्वास है कि वह साढ़े छह फीट से कम लंबा नहीं होगा। इतने उदास एवं थके हुए चेहरों के बीच इतनी ऊर्जा और संकल्पवाला आदमी देखना सुखद था। वह बर्फीली आँधी में आग देखने जैसा था, इसलिए उसे अपने पड़ोसी के रूप में पाकर मैं खुश था और इससे भी ज्यादा खुशी मुझे तब हुई, जब आधी रात को मैंने अपने कान के पास किसी के फुसफुसाने की आवाज सुनी और देखा कि वह हमें जुदा करनेवाले बोर्ड में छेद करने में सफल हो गया था।

मुझे याद आया कि मैंने उसके केस के बारे में सुना था, क्योंकि वह एक ऐसा मामला था, जिसने मेरे गिरफ्तार होने से कुछ समय पहले पूरे देश में सनसनी फैला दी थी। वह एक संभ्रांत परिवार का बड़ा ही काबिल आदमी था, परंतु उसकी आदतें असाध्य रूप से गंदी थीं। उसने धोखाधड़ी की एक नायाब तरकीब से लंदन के प्रमुख व्यवसायियों से भारी रकम ऐंठ ली थी।

'हेलो बंधु!' उसने कहा, 'तुम्हारा नाम क्या है और किस कारनामे के कारण तुम यहाँ हो?'

'मैंने उसके सवाल का जवाब दिया और पूछा कि मैं किससे बात कर रहा हूँ?'

'मैं जैक प्रेंडरगास्ट हूँ,' उसने कहा, 'और मैं समझता हूँ, नाम सुनकर ही तुम्हें बंदे की ख्याति का पता चल गया होगा।'

'मुझे याद आया कि मैंने उसके केस के बारे में सुना था, क्योंकि वह एक ऐसा मामला था, जिसने मेरे गिरफ्तार होने से कुछ समय पहले पूरे देश में सनसनी फैला दी थी। वह एक संभ्रांत परिवार का बड़ा ही काबिल आदमी था, परंतु उसकी आदतें असाध्य रूप से गंदी थीं। उसने धोखाधड़ी की एक नायाब तरकीब से लंदन के प्रमुख व्यवसायियों से भारी रकम ऐंठ ली थी।

'हा, हा! तो तुम्हें मेरा केस याद है!' उसने गर्व से कहा।

'बहुत अच्छी तरह से।'

'तब तो तुम्हें उसके बारे में एक अनोखी बात भी पता होगी?'

'नहीं तो! कौन सी बात?'

'मैंने करीब ढाई लाख पौंड हड़प लिये थे, ठीक है?'

'हाँ, ऐसा ही कहा गया था।'

'मगर बरामद कुछ नहीं हुआ, ही-ही-ही?'

'नहीं।'

'तो तुम क्या समझते हो, वह सारा माल कहाँ होगा?' उसने पूछा।

'मुझे कैसे पता होगा?' मैंने कहा।

'ठीक मेरी उँगली और अँगूठे के बीच,' वह चहका, 'भगवान् की कसम, जितने तुम्हारे सिर पर बाल होंगे, मेरे पास उनसे ज्यादा पौंड हैं, बेटे, अगर तुम्हारे पास पैसा है और तुम जानते हो कि कैसे उसका इस्तेमाल किया जाए तो तुम कुछ भी कर सकते हो और क्या तुम समझते हो कि एक आदमी, जो कुछ भी कर सकता है, एक जहाज की अँधेरी, बदबूदार कोठरी में हथकड़ी-बेड़ी में जकड़ा सड़ता रहेगा? नहीं सर, ऐसा आदमी अपना खयाल रखेगा और अपने दोस्तों का भी खयाल रखेगा। इस बारे में तुम पूरी तसल्ली रखो, बस उसका साथ दो और देखो कि आगे क्या होता है!'

भगवान् की कसम, जितने तुम्हारे सिर पर बाल होंगे, मेरे पास उनसे ज्यादा पौंड हैं, बेटे, अगर तुम्हारे पास पैसा है और तुम जानते हो कि कैसे उसका इस्तेमाल किया जाए तो तुम कुछ भी कर सकते हो और क्या तुम समझते हो कि एक आदमी, जो कुछ भी कर सकता है, एक जहाज की अँधेरी, बदबूदार कोठरी में हथकड़ी-बेड़ी में जकड़ा सड़ता रहेगा? नहीं सर, ऐसा आदमी अपना खयाल रखेगा और अपने दोस्तों का भी खयाल रखेगा।

'यह उसका बात करने का तरीका था और पहले तो मैंने सोचा कि उसका कोई अर्थ नहीं था, पर कुछ समय बाद जब उसने मेरे रुख का जायजा ले लिया और फिर तरह-तरह की कसमें देकर उसने बता दिया कि जहाज पर कब्जा करने की सचमुच एक योजना थी। जहाज पर चढ़ने से पहले ही एक दर्जन कैदी इस योजना में शामिल थे, प्रेंडरगास्ट उनका नेता था और उसका पैसा प्रेरक शक्ति।'

'मेरा एक भागीदार था,' उसने कहा, 'एक विरले अच्छा आदमी, ऐसा निष्ठावान्, जैसे बंदूक की नली के साथ उसका कुंदा होता है। उसके पास मेरा खजाना है और तुम क्या सोचते हो, इस समय वह कहाँ होगा? अरे वह कोई और नहीं, इस जहाज का पुरोहित है! काला कोट पहने वह जहाज पर सवार हुआ, उसके पेपर्स तो दुरुस्त होने ही थे और उसके बॉक्स में इतना पैसा कि बोट से लेकर ट्रक

तक खरीद सके। चालक-दल उससे मिला हुआ है। उसने उन्हें ड्यूटी पर चढ़ने से पहले ही थोक के भाव खरीद लिया था। दो जेल-कर्मचारी और मेरिअर नाम का एक सहायक उसकी मुट्ठी में है और वह स्वयं कैप्टन को भी अपने साथ ले लेगा, अगर वह उपयोगी लगेगा।'

'फिर हमें क्या करना है?' मैंने पूछा।

'तुम क्या समझते हो?' उसने कहा, 'हम उनमें से कुछ सैनिकों के कोट उससे कहीं ज्यादा लाल कर देंगे, जितने वे अभी हैं।'

मैंने ऐसा ही किया और अपने दूसरे पड़ोसी युवक को लगभग मेरी ही स्थिति में पाया, क्योंकि वह जालसाजी के अपराध में हमारे साथ था। उसका नाम इवांस था, जिसे उसने मेरी ही तरह बाद में बदल लिया था और वह दक्षिणी इंग्लैंड में एक धनाढ्य आदमी है। वह इस साजिश में शामिल होने के लिए तैयार था, क्योंकि हमारे पास खुद को बचाने का कोई दूसरा रास्ता नहीं था और जब तक हम खाड़ी पार करते, केवल दो कैदी ऐसे थे, जिन्हें यह राज पता नहीं था।

'मगर उनके पास हथियार हैं।' मैंने कहा।

'हमारे पास भी होंगे, बच्चे! हममें से हर उस आदमी के लिए दो पिस्तौलें हैं, जिसने अपनी माँ का दूध पिया है और चालक-दल के हमारे साथ होने पर भी अगर हम इस जहाज पर कब्जा नहीं कर पाए तो हम सभी किसी बोर्डिंग स्कूल में भेज दिए जाने के काबिल हैं। तुम आज रात अपनी बाईं ओर वाले साथी से बात करके देखो कि क्या वह भरोसा करने लायक है।'

'मैंने ऐसा ही किया और अपने दूसरे पड़ोसी युवक को लगभग मेरी ही स्थिति में पाया, क्योंकि वह जालसाजी के अपराध में हमारे साथ था। उसका नाम इवांस था, जिसे उसने मेरी ही तरह बाद में बदल लिया था और वह दक्षिणी इंग्लैंड में एक धनाढ्य आदमी है। वह इस साजिश में शामिल होने के लिए तैयार था, क्योंकि हमारे पास खुद को बचाने का कोई दूसरा रास्ता नहीं था और जब तक हम खाड़ी पार करते, केवल दो कैदी ऐसे थे, जिन्हें यह राज पता नहीं था। उनमें से एक कमजोर दिमाग का था और हम उस पर भरोसा करने का जोखिम नहीं ले सकते थे; दूसरा पीलिया से पीड़ित था और हमारे किसी काम का नहीं था।'

'दरअसल शुरुआत से ही ऐसा कुछ नहीं था, जो हमें जहाज पर कब्जा करने

से रोक सके। चालक-दल गुंडे, बदमाश लोगों का एक समूह था, जिन्हें हमारे काम के लिए विशेष रूप से चुना गया था। वह फर्जी पादरी एक काला बैग, जिसमें यह समझा जाता था कि धार्मिक पुस्तकें होंगी, लिये हममें जोश भरने के लिए आता था और वह हमारे पास इतनी बार आया कि तीसरे दिन तक हममें से हर एक ने अपने बेड के नीचे एक रेती, दो पिस्तौलें, एक पौंड पाउडर और बीस कारतूस छिपा लिये थे। दो जेल कर्मचारी प्रेंडरगास्ट के एजेंट थे और दूसरे नंबर का सहायक उसका दायाँ हाथ था। कैप्टन, दो सहायक, दो जेल कर्मचारी, लेफ्टिनेंट मार्टिन, उसके अठारह सैनिक और डॉक्टर—बस ये ही लोग थे, जो हमारे खिलाफ थे। हालाँकि हमारी राह आसान लगती थी, पर हम किसी सावधानी की अनदेखी नहीं करना चाहते थे और कृतसंकल्प थे कि हमला रात के समय और अचानक होगा। परंतु वह अपेक्षित समय से पहले ही हो गया और ऐसे हुआ—

हमारी यात्रा शुरू होने के बाद, तकरीबन तीसरे हफ्ते की एक शाम डॉक्टर एक बीमार कैदी को देखने के लिए आया तो उसकी जाँच करते हुए उसका हाथ कैदी के पैरों तक पहुँच गया और किसी कारण से ध्यान बँटने पर उसका हाथ मरीज के पाँव से हटकर एक पिस्तौल की रूपरेखा पर चला गया। अगर वह शांत रहा होता तो उसके जरिए राज खुल जाने का अंदेशा रहता, पर वह एक दुबला-पतला घबराया हुआ आदमी था और डर के मारे उसका चेहरा पीला पड़ गया था।

'हमारी यात्रा शुरू होने के बाद, तकरीबन तीसरे हफ्ते की एक शाम डॉक्टर एक बीमार कैदी को देखने के लिए आया तो उसकी जाँच करते हुए उसका हाथ कैदी के पैरों तक पहुँच गया और किसी कारण से ध्यान बँटने पर उसका हाथ मरीज के पाँव से हटकर एक पिस्तौल की रूपरेखा पर चला गया। अगर वह शांत रहा होता तो उसके जरिए राज खुल जाने का अंदेशा रहता, पर वह एक दुबला-पतला घबराया हुआ आदमी था और डर के मारे उसका चेहरा पीला पड़ गया था। बीमार कैदी एक पल में समझ गया कि उसे क्या करना है और उसने डॉक्टर को दबोच लिया। उससे पहले कि वह चिल्लाता, उसके मुँह में कपड़ा ठूँसकर और हाथ-पैर बाँधकर बिस्तर पर पटक दिया गया। डॉक्टर ने केबिन में आने से पहले डेक पर खुलनेवाला दरवाजा खोल दिया था और कुछ ही क्षणों में हम सब बाहर निकल आए थे। दो संतरियों को शूट कर दिया गया और उस कॉर्पोरल को भी, जो यह देखने के लिए दौड़कर आया था कि मामला क्या है! यात्रियों के

एक निजी केबिन के बाहर दो सैनिक और थे, परंतु ऐसा लगता था कि उनकी बंदूकों में कारतूस नहीं थे, क्योंकि उन्होंने हम पर फायरिंग नहीं की और उससे पहले कि वे अपनी बंदूकों को लोड कर पाते, उन्हें शूट कर दिया गया। फिर हम दौड़कर कैप्टन की केबिन की ओर गए, परंतु जैसे ही हमने दरवाजे को ठेलकर खोला, भीतर से एक विस्फोट हुआ और हमने देखा कि कैप्टन का शरीर फर्श पर पड़ा था; उसका भेजा चकनाचूर होकर टेबल पर फैले अटलांटिक सागर के नक्शे पर बिखर गया था, जबकि पादरी की कोहनी पर टिके हाथ में सधी पिस्तौल अब भी धुआँ उगल रही थी। चालक-दल ने दोनों सहायकों को दबोच लिया था और लगता था कि हमने बाजी जीत ली थी।

'कैप्टन की केबिन के साथ ही सजा हुआ प्राइवेट स्टेटरूम था, जिसमें हम सब एक साथ घुसे और वहाँ रखे आरामदायक सोफों पर पसर गए। हम सब एक साथ बातें कर रहे थे, क्योंकि हम इस एहसास से पागल थे कि हम एक बार फिर आजाद हो गए थे। वहाँ चारों तरफ दीवार पर लकड़ी की अलमारियाँ थीं और फर्जी पादरी विलसन ने एक अलमारी खोलकर उसमें से ब्राउन शेरी की एक दर्जन बोतलें निकालीं। हमने उनके ढक्कन खोलकर शराब टबल्की में उड़ेली और जश्न की मुद्रा में उन्हें हवा में लहरा ही रहे थे कि अचानक वह कमरा बंदूकों की फायरिंग से दहल उठा। देखते-ही-देखते कमरे में इतना धुआँ भर गया कि हम टेबल के पार भी नहीं देख पा रहे थे। जब धुआँ छँटा तो वहाँ एक भयानक मंजर सामने था। विल्सन और आठ अन्य लोग फर्श पर एक-दूसरे पर पड़े छटपटा रहे थे। टेबल पर ब्राउन शेरी और खून मिक्स होकर धार बनकर नीचे गिर रहा था, जिसके बारे में सोचकर मैं आज भी सिहर उठता हूँ। उस दृश्य को देखकर हम इतना डर गए थे कि मैं समझता हूँ, अगर प्रेंडरगास्ट न होता तो हमने हथियार डाल दिए होते। वह एक साँड़ की तरह हुंकारा एवं दरवाजे की ओर लपका और बचे-खुचे कैदी उसके पीछे हो लिये। हम बाहर निकले और जहाज

कैप्टन की केबिन के साथ ही सजा हुआ प्राइवेट स्टेटरूम था, जिसमें हम सब एक साथ घुसे और वहाँ रखे आरामदायक सोफों पर पसर गए। हम सब एक साथ बातें कर रहे थे, क्योंकि हम इस एहसास से पागल थे कि हम एक बार फिर आजाद हो गए थे। वहाँ चारों तरफ दीवार पर लकड़ी की अलमारियाँ थीं और फर्जी पादरी विलसन ने एक अलमारी खोलकर उसमें से ब्राउन शेरी की एक दर्जन बोतलें निकालीं।

के पिछले हिस्से, जहाँ से गोलियाँ चली थीं, की ओर भागे; तो वहाँ देखा कि लेफ्टिनेंट और उसके दस आदमी वहाँ मौजूद थे। यह वही जगह थी, जो नरसंहार वाले कमरे के ऊपर थी और जहाँ से काफी चौड़े छिद्रों से गोलियाँ दागी जा सकती थीं। इससे पहले कि वे अपनी बँदूकें लोड कर पाते, हम उनपर टूट पड़े। उन्होंने हमारा मुकाबला किया। पर हम उनपर भारी पड़े और पाँच मिनट में उनका काम तमाम हो चुका था। माय गॉड! क्या उस जहाज से बढ़कर कोई कसाईखाना रहा होगा! एक पगलाए राक्षस की तरह प्रेंडरगास्ट सैनिकों को एक-एक करके ऐसे उठाता, मानो वे बच्चे हों और उन्हें जिंदा या मुरदा, समुद्र में फेंक देता। बुरी तरह घायल होने के बाद भी एक सार्जेंट काफी देर तक तैरकर जहाज को पकड़ने की कोशिश करता रहा, जब तक कि किसी ने उसपर तरस खाकर उसका भेजा न उड़ा दिया। जब वह लड़ाई खत्म हुई, जेल कर्मचारियों, सहायकों और डॉक्टर के सिवाय हमारे दुश्मनों में से कोई नहीं बचा था।

'उन्हीं को लेकर हमारे बीच बड़ा झगड़ा हुआ। हममें से कई लोग ऐसे थे, जो दोबारा आजाद होकर बहुत खुश थे, पर अपनी आत्मा पर अनावश्यक हत्या का बोझ लेना नहीं चाहते थे। बंदूकों से लैस सैनिकों को मार गिराना एक बात थी और डरे-सहमे लोगों का बेदर्दी से कत्ल होते देखना बिल्कुल दूसरी। हम आठ लोगों—पाँच कैदी और तीन नाविक, ने कहा कि हम ऐसा होते नहीं देख सकेंगे। परंतु उसका प्रेंडरगास्ट और उसके समर्थकों पर कोई असर न हुआ। उसने कहा कि हमारी सुरक्षा एक ही सूरत में हो सकती है कि बाद में विटनेस-बॉक्स में कोई भी जुबान हमारे खिलाफ गवाही न दे सके। बात लगभग वहाँ पहुँच गई कि हमारा हश्र भी मारे गए सैनिकों की तरह ही होता, पर फिर एक रास्ता निकालते हुए उसने कहा कि हम चाहें तो एक बोट लेकर जहाज छोड़कर जा सकते थे। इस प्रस्ताव पर हम उछल पड़े, क्योंकि हम उस खून-खराबे से तंग आ चुके थे तथा हम जानते

उन्हीं को लेकर हमारे बीच बड़ा झगड़ा हुआ। हममें से कई लोग ऐसे थे, जो दोबारा आजाद होकर बहुत खुश थे, पर अपनी आत्मा पर अनावश्यक हत्या का बोझ लेना नहीं चाहते थे। बंदूकों से लैस सैनिकों को मार गिराना एक बात थी और डरे-सहमे लोगों का बेदर्दी से कत्ल होते देखना बिल्कुल दूसरी। हम आठ लोगों—पाँच कैदी और तीन नाविक, ने कहा कि हम ऐसा होते नहीं देख सकेंगे। परंतु उसका प्रेंडरगास्ट और उसके समर्थकों पर कोई असर न हुआ।

थे कि यह खूनी खेल अभी और लंबा चलेगा। हममें से हर एक को नाविकों की पोशाक, पानी का एक बैरल और दो पीपे, जिनमें से एक में सुखाया हुआ मांस तथा दूसरे में बिस्कुट थे, और एक कंपास दे दिए गए। प्रेंडरगास्ट ने हमें एक बोट पर उतार दिया और हमसे कहा कि हम एक जहाज, जो 15 डिग्री अक्षांस और 25 डिग्री देशांतर (पश्चिम) पॉइंट पर डूब गया था, के बचे हुए नाविक थे; और फिर जहाज से बँधी रस्सी काट दी और हमें विदा कर दिया।

'और अब, मेरे बेटे, मैं अपनी कहानी के सबसे आश्चर्यजनक हिस्से पर आता हूँ। उत्तर और पूर्व से आ रही हलकी हवाओं के बीच 'ग्लोरिया स्कॉट' धीरे-धीरे हमसे दूर हो गया। लंबी-ऊँची परंतु लयबद्ध लहरों पर हमारी नौका ऊपर-नीचे होती रही तथा इवांस और मैं, जो उस समूह में सबसे ज्यादा पढ़े-लिखे थे, अपनी स्थिति का जायजा लेकर तथा हमें किस देश के समुद्री तट की ओर रुख करना चाहिए, इसकी योजना बना रहे थे। यह एक अच्छा सवाल था, क्योंकि केप बर्दिस हमारी स्थिति से करीब पाँच सौ मील उत्तर में और अफ्रीकी समुद्र-तट पूर्व दिशा में करीब सात सौ मील दूर था। कुल मिलाकर चूँकि हवा की दिशा उत्तर की ओर थी, हमने सोचा कि सिएरा लियोन सबसे उत्तम रहेगा और हमने बोट उसे उसी दिशा में मोड़ दिया। 'ग्लोरिया स्कॉट' अब भी हमारी नजरों के दायरे में था, पर हम हक्के-बक्के रह गए, जब हमने उसपर से घने काले धुएँ का बड़ा सा गुच्छा ऊपर उठते देखा, जो एक दैत्याकार वृक्ष की तरह हवा में टँग गया। कुछ सेकेंड्स बाद बादलों की गरज जैसी एक भयानक आवाज हमारे कानों तक पहुँची और जैसे ही धुएँ का गुबार छँटा, वहाँ 'ग्लोरिया स्कॉट' का नामो-निशान तक नहीं था। एक क्षण में हमने एक झटके से बोट को मोड़ा और अपनी पूरी ताकत से उस ओर दौड़ा दिया, जहाँ अब भी धुआँ उठ रहा था।

और अब, मेरे बेटे, मैं अपनी कहानी के सबसे आश्चर्यजनक हिस्से पर आता हूँ। उत्तर और पूर्व से आ रही हलकी हवाओं के बीच 'ग्लोरिया स्कॉट' धीरे-धीरे हमसे दूर हो गया। लंबी-ऊँची परंतु लयबद्ध लहरों पर हमारी नौका ऊपर-नीचे होती रही तथा इवांस और मैं, जो उस समूह में सबसे ज्यादा पढ़े-लिखे थे, अपनी स्थिति का जायजा लेकर तथा हमें किस देश के समुद्री तट की ओर रुख करना चाहिए, इसकी योजना बना रहे थे।

'बहुत ही लंबे लगने वाले एक घंटे बाद जब हम वहाँ पहुँचे तो हमें डर था

कि हम शायद ही किसी को बचा पाएँगे। लहरों पर उठती-गिरती एक टूटी-फूटी नाव, मस्तूल के टुकड़े और कई क्रेट्स दरशा रहे थे कि जहाज कहाँ डूबा था, परंतु वहाँ जीवन का कोई निशान नहीं था तथा हम मायूस होकर लौटने ही वाले थे कि हमने मदद के लिए किसी आदमी की गुहार सुनी और देखा कि कुछ दूर तैरते ध्वस्त जहाज के एक हिस्से पर एक आदमी चित पड़ा हुआ था। जब हमने उसे अपनी बोट पर उतारा तो हमें पता चला कि वह हडसन नाम का एक युवा नाविक था, जो इतनी बुरी तरह जल और थक गया था कि वह अगली सुबह से पहले हमें यह भी नहीं बता सका कि आखिर हुआ क्या था!

'ऐसा लगता था कि हमारे जहाज छोड़ने के बाद प्रेंडरगास्ट और उसकी गैंग ने बचे हुए पाँच कैदियों को मौत के घाट उतार दिया था। दो जेल कर्मचारियों को गोली मारकर समुद्र में फेंक दिया गया और तीसरे सहायक के साथ भी ऐसा ही किया गया। फिर प्रेंडरगास्ट उस अँधेरी केबिन में गया, जहाँ डॉक्टर बँधा पड़ा था और उसने अपने हाथों से उस अभागे डॉक्टर का गला रेत दिया। अब केवल पहला सहायक बचा था, जो एक बहादुर और फुरतीला आदमी था। जब उसने उस मुजरिम को खून से सना चाकू हाथ में लिये आते देखा तो उसने अपने पैरों से बँधी रस्सी, जो उसने किसी तरह ढीली कर ली थी, को झटककर अलग की और दौड़कर नीचेवाली मंजिल पर कूद गया। एक दर्जन मुजरिमों, जो पिस्तौलें हाथ में लिये उसकी तलाश में नीचे उतरे थे, ने देखा कि वह बारूद के एक को, जो ऐसे सौ बरलों में से एक था, के पास हाथ में माचिस लिये दुश्मनों बैरल ललकार रहा था कि अगर किसी ने उसे हाथ लगाने की कोशिश की तो वह पूरे जहाज को उड़ा देगा। उसके एक क्षण बाद ही विस्फोट हो गया, हालाँकि हडसन का विचार था कि वह सहायक की माचिस की वजह से नहीं, बल्कि किसी कैदी की पिस्तौल से निकली भटकी हुई गोली की

ऐसा लगता था कि हमारे जहाज छोड़ने के बाद प्रेंडरगास्ट और उसकी गैंग ने बचे हुए पाँच कैदियों को मौत के घाट उतार दिया था। दो जेल कर्मचारियों को गोली मारकर समुद्र में फेंक दिया गया और तीसरे सहायक के साथ भी ऐसा ही किया गया। फिर प्रेंडरगास्ट उस अँधेरी केबिन में गया, जहाँ डॉक्टर बँधा पड़ा था और उसने अपने हाथों से उस अभागे डॉक्टर का गला रेत दिया। अब केवल पहला सहायक बचा था, जो एक बहादुर और फुरतीला आदमी था।

वजह से हुआ था। कारण कोई भी रहा हो, वह ग्लोरिया स्कॉट और उस शैतान मंडली का अंत था, जिनके कब्जे में वह जहाज था।

'मेरे प्यारे बेटे, यह था थोड़े शब्दों में कहा गया उस भयानक घटनाक्रम का इतिहास, जिसका मैं भी एक किरदार था। अगले दिन संयोग से ऑस्ट्रेलिया जा रहे एक जहाज 'हॉटस्पर' के कैप्टन की निगाह हम पर पड़ गई। कैप्टन को यह मानने में कोई कठिनाई नहीं हुई कि हम एक डूबे हुए यात्री जहाज के जीवित बचे यात्री थे। रॉयल नेवी के संचालक विभाग द्वारा अपने रिकॉर्ड में दर्ज कर लिया गया कि परिवहन जहाज ग्लोरिया स्कॉट समुद्र की गोद में समा गया और उसकी वास्तविक नियति के बारे में एक शब्द भी बाहर नहीं आया। एक सुखद यात्रा के बाद 'हॉटस्पर' ने हमें सिडनी में उतार दिया, जहाँ इवांस और मैंने अपने नाम बदले तथा खनन के व्यवसाय में लग गए, जहाँ विभिन्न देशों से आए लोगों की बिरादरी में अपनी पुरानी पहचान खोने में कोई मुश्किल नहीं आई। फिर जो कुछ हुआ, वह तुम जानते ही हो। हमने पैसा कमाया, यात्राएँ कीं, समृद्ध उपनिवेशिकों के तौर पर वापस इंग्लैंड आए और बड़ी भू-संपदाओं के मालिक बन गए। बीस वर्ष से भी ज्यादा समय से हमने एक शांतिपूर्ण एवं उपयोगी जीवन जिया है और हमने उम्मीद की थी कि हमारा भूतकाल हमेशा के लिए दफन हो गया है। इसलिए कल्पना करो कि उस वक्त मुझपर क्या बीती होगी, जब मैंने उस नाविक, जो हमारे घर आया था, को पहचान लिया कि यह तो वही आदमी था, जिसे हमने ध्वस्त जहाज के मलबे से उठाया था। उसने किसी तरह हमें खोज लिया था और तय कर लिया था कि हमारे डर के कारण उसकी जिंदगी आराम से कट जाएगी। अब तुम समझ सकते हो कि उसके साथ शांति बनाए रखने के लिए मैं किस हद तक गया था तथा अब, जबकि

मेरे प्यारे बेटे, यह था थोड़े शब्दों में कहा गया उस भयानक घटनाक्रम का इतिहास, जिसका मैं भी एक किरदार था। अगले दिन संयोग से ऑस्ट्रेलिया जा रहे एक जहाज 'हॉटस्पर' के कैप्टन की निगाह हम पर पड़ गई। कैप्टन को यह मानने में कोई कठिनाई नहीं हुई कि हम एक डूबे हुए यात्री जहाज के जीवित बचे यात्री थे। रॉयल नेवी के संचालक विभाग द्वारा अपने रिकॉर्ड में दर्ज कर लिया गया कि परिवहन जहाज ग्लोरिया स्कॉट समुद्र की गोद में समा गया और उसकी वास्तविक नियति के बारे में एक शब्द भी बाहर नहीं आया।

वह मुझे धमकी देकर अपने एक और शिकार के पास चला गया है, जिन आशंकाओं से मैं डरा रहता था, उन्हें लेकर तुम्हें किसी हद तक मुझसे हमदर्दी होगी।

'नीचे काँपते हाथ से जो कुछ लिखा गया है, उसे मुश्किल से ही पढ़ा जा सकता है, 'बेडोज ने संकेताक्षरों में लिखा है कि हडसन ने सबकुछ बता दिया है। हे भगवान्, हमपर दया-दृष्टि बनाए रखना।'

'यह वह वृत्तांत था, वाटसन, जो मैंने उस रात युवा ट्रेवर को पढ़कर सुनाया था और मैं समझता हूँ, उन परिस्थितियों में वह बहुत नाटकीय था। उस अच्छे इनसान का दिल टूट गया था, फिर वह दूर चाय के बागान में चला गया था, जहाँ मैंने सुना है, वह अच्छी जिंदगी जी रहा है। जहाँ तक उस नाविक और बेडोज का सवाल है, उसी दिन से, जब चेतावनी वाला वह पत्र लिखा गया था, दोनों के बारे में कोई खबर नहीं है। वे दोनों पूरी तरह से गायब हो गए थे। हडसन को वहाँ आस-पास देखा गया था और पुलिस का मानना है कि उसने बेडोज को ठिकाने लगा दिया और भाग गया पर मैं समझता हूँ, सच्चाई इससे ठीक विपरीत थी। सबसे ज्यादा संभावना इस बात की थी कि हडसन के ब्लैकमेल से तंग आकर बेडोज ने उसे खत्म कर दिया होगा और जितना धन वह ले जा सकता था, लेकर देश से बाहर चला गया होगा। ये हैं उस केस के तथ्य, डॉक्टर और अगर तुम्हारे संग्रह की दृष्टि से ये उपयोगी हैं तो तुम्हारी सेवा में प्रस्तुत हैं।'

❑❑❑